Contemporánea

**James Augustine Joyce** nace el 2 de febrero de 1882 en Rathjar, un suburbio de Dublín. Cursa estudios secundarios en el internado de los jesuitas, experiencia que dejará una huella indeleble en su obra literaria. Posteriormente ingresa en la Facultad de Filosofía del University College de Dublín, que abandona en 1902 para trasladarse a París. Tras regresar a Dublín para asistir a la muerte de su madre, en 1904 vuelve definitivamente al continente, acompañado de Nora Barnacle, con quien contraerá matrimonio en 1931. Hasta su muerte, en Zurich, el 13 de enero de 1941, reside sucesivamente en Roma, Trieste y París, dando clases de inglés y dedicado a la creación de su obra, que consta de dos libros de poemas, *Chamber Music* (1904) y *Poems Penyeach* (1927), el drama *Exiliados* (1914), un libro de relatos, *Dublineses* (1914), y las novelas *Retrato del artista adolescente* (1916), *Ulises* (1922) y *Finnegans Wake* (1939).

# James Joyce

## Dublineses

Traducción de
Guillermo Cabrera Infante

**DEBOLS!LLO**

Papel certificado por el Forest Stewardship Council®

MIXTO
Papel procedente de
fuentes responsables
FSC® C117695

Penguin
Random House
Grupo Editorial

Título original: *Dubliners*

Primera edición con esta presentación: septiembre de 2021

© 1999, 2021, Penguin Random House Grupo Editorial, S.A.U.
Travessera de Gràcia, 47-49. 08021 Barcelona
© Guillermo Cabrera Infante, por la traducción
Diseño de la cubierta: Penguin Random House Grupo Editorial / Sergi Bautista
Imagen de la cubierta: © Francesc Roig
Fotografía del autor: © GBB / GRAZIANERI

*Printed in Spain* – Impreso en España

ISBN: 978-84-663-5901-6
Depósito legal: B-10.589-2021

Compuesto en Comptex&Ass. S. L.
Impreso en Black Print CPI Ibérica
Sant Andreu de la Barca (Barcelona)

P 3 5 9 0 1 6

# LAS HERMANAS

No había esperanza esta vez: era la tercera embolia. Noche tras noche pasaba yo por la casa (eran las vacaciones) y estudiaba el alumbrado cuadro de la ventana: y noche tras noche lo veía iluminado del mismo modo débil y parejo. Si hubiera muerto, pensaba yo, vería el reflejo de las velas en las oscuras persianas, ya que sabía que se deben colocar dos cirios a la cabecera del muerto. A menudo él me decía: «No me queda mucho en este mundo», y yo pensaba que hablaba por hablar. Ahora supe que decía la verdad. Cada noche al levantar la vista y contemplar la ventana me repetía a mí mismo en voz baja la palabra *parálisis*. Siempre me sonaba extraña en los oídos, como la palabra *gnomón* en Euclides y la *sintonía* del catecismo. Pero ahora me sonó a cosa mala y llena de pecado. Me dio miedo y, sin embargo, ansiaba observar de cerca su trabajo maligno.

El viejo Cotter estaba sentado junto al fuego, fumando, cuando bajé a cenar. Mientras mi tía me servía mi potaje, dijo él, como volviendo a una frase dicha antes:

—No, yo no diría que era exactamente… pero había en él algo raro… misterioso. Le voy a dar mi opinión.

Empezó a tirar de su pipa, sin duda ordenando sus opiniones en la cabeza. ¡Viejo estúpido y molesto! Cuando lo conocimos era más interesante, que hablaba de desmayos y gusanos; pero pronto me cansé de sus interminables cuentos sobre la destilería.

—Yo tengo mi teoría —dijo—. Creo que era uno de esos… casos… raros… Pero es difícil decir…

Sin exponer su teoría comenzó a chupar su pipa de nuevo. Mi tío vio cómo yo le clavaba la vista y me dijo:

—Bueno, creo que te apenará saber que se te fue el amigo.

—¿Quién? —dije.

—El padre Flynn.

—¿Se murió?

—Acá Mr. Cotter, nos lo acaba de decir. Pasaba por allí.

Sabía que me observaban, así que continué comiendo como si nada. Mi tío le daba explicaciones al viejo Cotter.

—Acá el jovencito y él eran grandes amigos. El viejo le enseñó cantidad de cosas, para que vea; y dicen que tenía puestas muchas esperanzas en éste.

—Que Dios se apiade de su alma —dijo mi tía, piadosa.

El viejo Cotter me miró durante un rato. Sentí que sus ojos de azabache me examinaban, pero no le di el gusto de levantar la vista del plato. Volvió a su pipa y, finalmente, escupió, maleducado, dentro de la parrilla.

—No me gustaría nada que un hijo mío —dijo— tuviera mucho que ver con un hombre así.

—¿Qué es lo que usted quiere decir con eso, Mr. Cotter? —preguntó mi tía.

—Lo que quiero decir —dijo el viejo Cotter— es que todo eso es muy malo para los muchachos. Esto es lo que pienso: dejen que los muchachos anden para arriba y para abajo con otros muchachos de su edad y no que resulten… ¿No es cierto, Jack?

—Ése es mi lema también —dijo mi tío—. Hay que aprender a manejárselas solo. Siempre lo estoy diciendo acá a este Rosacruz: haz ejercicio. ¡Como que cuando yo era un mozalbete, cada mañana de mi vida, fuera invierno o verano, me daba un baño de agua helada! Y eso es lo que me conserva como me conservo. Esto de la instrucción está muy bien y todo… A lo mejor acá Mr. Cotter quiere una lasca de esa pierna de cordero —agregó a mi tía.

—No, no, para mí, nada —dijo el viejo Cotter.

Mi tía sacó el plato de la despensa y lo puso en la mesa.

—Pero, ¿por qué cree usted, Mr. Cotter, que eso no es bueno para los niños? —preguntó ella.

—Es malo para estas criaturas —dijo el viejo Cotter— porque sus mentes son muy impresionables. Cuando ven estas cosas, sabe usted, les hace un efecto...

Me llené la boca con potaje por miedo a dejar escapar mi furia. ¡Viejo cansón, nariz de pimentón!

Era ya tarde cuando me quedé dormido. Aunque estaba furioso con Cotter por haberme tildado de criatura, me rompí la cabeza tratando de adivinar qué quería él decir con sus frases inconclusas. Me imaginé que veía la pesada cara grisácea del paralítico en la oscuridad del cuarto. Me tapé la cabeza con la sábana y traté de pensar en las Navidades. Pero la cara grisácea me perseguía a todas partes. Murmuraba algo; y comprendí que quería confesarme cosas. Sentí que mi alma reculaba hacia regiones gratas y perversas; y de nuevo lo encontré allí, esperándome. Empezó a confesarme en murmullos y me pregunté por qué sonreía siempre y por qué sus labios estaban húmedos de saliva. Fue entonces que recordé que había muerto de parálisis y sentí que también yo sonreía suavemente, como si lo absolviera de un pecado simoníaco.

A la mañana siguiente, después del desayuno, me llegué hasta la casita de Great Britain Street. Era una tienda sin pretensiones afiliada bajo el vago nombre de «Tapicería». La tapicería consistía mayormente en botines para niños y paraguas; y en días corrientes había un cartel en la vidriera que decía: SE FORRAN PARAGUAS. Ningún letrero era visible ahora porque habían bajado el cierre. Había un crespón atado al llamador con una cinta. Dos señoras pobres y un mensajero del telégrafo leían la tarjeta cosida al crespón. Yo también me acerqué para leerla.

1 de julio de 1895

El

REV. JAMES FLYNN

que perteneció a la parroquia

de la iglesia de Santa Catalina,

en la calle Meath,
de sesenta y cinco años de edad,
ha fallecido
R. I. P.

Leer el letrero me convenció de que se había muerto y me perturbó darme cuenta de que tuve que contenerme. De no estar muerto, habría entrado directamente al cuartito oscuro en la trastienda, para encontrarlo sentado en su sillón junto al fuego, casi asfixiado dentro de su chaquetón. A lo mejor mi tía me había entregado un paquete de High Toast para dárselo y este regalo lo sacaría de su sopor. Era yo quien tenía que vaciar el rapé en su tabaquera negra, ya que sus manos temblaban demasiado para permitirse hacerlo sin que él derramara por lo menos la mitad. Incluso cuando se llevaba las largas manos temblorosas a la nariz, nubes de polvo de rapé se escurrían entre sus dedos para caerle en la pechera del abrigo. Debían ser estas constantes lluvias de rapé lo que daba a sus viejas vestiduras religiosas su color verde desvaído, ya que el pañuelo rojo, renegrido como estaba siempre por las manchas de rapé de la semana, con que trataba de barrer la picadura que caía, resultaba bien eficaz.

Quise entrar a verlo, pero no tuve valor para tocar. Me fui caminando lentamente a lo largo de la calle soleada, leyendo las carteleras en las vitrinas de las tiendas mientras me alejaba. Me pareció extraño que ni el día ni yo estuviéramos de luto y hasta me molestó descubrir dentro de mí una sensación de libertad, como si me hubiera librado de algo con su muerte. Me asombró que fuera así porque, como bien dijera mi tío la noche antes, él me enseñó muchas cosas. Había estudiado en el colegio irlandés de Roma y me enseñó a pronunciar el latín correctamente. Me contaba cuentos de las catacumbas y sobre Napoleón Bonaparte y hasta me explicó el sentido de las diferentes ceremonias de la misa y de las diversas vestiduras que debe llevar el sacerdote. A veces se divertía haciéndome preguntas difíciles, preguntándome lo que había que hacer en ciertas circunstancias o si tales o cuales pecados eran mortales o veniales o tan sólo imperfecciones. Sus preguntas me mostraron lo complejas y misteriosas que son ciertas instituciones de la Iglesia que yo siempre había visto como la cosa más simple. Los deberes del sacerdote con la eucaristía y con el secreto de confesión me parecieron tan graves que me preguntaba cómo podía alguien encontrarse con valor para oficiar; y no me sorprendió cuando me dijo que los Padres de la Iglesia habían escrito libros tan gruesos como la *Guía de Teléfonos* y con letra tan menuda como la de los edictos publicados en los periódicos, elucidando éstas y otras cuestiones intrincadas. A menudo cuando pensaba en todo ello no podía explicármelo, o le daba una explicación tonta o vacilante, ante la cual solía él sonreír y asentir con la cabeza dos o tres veces seguidas. A veces me hacía repetir los responsorios de la misa, que me obligó a aprenderme de memoria; y mientras yo parloteaba, él sonreía meditativo y asentía. De vez en cuando se echaba alternativamente polvo de rapé por cada hoyo de la nariz. Cuando sonreía solía dejar al descubierto sus grandes dientes descoloridos y dejaba caer la lengua sobre el labio inferior —costumbre que me tuvo molesto siempre, al principio de nuestra relación, antes de conocerlo bien.

Al caminar solo al sol recordé las palabras del viejo Cotter y traté de recordar qué ocurría después en mi sueño. Recordé que había visto cortinas de terciopelo y una lámpara colgante de las antiguas. Tenía la impresión de haber estado muy lejos, en tierra de costumbres extrañas —Persia, pensé… Pero no pude recordar el final de mi sueño.

Por la tarde, mi tía me llevó con ella al velorio. Ya el sol se había puesto; pero en las casas de cara al poniente los cristales de las ventanas reflejaban el oro viejo de un gran banco de nubes. Nannie nos esperó en el recibidor; y como no habría sido de buen tono saludarla a gritos, todo lo que hizo mi tía fue darle la mano. La vieja señaló hacia lo alto interrogante y, al asentir mi tía, procedió a subir trabajosamente las estrechas escaleras delante de nosotros, su cabeza baja sobresaliendo apenas por encima del pasamanos. Se detuvo en el primer rellano y con un ademán nos alentó a que entráramos por la puerta que se abría hacia el velorio. Mi tía entró y la vieja, al ver que yo vacilaba, comenzó a conminarme repetidas veces con la mano.

Entré en puntillas. A través de los encajes bajos de las cortinas entraba una luz crepuscular dorada que bañaba el cuarto y en la que las velas parecían una débil llamita. Lo habían metido en la caja. Nannie se adelantó y los tres nos arrodillamos al pie de la cama. Hice como si rezara, pero no podía concentrarme porque los murmullos de la vieja me distraían. Noté que su falda estaba recogida detrás torpemente y cómo los talones de sus botas de trapo estaban todos virados para el lado. Se me ocurrió que el viejo cura debía estarse riendo tendido en su ataúd.

Pero no. Cuando nos levantamos y fuimos hasta la cabecera, vi que ni sonreía. Ahí estaba solemne y excesivo en sus vestiduras de oficiar, con sus largas manos sosteniendo fláccidas el cáliz. Su cara se veía muy truculenta, gris y grande, rodeada de ralas canas y con negras y cavernosas fosas nasales. Había una peste potente en el cuarto —las flores.

Nos persignamos y salimos. En el cuartico de abajo encontramos a Eliza sentada tiesa en el sillón que era de él. Me encaminé hacia mi silla de siempre en el rincón, mientras Nannie fue al aparador y sacó una garrafa de jerez y copas. Lo puso todo en la mesa y nos invitó a beber. A ruego de su hermana, echó el jerez de la garrafa en las copas y luego nos pasó éstas. Insistió en que cogiera galletas de soda, pero rehusé porque pensé que iba a hacer ruido al comerlas. Pareció decepcionarse un poco ante mi negativa y se fue hasta el sofá, donde se sentó, detrás de su hermana. Nadie hablaba: todos mirábamos a la chimenea vacía.

Mi tía esperó a que Eliza suspirara para decir:

—Ah, pues ha pasado a mejor vida.

Eliza suspiró otra vez y bajó la cabeza asintiendo. Mi tía le pasó los dedos al tallo de su copa antes de tomar un sorbito.

—Y él… ¿tranquilo? —preguntó.

—Oh, sí, señora, muy apaciblemente —dijo Eliza—. No

se supo cuándo exhaló el último suspiro. Tuvo una muerte preciosa, alabado sea el Santísimo.

—¿Y en cuanto a lo demás...?

—El padre O'Rourke estuvo a visitarlo el martes y le dio la extremaunción y lo preparó y todo lo demás.

—¿Sabía entonces?

—Estaba muy conforme.

—Se le ve muy conforme —dijo mi tía.

—Exactamente eso dijo la mujer que vino a lavarlo. Dijo que parecía que estuviera durmiendo, de lo conforme y tranquilo que se veía. Quién se iba a imaginar que de muerto se vería tan agraciado.

—Pues es verdad —dijo mi tía.

Bebió un poco más de su copa y dijo:

—Bueno, Miss Flynn, debe de ser para usted un gran consuelo saber que hicieron por él todo lo que pudieron. Debo decir que ustedes dos fueron muy buenas con el difunto.

Eliza se alisó el vestido en las rodillas.

—¡Pobre James! —dijo—. Sólo Dios sabe que hicimos todo lo posible con lo pobres que somos... pero no podíamos ver que tuviera necesidad de nada mientras pasaba lo suyo.

Nannie había apoyado la cabeza contra el cojín y parecía a punto de dormirse.

—Así está la pobre Nannie —dijo Eliza, mirándola—, que no se puede tener en pie. Con todo el trabajo que tuvimos las dos, trayendo a la mujer que lo lavó y tendiéndolo y luego el ataúd y luego arreglar lo de la misa en la capilla. Si no fuera por el padre O'Rourke no sé cómo nos hubiéramos arreglado. Fue él quien trajo todas esas flores y los dos cirios de la capilla y escribió la nota para insertarla en el *Freeman's General* y se encargó de los papeles del cementerio y lo del seguro del pobre James y todo.

—¿No es verdad que se portó bien? —dijo mi tía.

Eliza cerró los ojos y negó con la cabeza.

—Ah, no hay amigos como los viejos amigos —dijo—, que cuando todo está firmado y confirmado no hay en qué confiar.

—Pues es verdad —dijo mi tía—. Y segura estoy que ahora que recibió su recompensa eterna no las olvidará a ustedes y lo buenas que fueron con él.

—¡Ay, pobre James! —dijo Eliza—. Si no nos daba ningún trabajo el pobrecito. No se le oía por la casa más de lo que se le oye en este instante. Ahora que yo sé que se nos fue y todo, es que…

—Le vendrán a echar de menos cuando pase todo —dijo mi tía.

—Ya lo sé —dijo Eliza—. No le traeré más su taza de caldo de vaca al cuarto, ni usted, señora, me le mandará más rapé. ¡Ay, James, el pobre!

Se calló como si estuviera en comunión con el pasado y luego dijo vivamente:

—Para que vea, ya me parecía que algo extraño se le venía encima en los últimos tiempos. Cada vez que le traía su ropa me lo encontraba ahí, con su breviario por el suelo y tumbado en su silla con la boca abierta.

Se llevó un dedo a la nariz y frunció la frente; después, siguió:

—Pero con todo, todavía seguía diciendo que antes de terminar el verano, un día que hiciera buen tiempo, se daría una vuelta para ver otra vez la vieja casa en Irishtown donde nacimos todos y nos llevaría a Nannie y a mí también. Si solamente pudiéramos hacernos de uno de esos carruajes a la moda que no hacen ruido, con neumáticos en las ruedas, de los que habló el padre O'Rourke, barato y por un día… decía él, de los del establecimiento de Johnny Rush, iríamos los tres juntos un domingo por la tarde. Se le metió esto entre ceja y ceja… ¡Pobre James!

—¡Que el Señor lo acoja en su seno! —dijo mi tía.

Eliza sacó su pañuelo y se limpió con él los ojos. Luego, lo volvió a meter en su bolso y contempló por un rato la parrilla vacía, sin hablar.

—Fue siempre demasiado escrupuloso —dijo—. Los deberes del sacerdocio eran demasiado para él. Y, luego, que su vida tuvo, como aquel que dice, su contrariedad.

—Sí —dijo mi tía—. Era un hombre desilusionado. Eso se veía.

El silencio se posesionó del cuartico y, bajo su manto, me acerqué a la mesa para probar mi jerez, luego volví, calladito, a mi silla del rincón. Eliza pareció caer en un profundo embeleso. Esperamos respetuosos a que ella rompiera el silencio; después de una larga pausa dijo lentamente:

—Fue ese cáliz que rompió… Ahí empezó la cosa. Naturalmente que dijeron que no era nada, que estaba vacío, quiero decir. Pero aun así… Dicen que fue culpa del monaguillo. ¡Pero el pobre James, que Dios lo tenga en la Gloria, se puso tan nervioso!

—¿Y qué fue eso? —dijo mi tía—. Yo oí algo de…

Eliza asintió.

—Eso lo afectó, mentalmente —dijo—. Después de aquello empezó a descontrolarse, hablando solo y vagando por ahí como un alma en pena. Así fue que una noche lo vinieron a buscar para una visita y no lo encontraban por ninguna parte. Lo buscaron arriba y abajo y no pudieron dar con él en ningún lado. Fue entonces que el sacristán sugirió que probaran en la capilla. Así que buscaron las llaves y abrieron la capilla, y el sacristán y el padre O'Rourke y otro padre que estaba ahí trajeron una vela y entraron a buscarlo… ¿Y qué le parece, que estaba allí, sentado solo en la oscuridad del confesionario, bien despierto y así como riéndose bajito él solo?

Se detuvo de repente como si oyera algo. Yo también me puse a oír; pero no se oyó un solo ruido en la casa: y yo sabía que el viejo cura estaba tendido en su caja tal como lo vimos, un muerto solemne y truculento, con un cáliz inútil sobre el pecho.

Eliza resumió:

—Bien despierto que lo encontraron y como riéndose solo estaba… Fue así, claro, que cuando vieron aquello, eso les hizo pensar que, pues, no andaba del todo bien…

# UN ENCUENTRO

Fue Joe Dillon quien nos dio a conocer el Lejano Oeste. Tenía su pequeña colección de números atrasados de *The Union Jack*, *Pluck* y *The Halfpenny Marvel*. Todas las tardes, después de la escuela, nos reuníamos en el traspatio de su casa y jugábamos a los indios. Él y su hermano menor, el gordo Leo, que era un ocioso, defendían los dos el altillo del establo mientras nosotros tratábamos de tomarlo por asalto; o librábamos una batalla campal sobre el césped. Pero, no importaba lo bien que peleáramos, nunca ganábamos ni el sitio ni la batalla y todo acababa como siempre, con Joe Dillon celebrando su victoria con una danza de guerra. Todas las mañanas sus padres iban a la misa de ocho en la iglesia de Gardiner Street y el aura apacible de Mrs. Dillon dominaba el recibidor de la casa. Pero él jugaba a lo salvaje comparado con nosotros, más pequeños y más tímidos. Parecía un indio de verdad cuando salía de correrías por el traspatio, una funda de tetera en la cabeza y golpeando con el puño una lata, gritando:

—¡Ya, yaka, yaka, yaka!

Nadie quiso creerlo cuando dijeron que tenía vocación para el sacerdocio. Era verdad, sin embargo.

El espíritu del desafuero se esparció entre nosotros y, bajo su influjo, se echaron a un lado todas las diferencias de cultura y de constitución física. Nos agrupamos, unos descaradamente, otros en broma y algunos casi con miedo: y en el grupo de estos últimos, los indios de mala gana que tenían miedo de parecer filomáticos o alfeñiques, estaba yo. Las aventuras relatadas en las novelitas del Oeste eran de por sí remotas, pero, por lo menos, abrían puertas de escape. A mí me gustaban más esos cuentos de detectives americanos donde de vez en cuando pasan muchachas, toscas, salvajes y bellas. Aunque no había nada malo en esas novelitas y sus intenciones muchas veces eran literarias, en la escuela circulaban en secreto. Un día cuando el padre Butler nos tomaba las cuatro páginas de Historia Romana, al chapucero de Leo Dillon lo cogieron con un número de *The Halfpenny Marvel*.

—¿Esta página o ésta? ¿Esta página? Pues vamos a ver, Dillon, adelante. «Apenas el día hubo…» ¡Siga! ¿Qué día? «Apenas el día hubo levantado…» ¿Estudió usted esto? ¿Qué es esa cosa que tiene en el bolsillo?

Cuando Leo Dillon entregó su magazine todos los corazones dieron un salto y pusimos cara de no romper un plato. El padre Butler lo hojeó, ceñudo.

—¿Qué es esta basura? —dijo—. *¡El jefe apache!* ¿Es esto lo que ustedes leen en vez de estudiar Historia Romana? No quiero encontrarme más esta condenada bazofia en esta escuela. El que la escribió supongo que debe de ser un condenado plumífero que escribe estas cosas para beber. Me sorprende que jóvenes como ustedes, educados, lean cosa semejante. Lo entendería si fueran ustedes alumnos de… escuela pública. Ahora, Dillon, se lo advierto seriamente, aplíquese o…

Tal reprimenda durante las sobrias horas de clase amenguó mucho la aureola del Oeste y la cara de Leo Dillon, confundida y abofada, despertó en mí más de un escrúpulo. Pero en cuanto la influencia moderadora de la escuela quedaba atrás empezaba a sentir otra vez el hambre de sensaciones sin freno, del escape que solamente estas crónicas desaforadas parecían ser capaces de ofrecerme. La mimética guerrita vespertina se volvió finalmente tan aburrida para mí como la rutina de la escuela por la mañana, porque lo que yo deseaba era correr verdaderas aventuras. Pero las aventuras verdaderas, pensé, no le ocurren jamás a los que se quedan en casa: hay que salir a buscarlas en tierras lejanas.

Las vacaciones de verano estaban ahí al doblar cuando decidí romper la rutina escolar aunque fuera por un día. Junto con Leo Dillon y un muchacho llamado Mahony planeamos un día furtivo. Ahorramos seis peniques cada uno. Nos íbamos a encontrar a las diez de la mañana en el puente del canal. La hermana mayor de Mahony le iba a escribir una disculpa y Leo Dillon le iba a decir a su hermano que dijese que su hermano estaba enfermo. Convinimos en ir por Wharf Road, que es la calle del muelle, hasta llegar a los barcos, luego cruzaríamos en la lanchita hasta el Palomar. Leo Dillon tenía miedo de que nos encontráramos con el padre Butler o con alguien del colegio; pero Mahony le preguntó, con muy buen juicio, que qué iba a hacer el padre Butler en el Palomar. Tranquilizados, llevé a buen término la primera parte del complot haciendo una colecta de seis peniques por cabeza, no sin antes enseñarles a ellos a mi vez mi seis peniques. Cuando hacíamos los últimos preparativos la víspera, estábamos algo excitados. Nos dimos las manos, riendo, y Mahony dijo:

—Ta mañana, socios.

Esa noche, dormí mal. Por la mañana, fui el primero en llegar al puente, ya que yo vivía más cerca. Escondí mis libros entre la yerba crecida cerca del cenizal y al fondo del parque, donde nadie iba, y me apresuré malecón arriba. Era una tibia mañana de la primera semana de junio. Me senté en la albarda del puente a contemplar mis delicados zapatos de lona que diligentemente blanqueé la noche antes y a mirar los dóciles caballos que tiraban cuesta arriba de un tranvía lleno de empleados. Las ramas de los árboles que bordeaban la alameda estaban de lo más alegres con sus hojitas verde claro y el sol se escurría entre ellas hasta tocar el agua. El granito del puente comenzaba a calentarse y empecé a golpearlo con la mano al compás de una tonada que tenía en la mente. Me sentí de lo más bien.

Llevaba sentado allí cinco o diez minutos cuando vi el traje gris de Mahony que se acercaba. Subía la cuesta, sonriendo, y se trepó hasta mí por el puente. Mientras esperábamos sacó el tiraflechas que le hacía bulto en un bolsillo interior y me explicó las mejoras que le había hecho. Le pregunté por qué lo había traído y me explicó que era para darles a los pájaros donde les duele. Mahony sabía hablar jerigonza y a menudo se refería al padre Butler como el Mechero de Bunsen. Esperamos un cuarto de hora o más, pero así y todo Leo Dillon no dio señales. Finalmente, Mahony se bajó de un brinco, diciendo:

—Vámonos. Ya me sabía yo que ese manteca era un fulastre.

—¿Y sus seis peniques…? —dije.

—Perdió prenda —dijo Mahony—. Y mejor para nosotros: en vez de un seise, tenemos nueve peniques cada.

Caminamos por el North Strand Road hasta que llegamos a la planta de ácido muriático y allí doblamos a la derecha para coger por los muelles. Tan pronto como nos alejamos de la gente, Mahony comenzó a jugar a los indios. Persiguió a un grupo de niñas andrajosas, apuntándolas con su tiraflechas y cuando dos andrajosos empezaron, de galantes, a tirarnos piedras, Mahony propuso que les cayéramos arriba. Me opuse diciéndole que eran muy chiquitos para nosotros y seguimos nuestro camino, con toda la bandada de andrajosos dándonos gritos de «Cuá, cuá, ¡cuáqueros!» creyéndonos protestantes, porque Mahony, que era muy prieto, llevaba la insignia de un equipo de críquet en su gorra. Cuando llegamos a La Plancha planeamos ponerle sitio; pero fue todo un fracaso, porque hacen falta por lo menos tres para un sitio. Nos vengamos de Leo Dillon declarándolo un fulastre y tratando de adivinar los azotes que le iba a dar Mr. Ryan a las tres.

Luego llegamos al río. Nos demoramos bastante por unas calles de mucho movimiento entre altos muros de mampostería, viendo funcionar las grúas y las maquinarias y más de una vez los carretoneros nos dieron gritos desde sus carretas crujientes para activarnos. Era mediodía cuando llegamos a los muelles y, como los estibadores parecían estar almorzando, nos compramos dos grandes panes de pasas y nos sentamos a comerlos en unas tuberías de metal junto al río. Nos dimos gusto contemplando el tráfico del puerto —las barcazas anunciadas desde lejos por sus bucles de humo, la flota pesquera, parda, al otro lado de Ringsend, los enormes veleros blancos que descargaban en el muelle de la orilla opuesta. Mahony habló de la buena furtivada que sería enrolarse en uno de esos grandes barcos, y hasta yo, mirando sus mástiles, vi, o imaginé, cómo la escasa geografía que nos metían por la cabeza en la escuela cobraba cuerpo gradualmente ante mis ojos. Casa y colegio daban la impresión de alejarse de nosotros y su influencia parecía que se esfumaba.

Cruzamos el Liffey en la lanchita, pagando por que nos pasaran en compañía de dos obreros y de un judío menudo que cargaba con una maleta. Estábamos todos tan serios que resultábamos casi solemnes, pero en una ocasión durante el corto viaje nuestros ojos se cruzaron y nos reímos. Cuando desembarcamos vimos la descarga de la linda goleta de tres palos que habíamos contemplado desde el muelle de enfrente. Algunos espectadores dijeron que era un velero noruego. Caminé hasta la proa y traté de descifrar la leyenda inscrita en ella pero, al no poder hacerlo, regresé a examinar los marinos extranjeros para ver si alguno tenía los ojos verdes, ya que tenía confundidas mis ideas… Los ojos de los marineros eran azules, grises y hasta negros. El único marinero cuyos ojos podían llamarse con toda propiedad verdes era uno grande, que divertía al público en el muelle gritando alegremente cada vez que caían las albardas:

—¡Muy bueno! ¡Muy bueno!

Cuando nos cansamos de mirar nos fuimos lentamente hasta Ringsend. El día se había hecho sofocante y en las ventanas de las tiendas unas galletas mohosas se desteñían al sol. Compramos galletas y chocolate, que comimos muy despacio mientras vagábamos por las mugrientas calles en que vivían las familias de los pescadores. No encontramos ninguna lechería, así que nos llegamos a una venduta y compramos una botella de limonada de frambuesa para cada uno. Ya refrescado, Mahony persiguió un gato por un callejón, pero se le escapó hacia un terreno abierto. Estábamos bastante cansados los dos y cuando llegamos al campo nos dirigimos enseguida hacia una cuesta empinada desde cuyo tope pudimos ver el Dodder.

Se había hecho demasiado tarde y estábamos muy cansados para llevar a cabo nuestro proyecto de visitar el Palomar. Teníamos que estar de vuelta antes de las cuatro o nuestra aventura se descubriría. Mahony miró su tiraflechas, compungido, y tuve que sugerir regresar en el tren para que recobrara su alegría. El sol se ocultó tras las nubes y nos dejó con los anhelos mustios y las migajas de las provisiones.

Estábamos solos en el campo. Después de estar echados en la falda de la loma un rato sin hablar, vi un hombre que se acercaba por el lado lejano del terreno. Lo observé desganado mientras mascaba una de esas cañas verdes que las muchachas cogen para adivinar la suerte. Subía la loma lentamente. Caminaba con una mano en la cadera y con la otra agarraba un bastón con el que golpeaba la yerba con suavidad. Se veía chambón en su traje verdinegro y llevaba un sombrero de copa alta de esos que se llaman *jerry*. Debía de ser viejo, porque su bigote era cenizo. Cuando pasó junto a nuestros pies nos echó una mirada rápida y siguió su camino. Lo seguimos con la vista y vimos que no había caminado cincuenta pasos cuando se viró y volvió sobre sus pasos. Caminaba hacia nosotros muy despacio, golpeando siempre el suelo con su bastón y lo hacía con tanta lentitud que pensé que buscaba algo en la yerba.

Se detuvo cuando llegó al nivel nuestro y nos dio los buenos días. Correspondimos y se sentó junto a nosotros en la cuesta, lentamente y con mucho cuidado. Empezó hablando del tiempo, diciendo que iba a hacer un verano caluroso, pero añadió que las estaciones habían cambiado mucho desde su niñez —hace mucho tiempo. Habló de que la época más feliz es, indudablemente, la de los días escolares y dijo que daría cualquier cosa por ser joven otra vez. Mientras expresaba semejantes ideas, bastante aburridas, nos quedamos callados. Luego empezó a hablar de la escuela y de libros. Nos preguntó si habíamos leído los versos de Thomas Moore o las obras de Sir Walter Scott y de Lord Lytton. Yo aparenté haber leído todos esos libros de los que él hablaba, por lo que finalmente me dijo:

—Ajá, ya veo que eres ratón de biblioteca, como yo. Ahora —añadió, apuntando para Mahony, que nos miraba con los ojos abiertos—, que éste se ve que es diferente: lo que le gusta es jugar.

Dijo que tenía todos los libros de Sir Walter Scott y de Lord Lytton en su casa y nunca se aburría de leerlos.

—Por supuesto —dijo—, que hay algunas obras de Lord Lytton que un menor no puede leer.

Mahony le preguntó que por qué no las podían leer, pregunta que me sobresaltó y abochornó porque temí que el hombre iba a creer que yo era tan tonto como Mahony. El hombre, sin embargo, se sonrió. Vi que tenía en su boca grandes huecos entre los dientes amarillos. Entonces nos preguntó que quién de los dos tenía más novias. Mahony dijo a la ligera que tenía tres chiquitas. El hombre me preguntó cuántas tenía yo. Le respondí que ninguna. No quiso creerme y me dijo que estaba seguro que debía de tener por lo menos una. Me quedé callado.

—Dígame —dijo Mahony, parejero, al hombre— ¿y cuántas tiene usted?

El hombre sonrió como antes y dijo que cuando él era de nuestra edad tenía novias a montones.

—Todos los muchachos —dijo— tienen noviecitas.

Su actitud sobre este particular me pareció extrañamente liberal para una persona mayor. Para mí que lo que decía de los muchachos y de las novias era razonable. Pero me disgustó oírlo de sus labios y me pregunté por qué le darían templeques una o dos veces, como si temiera algo o como si de pronto tuviera escalofrío. Mientras hablaba me di cuenta de que tenía un buen acento. Empezó a hablarnos de las muchachas, de lo suave que tenían el pelo y las manos y de cómo no todas eran tan buenas como parecían, si uno no sabía a qué atenerse. Nada le gustaba tanto, dijo, como mirar a una muchacha bonita, con sus suaves manos blancas y su lindo pelo sedoso. Me dio la impresión de que estaba repitiendo algo que se había aprendido de memoria o de que, atraída por las palabras que decía, su mente daba vueltas una y otra vez en una misma órbita. A veces hablaba como si hiciera alusión a hechos que todos conocían, otras bajaba la voz y hablaba misteriosamente, como si nos estuviera contando un secreto que no quería que nadie más oyera. Repetía sus frases una y otra vez, variándolas y dándoles vueltas con su voz monótona. Seguí mirando hacia el bajío mientras lo escuchaba.

Después de un largo rato hizo una pausa en su monólogo. Se puso en pie lentamente, diciendo que tenía que dejarnos por uno o dos minutos más o menos, y, sin cambiar yo la dirección de mi mirada, lo vi alejarse lentamente camino del extremo más próximo del terreno. Nos quedamos callados cuando se fue. Después de unos minutos de silencio oí a Mahony exclamar:

—¡Mira para eso! ¡Mira lo que está haciendo ahora!

Como ni miré ni levanté la vista, Mahony exclamó de nuevo:

—¡Pero mira para eso!... ¡Qué viejo más estrambótico!

—En caso de que nos pregunte el nombre —dije—, tú te llamas Murphy y yo me llamo Smith.

No dijimos más. Estaba aún considerando si irme o quedarme cuando el hombre regresó y otra vez se sentó al lado nuestro. Apenas se había sentado cuando Mahony, viendo de nuevo el gato que se le había escapado antes, se levantó de un salto y lo persiguió a campo traviesa. El hombre y yo presenciamos la cacería. El gato se escapó de nuevo y Mahony empezó a tirarle piedras a la cerca por la que subió. Desistiendo, empezó a vagar por el fondo del terreno, errático.

Después de un intervalo el hombre me habló. Me dijo que mi amigo era un travieso y me preguntó si no le daban una buena en la escuela. Estuve a punto de decirle que no éramos alumnos de la escuela pública para que nos dieran «una buena», como decía él; pero me quedé callado. Empezó a hablar sobre la manera de castigar a los muchachos. Su mente, como imantada de nuevo por lo que decía, pareció dar vueltas y más vueltas lentas alrededor de su nuevo eje. Dijo que cuando los muchachos eran así había que darles una buena y darles duro. Cuando un muchacho salía travieso y malo no había nada que le hiciera tanto bien como una buena paliza. Un manotazo o un tirón de orejas no bastaba: lo que estaba pidiendo era una buena paliza en caliente. Me sorprendió su ánimo, por lo que involuntariamente eché un vistazo a su cara. Al hacerlo, encontré su mirada: un par de ojos color verde botella que me miraban debajo de una frente fruncida. De nuevo desvié la vista.

El hombre siguió con su monólogo. Parecía haber olvidado su liberalismo de hace poco. Dijo que si él encontraba a un muchacho hablando con una muchacha o teniendo novia lo azotaría y lo azotaría: y que eso le enseñaría a no andar hablando con muchachas. Y si un muchacho tenía novia y decía mentiras, le daba una paliza como nunca le habían dado a nadie en este mundo. Dijo que no había nada en el mundo que le agradara más. Me describió cómo le daría una paliza a semejante mocoso como si estuviera revelando un misterio barroco. Esto le gustaba a él, dijo, más que nada en el mundo; y su voz, mientras me guiaba monótona a través del misterio, se hizo afectuosa, como si me rogara que lo comprendiera.

Esperé a que hiciera otra pausa en su monólogo. Entonces me puse en pie de repente. Por miedo a traicionar mi agitación me demoré un momento, aparentando que me arreglaba un zapato y luego, diciendo que me tenía que ir, le di los buenos días. Subí la cuesta en calma pero mi corazón latía rápido del miedo a que me agarrara por un tobillo. Cuando llegué a la cima me volví y, sin mirarlo, grité a campo traviesa:

—¡Murphy!

Había un forzado dejo de bravuconería en mi voz y me abochorné de treta tan burda. Tuve que gritar de nuevo antes de que Mahony me viera y respondiera con otro grito. ¡Cómo latió mi corazón mientras él corría hacia mí a campo traviesa! Corría como si viniera en mi ayuda. Y me sentí un penitente arrepentido: porque dentro de mí había sentido por él siempre un poco de desprecio.

# ARABIA

North Richmond Street, por ser un callejón sin salida, era una calle callada, excepto a la hora en que la escuela de los Hermanos Cristianos soltaba sus alumnos. Al fondo del callejón había una casa de dos pisos deshabitada y separada de sus vecinas por su terreno cuadrado. Las otras casas de la calle, conscientes de las familias decentes que vivían en ellas, se miraban unas a otras con imperturbables caras pardas.

El inquilino anterior de nuestra casa, sacerdote él, había muerto en la saleta interior. El aire, de tiempo atrás enclaustrado, permanecía estancado en toda la casa, el cuarto de desahogo detrás de la cocina estaba atiborrado de viejos papeles inservibles. Entre ellos encontré muchos libros forrados en papel, con sus páginas dobladas y húmedas: *El Abate*, de Walter Scott, *La Devota Comunicante* y *Las Memorias de Vidocq*. Me gustaba más este último porque sus páginas eran amarillas. El jardín silvestre detrás de la casa tenía un manzano en el medio y unos cuantos arbustos desparramados, debajo de uno de los cuales encontré una bomba de bicicleta oxidada que perteneció al difunto. Era un cura caritativo; en su testamento dejó todo su dinero para obras pías y los muebles de la casa a su hermana.

Cuando llegaron los cortos días de invierno, oscurecía antes de que hubiéramos acabado de comer. Cuando nos reuníamos en la calle ya las casas se habían hecho sombrías. El pedazo de cielo sobre nuestras cabezas era de un color morado moaré y las luces de la calle dirigían hacia allá sus débiles focos.

El aire frío mordía, pero jugábamos hasta que nuestros cuerpos relucían.

Nuestros gritos hacían eco en la calle silenciosa. Nuestras carreras nos llevaban por entre los oscuros callejones fangosos detrás de las casas, donde pasábamos bajo la baqueta de las salvajes tribus de las chozas, hasta los portillos de los oscuros jardines escurridos en que se levantaban tufos de los cenizales, y los oscuros, olorosos establos donde un cochero peinaba y alisaba el pelo a su caballo o sacaba música de arneses y de estribos. Cuando regresábamos a nuestra calle, ya las luces de las cocinas bañaban el lugar. Si veíamos a mi tío doblando la esquina, nos escondíamos en la oscuridad hasta que entraba en la casa. O si la hermana de Mangan salía a la puerta llamando a su hermano para el té, desde nuestra oscuridad la veíamos oteando calle arriba y calle abajo. Aguardábamos todos hasta ver si se quedaba o entraba y si se quedaba dejábamos nuestro escondite y, resignados, caminábamos hasta el quicio de la casa de Mangan. Allí nos esperaba ella, su cuerpo recortado contra la luz que salía por la puerta entreabierta. Su hermano siempre se burlaba de ella antes de hacerle caso y yo me quedaba junto a la reja, a mirarla. Al moverse ella su vestido bailaba con su cuerpo, y echaba a un lado y otro su trenza sedosa.

Todas las mañanas me tiraba al suelo de la sala delantera para vigilar su puerta. Para que no me viera bajaba las cortinas a una pulgada del marco. Cuando salía a la puerta mi corazón daba un vuelco. Corría al pasillo, agarraba mis libros y le caía atrás. Procuraba tener siempre a la vista su cuerpo moreno y, cuando llegábamos cerca del sitio donde nuestro camino se bifurcaba, apretaba yo el paso y la alcanzaba. Esto ocurría un día tras otro. Nunca había hablado con ella, si exceptuamos esas pocas palabras de ocasión, y, sin embargo, su nombre era como un reclamo para mi sangre alocada.

Su imagen me acompañaba hasta los sitios más hostiles al amor. Cuando mi tía iba al mercado los sábados por la tarde yo tenía que ir con ella para ayudarla a cargar los mandatos. Caminábamos por calles bulliciosas hostigados por borrachos y baratilleros, entre las maldiciones de los trabajadores, las agudas letanías de los pregoneros que hacían guardia junto a los barriles de mejillas de cerdo, el tono nasal de los cantantes callejeros que entonaban un *oigan-esto-todos* sobre O'Donovan Rossa o una balada sobre los líos de la tierra natal. Tales ruidos confluían en una única sensación de vida para mí: me imaginaba que llevaba mi cáliz a salvo por entre una turba enemiga. Por momentos su nombre venía a mis labios en extrañas plegarias y súplicas que ni yo mismo entendía. Mis ojos se llenaban de lágrimas a menudo (sin poder decir por qué) y a veces el corazón se me salía por la boca. Pensaba poco en el futuro. No sabía si llegaría o no a hablarle y si le hablaba, cómo le iba a comunicar mi confusa adoración. Pero mi cuerpo era un arpa y sus palabras y sus gestos eran como dedos que recorrieran mis cuerdas.

Una noche me fui a la saleta en que había muerto el cura. Era una noche oscura y lluviosa y no se oía un ruido en la casa. Por uno de los vidrios rotos oía la lluvia hostigando al mundo: las finas, incesantes agujas de agua jugando en sus camas húmedas. Una lámpara distante o una ventana alumbrada resplandecía allá abajo. Agradecí que pudiera ver tan poco. Todos mis sentidos parecían desear echar un velo sobre sí mismos, y sintiendo que estaba a punto de perderlos, junté las palmas de mis manos y las apreté tanto que temblaron, y musité: «¡Oh, amor! ¡Oh, amor!», muchas veces.

Finalmente, habló conmigo. Cuando se dirigió a mí sus primeras palabras fueron tan confusas que no supe qué responder. Me preguntó si iría a la *Arabia*. No recuerdo si respondí que sí o que no. Iba a ser una feria fabulosa, dijo ella; le encantaría a ella ir.

—¿Y por qué no vas? —le pregunté.

Mientras hablaba daba vueltas y más vueltas a un brazalete de plata en su muñeca. No podría ir, dijo, porque había retiro esa semana en el convento. Su hermano y otros muchachos peleaban por una gorra y me quedé solo recostado a la reja. Se agarró a uno de los hierros inclinando hacia mí la cabeza. La luz de la lámpara frente a nuestra puerta destacaba la blanca curva de su cuello, le iluminaba el pelo que reposaba allí y, descendiendo, daba sobre su mano en la reja. Caía por un lado de su vestido y cogía el blanco borde de su pollera, que se hacía visible al pararse descuidada.

—Te vas a divertir —dijo.

—Si voy —le dije—, te traeré alguna cosa.

¡Cuántas incontables locuras malgastaron mis sueños, despierto o dormido, después de aquella noche! Quise borrar los días de tedio por venir. Le cogí rabia al estudio. Por la noche en mi cuarto y por el día en el aula su imagen se interponía entre la página que quería leer y yo. Las sílabas de la palabra *Arabia* acudían a mí a través del silencio en que mi alma se regalaba para atraparme con su embrujo oriental. Pedí permiso para ir a la feria el sábado por la noche. Mi tía se quedó sorprendidísima y dijo que esperaba que no fuera una cosa de los masones. Pude contestar muy pocas preguntas en clase. Vi la cara del maestro pasar de la amabilidad a la dureza; dijo que confiaba en que yo no estuviera de holgorio. No lograba reunir mis pensamientos. No tenía ninguna paciencia con el lado serio de la vida que, ahora, se interponía entre mi deseo y yo, y me parecía juego de niños, feo y monótono juego de niños.

El sábado por la mañana le recordé a mi tío que deseaba ir a la feria por la noche. Estaba atareado con el estante del pasillo, buscando el cepillo de su sombrero y me respondió, agrio:

—Está bien, muchacho, ya lo sé.

Como él estaba en el pasillo no podía entrar en la sala y apostarme en la ventana. Dejé la casa de mal humor y caminé lentamente hacia la escuela. El aire era implacablemente crudo, y el ánimo me abandonó.

Cuando volví a casa para la cena mi tío aún no había regresado. Pero todavía era temprano. Me senté frente al reloj por un rato y, cuando su tictac empezó a irritarme, me fui del cuarto. Subí a los altos. Los cuartos de arriba, fríos, vacíos, lóbregos, me aliviaron y fui de cuarto en cuarto cantando. Desde la ventana del frente vi a mis compañeros jugando en la calle. Sus gritos me llegaban indistintos y apagados y, recostando mi cabeza contra el frío cristal, miré a la casa a oscuras en que ella vivía. Debí estar allí parado cerca de una hora, sin ver nada más que la figura morena proyectada por mi imaginación, retocada discretamente por la luz de la lámpara en el cuello curvo y en la mano sobre la reja y en el borde del vestido.

Cuando bajé las escaleras de nuevo me encontré a Mrs. Mercer sentada al fuego. Era una vieja hablantina, viuda de un prestamista, que coleccionaba sellos para una de sus obras pías. Tuve que soportar todos esos chismes de la hora del té. La comelata se prolongó más de una hora y todavía mi tío no llegaba. Mrs. Mercer se puso en pie para irse: sentía no poder esperar un poco más, pero eran más de las ocho y no le gustaba andar por afuera tarde, ya que el sereno le hacía daño. Cuando se fue empecé a pasearme por el cuarto, apretando los puños. Mi tía me dijo:

—Me temo que tendrás que posponer tu tómbola para otra noche del Señor.

A las nueve oí el llavín de mi tío en la puerta de la calle. Lo oí hablando solo y oí crujir el estante del pasillo cuando recibió el peso de su sobretodo. Sabía interpretar estos signos. Cuando iba por la mitad de la cena le pedí que me diera dinero para ir a la feria. Se le había olvidado.

—Ya todo el mundo está en la cama y en su segundo sueño —me dijo.

Ni me sonreí. Mi tía le dijo, enérgica:

—¿No puedes acabar de darle el dinero y dejarlo que se vaya? Bastante que lo hiciste esperar.

Mi tío dijo que sentía mucho haberse olvidado. Dijo que él creía en ese viejo dicho: «Mucho estudio y poco juego hacen a Juan majadero». Me preguntó que adónde iba yo y cuando se lo dije por segunda vez me preguntó que si no conocía «Un árabe dice adiós a su corcel». Cuando salía de la cocina se preparaba a recitar a mi tía los primeros versos del poema.

Apreté el florín bien en la mano mientras iba por Buckingham Street hacia la estación. La vista de las calles llenas de gente de compras y bañadas en luz de gas me hizo recordar el propósito de mi viaje. Me senté en un vagón de tercera de un tren vacío. Después de una demora intolerable el tren salió lento de la estación y se arrastró cuesta arriba entre casas en ruinas y sobre el río rutilante. En la estación de Westland Row la multitud se apelotonaba a las puertas del vagón; pero los conductores la rechazaron diciendo que éste era un tren especial a la tómbola. Seguí solo en el vagón vacío. En unos minutos el tren arrimó a una improvisada plataforma de madera. Bajé a la calle y vi en la iluminada esfera de un reloj que eran las diez menos diez. Frente a mí había un edificio que mostraba el mágico nombre.

No pude encontrar ninguna de las entradas de seis peniques y, temiendo que hubieran cerrado, pasé rápido por el torniquete, dándole un chelín a un portero de aspecto cansado. Me encontré dentro de un salón cortado a la mitad por una galería. Casi todos los estanquillos estaban cerrados y la mayor parte del salón estaba a oscuras. Reconocí ese silencio que se hace en las iglesias después del servicio. Caminé hasta el centro de la feria tímidamente. Unas pocas gentes se reunían alrededor de los estanquillos que aún estaban abiertos. Delante de una cortina, sobre la que aparecían escritas las palabras CAFÉ CHANTANT con lámparas y colores, dos hombres contaban dinero dentro de un cepillo. Oí cómo caían las monedas.

Recordando con cuánta dificultad logré venir, fui hacia uno de los estanquillos y examiné los búcaros de porcelana y los juegos de té floreados. A la puerta del estanquillo una jovencita hablaba y reía con dos jóvenes. Me di cuenta que tenían acento inglés y escuché vagamente la conversación.

—¡Oh, nunca dije tal cosa!

—¡Oh, pero sí!

—¡Oh, pero no!

—¿No fue eso lo que dijo ella?

—Sí. Yo la oí.

—¡Oh, vaya pero qué... embustero!

Viéndome, la jovencita vino a preguntarme si quería comprar algo. Su tono de voz no era alentador; parecía haberse dirigido a mí por sentido del deber. Miré humildemente los grandes jarrones colocados como mamelucos a los lados de la oscura entrada al estanquillo y murmuré:

—No, gracias.

La jovencita cambió de posición uno de los búcaros y regresó a sus amigos.

Empezaron a hablar del mismo asunto. Una que otra vez la jovencita me echó una mirada por encima del hombro.

Me quedé un rato junto al estanquillo —aunque sabía que quedarme era inútil— para hacer parecer más real mi interés en la loza. Luego, me di vuelta lentamente y caminé por el centro del bazar. Dejé caer los dos peniques junto a mis seis en el bolsillo. Oí una voz gritando desde un extremo de la galería que iban a apagar las luces. La parte superior del salón estaba completamente a oscuras ya.

Levantando la vista hacia lo oscuro, me vi como una criatura manipulada y puesta en ridículo, por la vanidad; y mis ojos ardieron de angustia y de rabia.

# EVELINE

Sentada a la ventana vio cómo la noche invadía la avenida. Reclinó la cabeza en la cortina y su nariz se lleno del olor a cretona polvorienta. Se sentía cansada.

Pasaban pocas personas. El hombre que vivía al final de la cuadra regresaba a su casa; oyó los pasos repicar sobre la acera de cemento y crujir luego en el camino de ceniza que pasaba frente a las nuevas casas de ladrillos rojos. En otro tiempo hubo allí un solar yermo donde jugaban todas las tardes con los otros muchachos. Luego, alguien de Belfast compró el solar y construyó allí casas —no casitas de color pardo como las demás sino casas de ladrillo, de colores vivos y techos charolados. Los muchachos de la avenida acostumbraban a jugar en ese placer —los Devine, los Water, los Dunn, Keogh el lisiadito, ella y sus hermanos y sus hermanas. Ernest, sin embargo, nunca jugaba: era muy mayor. Su padre solía perseguirlos por el yermo esgrimiendo un bastón de endrino; pero casi siempre el pequeño Keogh se ponía a vigilar y avisaba cuando veía venir a su padre. Con todo, parecían felices por aquel entonces. Su padre no iba tan mal en ese tiempo; y, además, su madre estaba viva. Eso fue hace años; ella, sus hermanos y sus hermanas ya eran personas mayores; su madre había muerto. Tizzie Dunn también había muerto y los Water habían vuelto a Inglaterra. ¡Todo cambia! Ahora ella también se iría lejos, como los demás, abandonando el hogar paterno.

¡El hogar! Echó una mirada al cuarto, revisando todos los objetos familiares que había sacudido una vez por semana durante tantísimos años preguntándose de dónde saldría ese polvo. Quizá no volvería a ver las cosas de la familia de las que nunca soñó separarse. Y sin embargo en todo ese tiempo nunca averiguó el nombre del cura cuya foto amarillenta colgaba en la pared sobre el armonio roto, al lado de la estampa de las promesas a santa Margarita María Alacoque. Fue amigo de su padre. Cada vez que mostraba la foto a un visitante su padre solía alargársela con una frase fácil:

—Ahora vive en Melbourne.

Ella había decidido dejar su casa, irse lejos. ¿Era ésta una decisión inteligente? Trató de sopesar las partes del problema. En su casa por lo menos tenía casa y comida; estaban aquellos que conocía de toda la vida. Claro que tenía que trabajar duro, en la casa y en la calle. ¿Qué dirían en la Tienda cuando supieran que se había fugado con el novio? Tal vez dirían que era una idiota; y la sustituirían poniendo un anuncio. Miss Gavan se alegraría. La tenía cogida con ella, sobre todo cuando había gente delante.

—Miss Hill, ¿no ve que está haciendo esperar a estas señoras?

—Por favor, Miss Hill, un poco más de viveza.

No iba a derramar precisamente lágrimas por la Tienda.

Pero en su nueva casa, en un país lejano y extraño, no pasaría lo mismo. Luego —ella, Eveline— se casaría. Entonces la gente sí que la respetaría. No iba a dejarse tratar como su madre. Aún ahora, que tenía casi veinte años, a veces se sentía amenazada por la violencia de su padre. Sabía que era eso lo que le daba palpitaciones. Cuando se fueron haciendo mayores él nunca le fue arriba a ella, como le fue arriba a Harry y a Ernest, porque ella era hembra; pero últimamente la amenazaba y le decía lo que le haría si no fuera porque su madre estaba muerta. Y ahora no tenía quien la protegiera, con Ernest muerto y Harry, que trabajaba decorando iglesias, siempre de viaje por el interior. Además, las invariables disputas por el dinero cada sábado por la noche habían comenzado a cansarla hasta decir no más. Ella siempre entregaba todo su sueldo —siete chelines— y Harry mandaba lo que podía, pero el problema era cómo conseguir dinero de su padre. Él decía que ella malgastaba el dinero, que no tenía cabeza, que no le iba a dar el dinero que ganaba con tanto trabajo para que ella lo tirara por ahí, y muchísimas cosas más, ya que los sábados por la noche siempre regresaba algo destemplado. Al final, le daba el dinero, preguntándole si ella no tenía intención de comprar las cosas de la cena del domingo. Entonces tenía que irse a la calle volando a hacer los mandados, agarraba bien su monedero de cuero negro en la mano al abrirse paso por entre la gente y volvía a casa ya tarde, cargada de comestibles. Le costaba mucho trabajo sostener la casa y ocuparse de que los dos niños dejados a su cargo fueran a la escuela y se alimentaran con regularidad. El trabajo era duro —la vida era dura— pero ahora que estaba a punto de partir no encontraba que su vida dejara tanto que desear.

Iba a comenzar a explorar una nueva vida con Frank. Frank era bueno, varonil, campechano. Iba a irse con él en el barco de la noche y ser su esposa y vivir con él en Buenos Aires, donde le había puesto casa. Recordaba bien la primera vez que lo vio; se alojaba él en una casa de la calle mayor a la que ella iba de visita. Parecía que no habían pasado más que unas semanas. Él estaba parado en la puerta, la visera de la gorra echada para atrás, con el pelo cayéndole en la cara broncínea. Llegaron a conocerse bien. Él la esperaba todas las noches a la salida de la Tienda y la acompañaba hasta su casa. La llevó a ver *La Muchacha de Bohemia* y ella se sintió en las nubes sentada con él en el teatro, en sitio desusado. A él le gustaba mucho la música y cantaba un poco. La gente se enteró de que la enamoraba y, cuando él cantaba aquello de la novia del marinero, ella siempre se sentía turbada. Él la apodó Poppens, en broma. Al principio era emocionante tener novio y después él le empezó a gustar. Contaba cuentos de tierras lejanas. Había empezado como camarero, ganando una libra al mes, en un buque de las líneas Allan que navegaba al Canadá. Le recitó los nombres de todos los barcos en que había viajado y le enseñó los nombres de los diversos servicios. Había cruzado el estrecho de Magallanes y le narró historias de los terribles patagones. Recaló en Buenos Aires, decía, y había vuelto al terruño de vacaciones solamente. Naturalmente, el padre de ella descubrió el noviazgo y le prohibió que tuviera nada que ver con él.

—Yo conozco muy bien a los marineros —le dijo.

Un día él sostuvo una discusión acalorada con Frank y después de eso ella tuvo que verlo en secreto.

En la calle la tarde se había hecho noche cerrada. La blancura de las cartas se destacaba en su regazo. Una era para Harry; la otra para su padre. Su hermano favorito fue siempre Ernest, pero ella también quería a Harry. Se había dado cuenta de que su padre había envejecido últimamente; le echaría de menos. A veces él sabía ser agradable. No hacía mucho, cuando ella tuvo que guardar cama por un día, él le leyó un cuento de aparecidos y le hizo tostadas en el fogón. Otro día —su madre vivía todavía— habían ido de picnic a la loma de Howth. Recordó cómo su padre se puso el bonete de su madre para hacer reír a los niños.

Apenas quedaba tiempo ya, pero seguía sentada a la ventana, la cabeza recostada en la cortina, respirando el olor a cretona polvorienta. A los lejos, en la avenida, podía oír un organillo. Conocía la canción. Qué extraño que la oyera precisamente esta noche para recordarle la promesa que hizo a su madre: la promesa de sostener la casa cuanto pudiera. Recordó la última noche de la enfermedad de su madre; de nuevo regresó al cuarto cerrado y oscuro al otro lado del corredor; afuera tocaban una melancólica canción italiana. Mandaron mudarse al organillero dándole seis peniques. Recordó cómo su padre regresó al cuarto de la enferma diciendo:

—¡Malditos italianos! ¡Mira que venir aquí!

Mientras rememoraba, la lastimosa imagen de su madre la tocó en lo más vivo de su ser —una vida entera de sacrificio cotidiano para acabar en la locura total. Temblaba al oír de nuevo la voz de su madre diciendo constantemente con insistencia insana:

—¡Derevaun Seraun! ¡Derevaun Seraun!

Se puso en pie bajo un súbito impulso aterrado. ¡Escapar!

¡Tenía que escapar! Frank sería su salvación. Le daría su vida, tal vez su amor. Pero ella ansiaba vivir. ¿Por qué ser desgraciada? Tenía derecho a la felicidad. Frank la levantaría en vilo, la cargaría en sus brazos. Sería su salvación.

Esperaba entre la gente apelotonada en la estación en North Wall. Le cogía una mano y ella oyó que él le hablaba, diciendo una y otra vez algo sobre el pasaje. La estación estaba llena de soldados con maletas marrón. Por las puertas abiertas del almacén atisbó el bulto negro del barco, atracado junto al muelle, con sus portillas iluminadas. No respondió. Sintió su cara fría y pálida y, en su laberinto de penas, rogó a Dios que la encaminara, que le mostrara cuál era su deber. El barco lanzó un largo y condolido pitazo hacia la niebla. De irse ahora, mañana estaría mar afuera con Frank, rumbo a Buenos Aires. Ya él había sacado los pasajes. ¿Todavía se echaría atrás, después de todo lo que él había hecho por ella? Su desánimo le causó náuseas físicas y continuó moviendo los labios en una oración silenciosa y ferviente.

Una campanada sonó en su corazón. Sintió su mano coger la suya.

—¡Ven!

Todos los mares del mundo se agitaban en su seno. Él tiraba de ella: la iba a ahogar. Se agarró con las dos manos a la barandilla de hierro.

—¡Ven!

¡No! ¡No! ¡No! Imposible. Sus manos se aferraron frenéticas a la baranda. Dio un grito de angustia hacia el mar.

—¡Eveline! ¡Evvy!

Se apresuró a pasar la barrera, diciéndole a ella que lo siguiera. Le gritaron que avanzara, pero él seguía llamándola. Se enfrentó a él con cara lívida, pasiva, como un animal indefenso. Sus ojos no tuvieron para él ni un vestigio de amor o de adiós o de reconocimiento.

## DESPUÉS DE LA CARRERA

Los carros venían volando hacia Dublín, deslizándose como balines por la curva del camino de Naas. En lo alto de la loma, en Inchicore, los espectadores se aglomeraban para presenciar la carrera de vuelta, y por entre este canal de pobreza y de inercia, el Continente hacía desfilar su riqueza y su industria acelerada. De vez en cuanto los racimos de personas lanzaban al aire unos vítores de esclavos agradecidos. No obstante, simpatizaban más con los carros azules —los carros de sus amigos los franceses.

Los franceses, además, eran los supuestos ganadores. El equipo francés llegó entero a los finales; en los segundos y terceros puestos, y el chófer del carro ganador alemán se decía que era belga. Cada carro azul, por tanto, recibía doble dosis de vítores al alcanzar la cima, y las bienvenidas fueron acogidas con sonrisas y venias por sus tripulantes. En uno de aquellos autos de construcción compacta venía un grupo de cuatro jóvenes, cuya animación parecía por momentos sobrepasar con mucho los límites de galicismo triunfante: es más, dichos jóvenes se veían alborotados. Eran Charles Ségouin, dueño del carro; André Rivière, joven electricista nacido en Canadá; un húngaro grande llamado Villona y un joven muy bien cuidado que se llamaba Doyle. Ségouin estaba de buen humor porque inesperadamente había recibido algunas órdenes por adelantado (estaba a punto de establecerse en el negocio de automóviles en París) y Rivière estaba de buen humor porque había sido nombrado gerente de dicho establecimiento; estos dos jóvenes (que eran primos) también estaban de buen humor por el éxito de los carros franceses. Villona estaba de buen humor porque había comido un almuerzo muy bueno; y, además, que era optimista por naturaleza. El cuarto miembro del grupo, sin embargo, estaba demasiado excitado para estar verdaderamente contento.

Tenía unos veintiséis años de edad, con un suave bigote castaño claro y ojos grises un tanto inocentes. Su padre, que comenzó en la vida como nacionalista avanzado, había modificado sus puntos de vista bien pronto. Había hecho su dinero como carnicero en Kingstown y al abrir carnicería en Dublín y en los suburbios logró multiplicar su fortuna varias veces. Tuvo, además, la buena fortuna de asegurar contratos con la policía y, al final, se había hecho tan rico como para ser aludido en la prensa de Dublín como príncipe de mercaderes. Envió a su hijo a educarse en un gran colegio católico de Inglaterra y después lo mandó a la universidad de Dublín a estudiar derecho. Jimmy no anduvo muy derecho como estudiante y durante cierto tiempo sacó malas notas. Tenía dinero y era popular; y dividía su tiempo, curiosamente, entre los círculos musicales y los automovilísticos. Luego, lo enviaron por un trimestre a Cambridge a que viera lo que es la vida. Su padre, amonestante pero en secreto orgulloso de sus excesos, pagó sus cuentas y lo mandó llamar. Fue en Cambridge que conoció a Ségouin. No eran más que conocidos entonces, pero Jimmy halló sumo placer en la compañía de alguien que había visto tanto mundo y que tenía reputación de ser dueño de uno de los mayores hoteles de Francia. Valía la pena (como convino su padre) conocer a una persona así, aun si no fuera la compañía grata que era. Villona también era divertido —un pianista brillante—, pero, desgraciadamente, pobre.

El carro corría con su carga de jacarandosa juventud. Los dos primos iban en el asiento delantero; Jimmy y su amigo húngaro se sentaban detrás. Decididamente, Villona estaba en gran forma; por el camino mantuvo su tarareo de bajo profundo durante kilómetros. Los franceses soltaban carcajadas y palabras fáciles por encima del hombro y más de una vez

Jimmy tuvo que estirarse hacia delante para coger una frase al vuelo. No le gustaba mucho, ya que tenía que acertar con lo que querían decir y dar su respuesta a gritos y contra la ventolera. Además que el tarareo de Villona los confundía a todos; y el ruido del carro también.

Recorrer rápido el espacio, alboroza; también la notoriedad; lo mismo la posesión de riquezas. He aquí tres buenas razones para la excitación de Jimmy. Ese día muchos de sus conocidos lo vieron en compañía de aquellos continentales. En el puesto de control, Ségouin lo presentó a uno de los competidores franceses y, en respuesta a su confuso murmullo de cumplido, la cara curtida del automovilista se abrió para revelar una fila de relucientes dientes blancos. Después de tamaño honor era grato regresar al mundo profano de los espectadores entre codazos y miradas significativas. Tocante al dinero: tenía de veras acceso a grandes sumas. Ségouin tal vez no pensaría que eran grandes sumas, pero Jimmy, quien a pesar de sus errores pasajeros era en su fuero interno heredero de sólidos instintos, sabían bien con cuánta dificultad se había amasado esa fortuna. Este conocimiento mantuvo antaño sus cuentas dentro de los límites de un derroche razonable, y si estuvo consciente del trabajo que hay detrás del dinero cuando se trataba nada más del engendro de una inteligencia superior, ¡cuánto no más ahora, que estaba a punto de poner en juego una mayor parte de su sustancia! Para él esto era cosa seria.

Claro que la inversión era buena y Ségouin se las arregló para dar la impresión de que era como favor de amigo que esa pizca de dinero irlandés se incluiría en el capital de la firma. Jimmy respetaba la viveza de su padre en asuntos de negocios y en este caso fue su padre quien primero sugirió la inversión; mucho dinero en el negocio de automóviles, a montones. Todavía más, Ségouin tenía una inconfundible aura de riqueza. Jimmy se dedicó a traducir en términos de horas de trabajo ese auto señorial en que iba sentado. ¡Con qué suavidad avanzaba! ¡Con qué estilo corrieron por caminos y carreteras! El viaje puso su dedo mágico sobre el genuino pulso de la vida y, esforzado, el mecanismo nervioso humano intentaba quedar a la altura de aquel veloz animal azul.

Bajaron por Dame Street. La calle bullía con un tránsito desusado, resonante de bocinas de autos y de campanillazos de tranvías. Ségouin arrimó cerca del banco y Jimmy y su amigo descendieron. Un pequeño núcleo de personas se reunió para rendir homenaje al carro ronroneante. Los cuatro comerían juntos en el hotel de Ségouin esa noche y, mientras tanto, Jimmy y su amigo, que paraba en su casa, regresarían a vestirse. El auto dobló lentamente por Grafton Street mientras los dos jóvenes se desataban del nudo de espectadores. Caminaron rumbo al norte curiosamente decepcionados por el ejercicio, mientras que arriba la ciudad colgaba pálidos globos de luz en el halo de la noche estival.

En casa de Jimmy se declaró la comida ocasión solemne. Un cierto orgullo se mezcló a la agitación paterna y una decidida disposición, también, de tirar la casa por la ventana, pues los hombres de las grandes ciudades extranjeras tienen por lo menos esa virtud. Jimmy, él también, lucía muy bien una vez vestido, y al pararse en el corredor, dando aprobación final al lazo de su smoking, su padre debió de haberse sentido satisfecho, aun comercialmente hablando, por haber asegurado para su hijo cualidades que a menudo no se pueden adquirir. Su padre, por lo mismo, fue desusadamente cortés con Villona y en sus maneras expresaba verdadero respeto por los logros foráneos; pero la sutileza del anfitrión probablemente se malgastó en el húngaro, quien comenzaba a sentir unas grandes ganas de comer.

La comida fue excelente, exquisita. Ségouin, decidió Jimmy, tenía un gusto refinadísimo. El grupo se aumentó con un joven irlandés llamado Routh a quien Jimmy había visto con Ségouin en Cambridge. Los cinco cenaron en un cuarto coquetón iluminado por lámparas incandescentes. Hablaron con ligereza y sin ambages. Jimmy, con imaginación exaltada, concibió la ágil juventud de los franceses enlazada con elegancia al firme marco de modales del inglés. Grácil imagen ésta, pensó, y tan justa. Admiraba la destreza con que su anfitrión manejaba la conversación. Los cinco jóvenes tenían gustos diferentes y se les había soltado la lengua. Villona, con infinito respeto, comenzó a describirle al amablemente sorprendido inglesito las bellezas del madrigal inglés, deplorando la pérdida de los instrumentos antiguos. Rivière, no del todo sin ingenio, se tomó el trabajo de explicarle a Jimmy el porqué del triunfo de los mecánicos franceses. La resonante voz del húngaro estaba a punto de poner en ridículo los espurios laúdes de los pintores románticos, cuando Ségouin pastoreó al grupo hacia la política. He aquí un terreno que congeniaba con todos. Jimmy, bajo influencias generosas, sintió que el celo patriótico, ya bajo tierra, de su padre, le resucitaban dentro: por fin logró avivar al soporífero Routh. El cuarto se caldeó por partida doble y la tarea de Ségouin se hizo más ardua por momentos: hasta se corrió peligro de un pique personal. En una oportunidad, el anfitrión, alerta, levantó su copa para brindar por la Humanidad y cuando terminó el brindis abrió las ventanas significativamente.

Esa noche la ciudad se puso su máscara de gran capital. Los cinco jóvenes pasearon por Stephen's Green en una vaga nube de humos aromáticos. Hablaban alto y alegre, las capas colgándoles de los hombros. La gente se apartaba para dejarlos pasar. En la esquina de Grafton Street un hombre rechoncho embarcaba a dos mujeres en un auto manejado por otro gordo. El auto se alejó y el hombre rechoncho atisbó al grupo.

—André.

—¡Pero si es Farley!

Siguió un torrente de conversación. Farley era americano. Nadie sabía a ciencia cierta de qué hablaban. Villona y Rivière eran los más ruidosos, pero todos estaban excitados. Se montaron a un auto, apretándose unos contra otros en medio de grandes risas. Viajaban por entre la multitud, fundida ahora a colores suaves y a música de alegres campanitas de cristal. Cogieron el tren en Westland Row y en unos segundos, según pareció a Jimmy, estaban saliendo ya de la estación de Kingstown. El colector saludó a Jimmy; era un viejo:

—¡Linda noche, señor!

Era una serena noche de verano; la bahía se extendía como espejo oscuro a sus pies. Se encaminaron hacia allá cogidos de brazos, cantando *Cadet Roussel* a coro, dando patadas a cada: «¡Ho! ¡Ho! ¡Hohé, vraiment!».

Abordaron un bote en el espigón y remaron hasta el yate del americano. Habrá cena, música y cartas. Villona dijo, con convicción:

—¡Es una belleza!

Había un piano de mar en el camarote. Villona tocó un vals para Farley y para Rivière, Farley haciendo de caballero y Rivière de dama. Luego vino una *Square dance* de improviso, todos inventando las figuras originales. ¡Qué contento! Jimmy participó de lleno; esto era vivir la vida por fin. Fue entonces que a Farley le faltó aire y gritó: «¡Stop!» Un camarero trajo una cena ligera y los jóvenes se sentaron a comerla por pura fórmula. Sin embargo, bebían: vino bohemio. Brindaron por Irlanda, Inglaterra, Francia, Hungría, los Estados Unidos. Jimmy hizo un discurso, un discurso largo, con Villona diciendo «¡Vamos! ¡Vamos!» a cada pausa. Hubo grandes aplausos cuando se sentó. Debe de haber sido un buen discurso. Farley le palmeó la espalda y rieron a rienda suelta. ¡Qué joviales! ¡Qué buena compañía eran!

¡Cartas! ¡Cartas! Se despejó la mesa. Villona regresó quedo a su piano y tocó a petición. Los otros jugaron juego tras juego, entrando audazmente en la aventura. Bebieron a la salud de la Reina de Corazones y de la Reina de Espadas. Oscuramente Jimmy sintió la ausencia de espectadores: qué golpes de ingenio. Jugaron por lo alto y las notas pasaban de mano en mano. Jimmy no sabía a ciencia cierta quién estaba ganando, pero sí sabía quién estaba perdiendo. Pero la culpa era suya, ya que a menudo confundía las cartas y los otros tenían que calcularle sus pagarés. Eran unos tipos del diablo, pero le hubiera gustado que hicieran un alto: se hacía tarde. Alguien brindó por el yate *La Beldad de Newport* y luego alguien más propuso jugar un último juego de los grandes.

El piano se había callado; Villona debió de haber subido a cubierta. Era un juego pésimo. Hicieron un alto antes de acabar para brindar por la buena suerte. Jimmy se dio cuenta de que el juego estaba entre Routh y Ségouin. ¡Qué excitante! Jimmy también estaba excitado; claro que él perdió. ¿Cuántos pagarés había firmado? Los hombres se pusieron en pie para jugar los últimos quites, hablando y gesticulando. Ganó Routh. El camarote tembló con los vivas de los jóvenes y se recogieron las cartas. Luego empezaron a colectar lo ganado. Farley y Jimmy eran buenos perdedores.

Sabía que lo lamentaría a la mañana siguiente, pero por el momento se alegró del receso, alegre con ese oscuro estupor que echaba un manto sobre sus locuras. Recostó los codos a la mesa y descansó la cabeza entre las manos, contando los latidos de sus sienes. La puerta del camarote se abrió y vio al húngaro de pie en medio de una luceta gris:

—¡Señores, amanece!

# DOS GALANES

La tarde de agosto había caído, gris y cálida, y un aire tibio, un recuerdo del verano, circulaba por las calles. La calle, los comercios cerrados por el descanso dominical, bullía con una multitud alegremente abigarrada. Como perlas luminosas, las lámparas alumbraban de encima de los postes estirados y por sobre la textura viviente de abajo, que variaba de forma y de color sin parar y lanzaba al aire gris y cálido de la tarde un rumor invariable que no cesa.

Dos jóvenes bajaban la cuesta de Rutland Square. Uno de ellos acababa de dar fin a su largo monólogo. El otro, que caminaba por el borde del contén y que a veces se veía obligado a bajar un pie a la calzada, por culpa de la grosería de su acompañante, mantenía su cara divertida y atenta. Era rubicundo y rollizo. Usaba una gorra de yatista echada frente arriba y la narración que venía oyendo creaba olas expresivas que rompían constantemente sobre su cara desde las comisuras de los labios, de la nariz y de los ojos. Breves chorros de una risa sibilante salían en sucesión de su cuerpo convulso. Sus ojos titilando con un contento pícaro echaban a cada momento miradas de soslayo a la cara de su compañero. Una o dos veces se acomodó el ligero impermeable que llevaba colgado de un hombro a la torera. Sus bombaches, sus zapatos de goma blancos y su impermeable echado por encima expresaban juventud. Pero su figura se hacía rotunda en la cintura, su pelo era escaso y canoso, y su cara, cuando pasaron aquellas olas expresivas, tenía aspecto estragado.

Cuando se aseguró de que el cuento hubo acabado se rió ruidoso por más de medio minuto. Luego dijo:

—¡Vaya!… ¡Ése sí que es el copón divino!

Su voz parecía batir el aire con vigor; y para dar mayor fuerza a sus palabras añadió con humor:

—¡Ése sí que es el único, solitario y si se me permite llamarlo así, *recherché* copón divino!

Al decir esto se quedó callado y serio. Tenía la lengua cansada, ya que había hablado toda la tarde en el pub de Dorset Street. La mayoría de la gente consideraba a Lenehan un sanguijuela, pero a pesar de esa reputación, su destreza y elocuencia evitaba siempre que sus amigos la cogieran con él. Tenía una manera atrevida de acercarse a un grupo en la barra y de mantenerse sutilmente al margen hasta que alguien lo incluía en la primera ronda. Vago por deporte, venía equipado con un vasto repertorio de adivinanzas, cuentos y cuartetas. Era, además, insensible a toda descortesía. Nadie sabía realmente cómo cumplía la penosa tarea de mantenerse, pero su nombre se asociaba vagamente a papeletas y a caballos.

—¿Y dónde fue que la levantaste, Corley? —le preguntó.

Corley se pasó rápido la lengua sobre el labio de arriba.

—Una noche, chico —le dijo—, que iba yo por Dame Street y me veo a esta tipa tan buena parada debajo del reloj de Waterhouse y cojo y le doy, tú sabes, las buenas noches. Luego nos damos una vuelta por el canal y eso, y ella que me dice que es criadita en una casa de Baggot Street. Le eché el brazo por arriba y la apretujé un poco esa noche. Entonces, el domingo siguiente, chico, tengo cita con ella y nos vemos. Nos fuimos hasta Donnybrook y la metí en un sembrado. Me dijo que ella salía con un lechero… ¡La gran vida, chico! Cigarrillos todas las noches y ella pagando el tranvía a la ida y a la venida. Una noche hasta me trajo dos puros más buenos que el carajo. Panetelas, tú sabes, de las que fuma el caballero… Yo que, claro, chico, tenía miedo de que saliera premiada. Pero, ¡tiene una esquiva!

—A lo mejor se cree que te vas a casar con ella —dijo Lenehan.

—Le dije que estaba sin pega —dijo Corley—. Le dije que trabajaba en Pim's. Ella ni mi nombre sabe. Estoy demasiado cujeado para eso. Pero se cree que soy de buena familia, para que tú lo sepas.

Lenehan se rió de nuevo, sin hacer ruido.

—De todos los cuentos buenos que he oído en mi vida —dijo—, ése sí que de veras es el copón divino.

Corley reconoció el cumplido en su andar. El vaivén de su cuerpo macizo obligaba a su amigo a bailar la suiza del contén a la calzada y viceversa. Corley era hijo de un inspector de policía y había heredado de su padre la caja del cuerpo y el paso. Caminaba con las manos al costado, muy derecho y moviendo la cabeza de un lado al otro. Tenía la cabeza grande, de globo, grasosa; sudaba siempre, en invierno y en verano; y su enorme bombín, ladeado, parecía un bombillo saliendo de un bombillo. La vista siempre al frente, como si estuviera en un desfile, cuando quería mirar a alguien en la calle, tenía que mover todo su cuerpo desde las caderas. Por el momento estaba sin trabajo. Cada vez que había un puesto vacante uno de sus amigos le pasaba la voz. A menudo se le veía conversando con policías de paisano, hablando con toda seriedad. Sabía dónde estaba el meollo de cualquier asunto y era dado a decretar sentencia. Hablaba sin oír lo que decía su compañía. Hablaba mayormente de sí mismo: de lo que había dicho a tal persona y lo que esa persona le había dicho y lo que él había dicho para dar por zanjado el asunto. Cuando relataba estos diálogos aspiraba la primera letra de su nombre, como hacían los florentinos.

Lenehan ofreció un cigarrillo a su amigo. Mientras los dos jóvenes paseaban por entre la gente, Corley se volvía ocasionalmente para sonreír a una muchacha que pasaba, pero la vista de Lenehan estaba fija en la larga luna pálida con su halo doble. Vio con cara seria cómo la gris telaraña del ocaso atravesaba su faz. Al cabo dijo:

—Bueno… dime, Corley, supongo que sabrás cómo manejarla, ¿no?

Corley, expresivo, cerró un ojo en respuesta.

—¿Sirve ella? —preguntó Lenehan, dudoso—. Nunca se sabe con las mujeres.

—Ella sirve —dijo Corley—. Yo sé cómo darle la vuelta, chico. Está loquita por mí.

—Tú eres lo que yo llamo un tenorio contento —dijo Lenehan—. ¡Y un don Juan *muy* serio también!

Un dejo burlón quitó servilismo a la expresión. Como vía de escape tenía la costumbre de dejar su adulonería abierta a interpretaciones de burla. Pero Corley no era muy sutil que digamos.

—No hay como una buena criadita —afirmó—. Te lo digo yo.

—Es decir, uno que las ha levantado a todas —dijo Lenehan.

—Yo primero salía con muchachas de su casa, tú sabes —dijo Corley, destapándose—. Las sacaba a pasear, chico, en tranvía a todas partes y yo era el que pagaba, o las llevaba a oír la banda o a una obra de teatro o les compraba chocolates y dulces y eso. Me gastaba con ellas el dinero que daba gusto —añadió en tono convincente, como si estuviera consciente de no ser creído.

Pero Lenehan podía creerlo muy bien; asintió, grave.

—Conozco el juego —dijo—, y es comida de bobo.

—Y maldito sea lo que saqué de él —dijo Corley.

—Ídem de ídem —dijo Lenehan.

—Con una excepción —dijo Corley.

Se mojó el labio superior pasándole la lengua. El recuerdo lo encandiló. Él, también, miró al pálido disco de la luna, ya casi velado, y pareció meditar.

—Ella estaba... bastante bien —dijo con sentimiento.

De nuevo se quedó callado. Luego, añadió:

—Ahora hace la calle. La vi montada en un carro con dos tipos Earl Street abajo una noche.

—Supongo que por tu culpa —dijo Lenehan.

—Hubo otros antes que yo —dijo Corley, filosófico.

Esta vez Lenehan se sentía inclinado a no creerlo. Movió la cabeza de un lado a otro y sonrió.

—Tú sabes que tú no me puedes andar a mí con cuentos, Corley —dijo.

—¡Por lo más sagrado! —dijo Corley—. ¿No me lo dijo ella misma?

Lenehan hizo un gesto trágico.

—¡Triste traidora! —dijo.

Al pasar por las rejas de Trinity College, Lenehan saltó al medio de la calle y miró al reloj arriba.

—Veinte pasadas —dijo.

—Hay tiempo —dijo Corley—. Ella va a estar allí. Siempre la hago esperar un poco.

Lenehan se rió entre dientes.

—¡Anda! Tú sí que sabes cómo manejarlas, Corley —dijo.

—Me sé bien todos sus truquitos —confesó Corley.

—Pero dime —dijo Lenehan de nuevo—, ¿estás seguro de que te va a salir bien? No es nada fácil, tú sabes. Tocante a eso son muy cerradas. ¿Eh?... ¿Qué?

Lenehan no dijo más. No quería acabarle la paciencia a su amigo, que lo mandara al demonio y luego le dijera que no necesitaba para nada sus consejos. Hacía falta tener tacto. Pero el ceño de Corley volvió a la calma pronto. Tenía la mente en otra cosa.

—Es una tipa muy decente —dijo, con aprecio—, de veras que lo es.

Bajaron Nassau Street y luego doblaron por Kildare. No lejos del portal del club un arpista tocaba sobre la acera ante un corro de oyentes. Tiraba de las cuerdas sin darle importancia, echando de vez en cuando miradas rápidas al rostro de cada recién venido y otras veces, pero con idéntico desgano, al cielo. Su arpa, también, sin darle importancia al forro que le caía por debajo de las rodillas, parecía desentenderse por igual de las miradas ajenas y de las manos de su dueño. Una de estas manos bordeaba la melodía de *Silent, O Moyle*, mientras la otra, sobre las primas, le caía detrás a cada grupo de notas. Los arpegios de la melodía vibraban hondos y plenos.

Los dos jóvenes continuaron calle arriba sin hablar, seguidos por la música fúnebre. Cuando llegaron a Stephen's

Green atravesaron la calle. En este punto el ruido de los tranvías, las luces y la muchedumbre los libró del silencio.

—¡Allí está! —dijo Corley.

Una mujer joven estaba parada en la esquina de Hume Street. Llevaba un vestido azul y una gorra de marinero blanca. Estaba sobre el contén, balanceando una sombrilla en la mano. Lenehan se avivó.

—Vamos a mirarla de cerca, Corley —dijo.

Corley miró ladeado a su amigo y una sonrisa desagradable apareció en su cara.

—¿Estás tratando de colarte? —le preguntó.

—¡Maldita sea! —dijo Lenehan, osado—. No quiero que me la presentes. Nada más quiero verla. No me la voy a comer...

—Ah... ¿Verla? —dijo Corley, más amable—. Bueno... atiende. Yo me acerco a hablar con ella y tú pasas de largo.

—¡Muy bien! —dijo Lenehan.

Ya Corley había cruzado una pierna por encima de las cadenas cuando Lenehan lo llamó:

—¿Y luego? ¿Dónde nos encontramos?

—Diez y media —respondió Corley, pasando la otra pierna.

—¿Dónde?

—En la esquina de Merrion Street. Estaremos de regreso.

—Trabájala bien —dijo Lenehan como despedida.

Corley no respondió. Cruzó la calle a buen paso, moviendo la cabeza de un lado a otro. Su bulto, su paso cómodo y el sólido sonido de sus botas tenían en sí algo de conquistador. Se acercó a la joven y, sin saludarla, empezó a conversar con ella enseguida. Ella balanceó la sombrilla más rápido y dio vueltas a sus tacones. Una o dos veces que él le habló muy cerca de ella se rió y bajó la cabeza.

Lenehan los observó por unos minutos. Luego, caminó rápido junto a las cadenas guardando distancia y atravesó la calle en diagonal. Al acercarse a la esquina de Hume Street encontró el aire densamente perfumado y rápidos sus ojos escrutaron, ansiosos, el aspecto de la joven. Tenía puesto su vestido dominguero. Su falda de sarga azul estaba sujeta a la

49

cintura por un cinturón de cuero negro. La enorme hebilla del cinto parecía oprimir el centro de su cuerpo, cogiendo como un broche la ligera tela de su blusa blanca. Llevaba una chaqueta negra corta con botones de nácar y una desaliñada boa negra. Las puntas de su cuellito de tul estaban cuidadosamente desarregladas y tenía prendido sobre el busto un gran ramo de rosas rojas con los tallos vueltos hacia arriba. Lenehan notó con aprobación su corto cuerpo macizo. Una franca salud rústica iluminaba su rostro, sus rojos cachetes rollizos y sus atrevidos ojos azules. Sus facciones eran toscas. Tenía una nariz ancha, una boca regada, abierta en una mueca entre socarrona y contenta, y dos dientes botados. Al pasar Lenehan se quitó la gorra y, después de unos diez segundos, Corley devolvió el saludo al aire. Lo hizo levantando su mano vagamente y cambiando, distraído, el ángulo de caída del sombrero.

Lenehan llegó hasta el hotel Shelbourne, donde se detuvo a la espera. Después de esperar un ratico los vio venir hacia él y cuando doblaron a la derecha, los siguió, apresurándose ligero en sus zapatos blancos, hacia un costado de Merrion Square. Mientras caminaba despacio, ajustando su paso al de ellos, miraba la cabeza de Corley, que se volvía a cada minuto hacia la cara de la joven como un gran balón dando vueltas sobre un pivote. Mantuvo la pareja a la vista hasta que los vio subir la escalera del tranvía a Donnybrook; entonces, dio media vuelta y regresó por donde había venido.

Ahora que estaba solo su cara se veía más vieja. Su alegría pareció abandonarlo y al caminar junto a las rejas de Duke's Lawn dejó correr su mano sobre ellas. La música que tocaba el arpista comenzó a controlar sus movimientos. Sus pies, suavemente acolchados, llevaban la melodía, mientras sus dedos hicieron escalas imitativas sobre las rejas, cayéndole detrás a cada grupo de notas.

Caminó sin ganas por Stephen's Green y luego Grafton Street abajo. Aunque sus ojos tomaban nota de muchos elementos de la multitud por entre la que pasaba, lo hacían desganadamente. Encontró trivial todo lo que debía encantarle y no tuvo respuesta a las miradas que lo invitaban a ser atrevido. Sabía que tendría que hablar mucho, que inventar y que divertir, y su garganta y su cerebro estaban demasiado secos para semejante tarea. El problema de cómo pasar las horas hasta encontrarse con Corley de nuevo le preocupó. Dobló a la izquierda cuando llegó a la esquina de Rutland Square y se halló más a gusto en la tranquila calle oscura, cuyo aspecto sombrío concordaba con su ánimo. Se detuvo, al fin, ante las vitrinas de un establecimiento de aspecto miserable en que las palabras BAR REFRESCOS estaban pintadas en letras blancas. Sobre el cristal de las vitrinas había dos letreros volados: CERVEZA DE JENGIBRE Y GINGER ALE. Un jamón cortado se exhibía sobre una fuente azul, mientras que no lejos, en una bandeja, había un pedazo de pudín de pasas. Miró estos comestibles fijamente por espacio de un rato y, luego, después de echar una mirada vigilante calle arriba y abajo, entró en la fonda, rápido.

Tenía hambre, ya que, excepto unas galletas que había pedido y le trajeron dos dependientes avinagrados, no había comido nada desde el desayuno. Se sentó a una mesa descubierta frente a dos obreritas y a un mecánico. Una muchacha desaliñada vino de camarera.

—¿A cómo la ración de chícharos? —preguntó.

—Tres medio-peniques, señor —dijo la muchacha.

—Tráigame un plato de chícharos —dijo—, y una botella de cerveza de jengibre.

Había hablado con rudeza para desacreditar su aire urbano, ya que su entrada fue seguida por una pausa en la conversación. Estaba abochornado… Para parecer natural, empujó su gorra hacia atrás y puso los codos en la mesa. El mecánico y las dos obreritas lo examinaron punto por punto antes de reanudar su conversación en voz baja. La muchacha le trajo un plato de guisantes calientes sazonados con pimienta y vinagre, un tenedor y su cerveza de jengibre. Comió la comida con ganas y la encontró tan buena que mentalmente tomó nota de la fonda. Cuando hubo comido los guisantes sorbió su cerveza y se quedó sentado un rato pensando en Corley y en su aventura. Vio en la imaginación a la pareja de amantes paseando por un sendero a oscuras; oyó la voz de Corley diciendo galanterías y de nuevo observó la descarada sonrisa en la boca de la joven. Tal visión le hizo sentir en lo vivo su pobreza de espíritu y de bolsa. Estaba cansado de dar tumbos, de halarle el rabo al diablo, de intrigas y picardías. En noviembre cumpliría treintaiún años. ¿No iba a conseguir nunca un buen trabajo? ¿No tendría jamás casa propia? Pensó lo agradable que sería tener un buen fuego al que arrimarse y sentarse a una buena mesa. Ya había caminado bastante por esas calles con amigos y con amigas. Sabía bien lo que valían esos amigos: también conocía bastante a las mujeres. La experiencia lo había amargado contra todo y contra todos. Pero no lo había abandonado la esperanza. Se sintió mejor después de comer, menos aburrido de la vida, menos vencido espiritualmente. Quizá todavía podría acomodarse en un rincón y vivir feliz, con tal de que encontrara una muchacha buena y simple que tuviera lo suyo.

Pagó los dos peniques y medio a la camarera desaliñada y salió de la fonda, reanudando su errar. Entró por Capel Street y caminó hacia el Ayuntamiento. Luego, dobló por Dame Street. En la esquina de George's Street se encontró con dos amigos y se detuvo a conversar con ellos. Se alegró de poder descansar de la caminata. Sus amigos le preguntaron si había visto a Corley y que cuál era la última. Replicó que se había pasado el día con Corley. Sus amigos hablaban poco. Miraron estólidos a algunos tipos en el gentío y a veces hicieron un comentario crítico. Uno de ellos dijo que había visto a Mac una hora atrás en Westmoreland Street. A esto Lenehan dijo que había estado con Mac la noche antes en Egan's. El joven que había estado con Mac en Westmoreland Street preguntó si era verdad que Mac había ganado una apuesta en un partido de billar. Lenehan no sabía: dijo que Holohan los había convidado a los dos a unos tragos en Egan's.

Dejó a sus amigos a las diez menos cuarto y subió por George's Street. Dobló a la izquierda por el Mercado Municipal y caminó hasta Grafton Street. El gentío de muchachos y muchachas había menguado, y caminando calle arriba oyó a muchas parejas y grupos darse las buenas noches unos a otros. Llegó hasta el reloj del Colegio de Cirujanos: estaban dando las diez. Se encaminó rápido por el lado norte del Green, apresurado por miedo a que Corley llegara demasiado pronto. Cuando alcanzó la esquina de Merrion Street se detuvo en la sombra de un farol y sacó uno de los cigarrillos que había reservado y lo encendió. Se recostó al poste y mantuvo la vista fija en el lado por el que esperaba ver regresar a Corley y a la muchacha.

Su mente se activó de nuevo. Se preguntó si Corley se las habría arreglado. Se preguntó si se lo habría pedido ya o si lo había dejado para lo último. Sufría las penas y anhelos de la situación de su amigo tanto como la propia. Pero el recuerdo de Corley moviendo su cabeza lo calmó un tanto: estaba seguro de que Corley se saldría con la suya. De pronto lo golpeó la idea de que quizá Corley la había llevado a su casa por otro camino, dándole el esquinazo. Sus ojos escrutaron la calle: ni señas de ellos. Sin embargo, había pasado con seguridad media hora desde que vio el reloj del Colegio de Cirujanos. ¿Habría Corley hecho una cosa semejante? Encendió el último cigarrillo y empezó a fumarlo nervioso. Forzaba la vista cada vez que paraba un tranvía al otro extremo de la plaza. Tienen que haber regresado por otro camino. El papel del cigarrillo se rompió y lo arrojó a la calle con una maldición.

De pronto los vio venir hacia él. Saltó de contento y pegándose al poste trató de adivinar el resultado en su manera de andar. Caminaban lentamente, la muchacha dando rápidos pasitos, mientras Corley se mantenía a su lado con su paso largo. No parecía que se hablaran. El conocimiento del resultado lo pinchó como la punta de un instrumento con filo. Sabía que Corley iba a fallar; sabía que no le salió bien.

Doblaron Baggot Street abajo y él los siguió enseguida, cogiendo por la otra acera. Cuando se detuvieron, se detuvo él también. Hablaron por un momento y después la joven bajó los escalones hasta el fondo de la casa. Corley se quedó parado al borde de la acera, a corta distancia de la escalera del frente. Pasaron unos minutos. La puerta del recibidor se abrió lentamente y con cautela. Luego, una mujer bajó corriendo las escaleras del frente y tosió. Corley se dio vuelta y fue hacia ella. Su cuerpazo la ocultó a su vista por unos segundos y luego ella reapareció corriendo escaleras arriba. La puerta se cerró tras ella y Corley salió caminando rápido hacia Stephen's Green.

Lenehan se apuró en la misma dirección. Cayeron unas gotas. Las tomó por un aviso y echando una ojeada hacia atrás, a la casa donde había entrado la muchacha, para ver si no lo observaban, cruzó la calle corriendo impaciente. La ansiedad y la carrera lo hicieron acezar. Dio un grito:

—¡Hey, Corley!

Corley volteó la cabeza a ver quién lo llamaba y después siguió caminando como antes. Lenehan corrió tras él, arreglándose el impermeable sobre los hombros con una sola mano.

—¡Hey, Corley! —gritó de nuevo.

Se emparejó a su amigo y lo miró a la cara, atento. No vio nada en ella.

—Bueno, ¿y qué? —dijo—. ¿Dio resultado?

Habían llegado a la esquina de Ely Place. Sin responder aún, Corley dobló a la izquierda rápido y entró en una calle lateral. Sus facciones estaban compuestas con una placidez austera. Lenehan mantuvo el paso de su amigo, respirando con dificultad. Estaba confundido y un dejo de amenaza se abrió paso por su voz.

—¿Vas a hablar o no? —dijo—. ¿Trataste con ella?

Corley se detuvo bajo el primer farol y miró torvamente hacia el frente. Luego, con un gesto grave, extendió una mano hacia la luz y, sonriendo, la abrió para que la contemplara su discípulo. Una monedita de oro brillaba sobre la palma.

# LA CASA DE HUÉSPEDES

Mrs. Mooney era hija de un carnicero. Era mujer que sabía guardarse las cosas: una mujer determinada. Se había casado con el dependiente de su padre y los dos abrieron una carnicería cerca de Spring Gardens. Pero tan pronto como su suegro murió Mr. Mooney empezó a descomponerse. Bebía, saqueaba la caja contadora, incurrió en deudas. No bastaba con obligarlo a hacer promesas: era seguro que días después volvería a las andadas. Por pelear con su mujer ante los clientes y comprar carne mala arruinó el negocio. Una noche le cayó atrás a su mujer con el matavacas y ésta tuvo que dormir en la casa de un vecino.

Después de aquello se separaron. Ella se fue a ver al cura y consiguió una separación con custodia. No le daba a él ni dinero, ni cuarto, ni comida; así que se vio obligado a enrolarse de alguacil ayudante. Era un borracho menudo, andrajoso y encorvado, con cara ceniza y bigote cano y cejas dibujadas en blanco sobre unos ojitos pelados y venosos; y todo el santo día estaba sentado en la oficina del alguacil, esperando a que le asignaran un trabajo. Mrs. Mooney, que cogió lo que quedaba del negocio de carnes para poner una casa de huéspedes en Hardwicke Street, era una mujerona imponente. Su casa tenía una población flotante compuesta de turistas de Liverpool y de la isla de Man y, ocasionalmente, artistas del *music-hall*. Su población residente estaba compuesta por empleados del comercio. Gobernaba su casa con astucia y firmeza, sabía cuándo dar crédito y cuándo ser severa y cuándo dejar pasar las cosas. Los residentes jóvenes todos hablaban de ella como *La Matrona*.

Los clientes jóvenes de Mrs. Mooney pagaban quince chelines a la semana por cuarto y comida (cerveza o *stout* en las comidas excluidos). Compartían gustos y ocupaciones comunes y por esta razón se llevaban muy bien. Discutían entre sí las oportunidades de conocidos y ajenos. Jack Mooney, el hijo de la Matrona, empleado de un comisionista de Fleet Street, tenía reputación de ser un caso. Era dado a usar un lenguaje de barraca: a menudo regresaba a altas horas. Cuando se topaba con sus amigos siempre tenía uno muy bueno que contar y siempre estaba al tanto —es decir, que sabía el nombre de un caballo seguro o de una artista dudosa. También sabía manejar los puños y cantaba canciones cómicas. Los domingos por la noche siempre había reuniones en el recibidor delantero en casa de Mrs. Mooney. Los artistas de *music-hall* cooperaban; y Sheridan tocaba valses, polcas y acompañaba. Polly Mooney, la hija de la Matrona, también cantaba. Así cantaba:

> *Yo soy pu... ra y santa.*
> *Y tú no te enfades:*
> *Lo que soy, ya sabes.*

Polly era una agraciada joven de diecinueve años; tenía el cabello claro y sedoso y una boquita llenita. Sus ojos, grises con una pinta verdosa de través, tenían la costumbre de mirar a lo alto cuando hablaba, lo que le daba un aire de diminuta madona perversa. Al principio, Mrs. Mooney había colocado a su hija de mecanógrafa en las oficinas de un importador de granos, pero como el desprestigiado alguacil auxiliar solía venir un día sí y un día no, pidiendo que le dejaran ver a su hija, la había traído de nuevo para la casa y puesto a hacer labores domésticas. Como Polly era muy despierta, la intención era que se ocupara de los clientes jóvenes. Además, que a los jóvenes siempre les gusta saber que hay una muchacha por los alrededores. Polly, es claro, sateaba con los jóvenes, pero Mrs. Mooney, que juzgaba astuta, sabía que los hombres no querían más que pasar el rato: ninguno tenía intenciones formales. Las cosas se mantuvieron así un tiempo y ya Mrs. Mooney había empezado a pensar en mandar a Polly a trabajar otra vez de mecanógrafa, cuando se dio cuenta de que había algo entre Polly y uno de los inquilinos. Vigiló bien a la pareja y se guardó sus consejos.

Polly sabía que la vigilaban, pero todavía el persistente silencio de su madre no daba lugar a malentendidos. No había habido complicidad abierta entre la madre y la hija, ningún entendimiento claro, y aunque la gente en la casa comenzaba a hablar del asunto, Mrs. Mooney no intervenía aún. Polly comenzó a comportarse de una manera extraña y era evidente que el joven en cuestión estaba perturbado. Por fin, cuando juzgó llegado el momento oportuno, Mrs. Mooney intervino. Ella lidiaba con los problemas morales como lidia el cuchillo con la carne; y en este caso ya se había decidido.

Era una clara mañana de domingo al comienzo de un verano que se prometía caluroso, pero soplaba el fresco. Todas las ventanas de la casa de huéspedes estaban subidas y las cortinas de encaje formaban globos airosos sobre la calle bajo las vidrieras alzadas. Las campanas de la iglesia de San Jorge repicaban constantemente y las feligresas, solas o en grupos, atravesaban la diminuta rotonda frente al templo, revelando su propósito tanto por el porte contrito como por el breviario en sus enguantadas manos. Había terminado el desayuno en la casa de huéspedes y la mesa del comedor diurno estaba llena de platos en los que se veían manchas amarillas de huevo con gordos y pellejos de *bacon*. Mrs. Mooney se sentó en el sillón de mimbre a vigilar cómo Mary, la criada, recogía las cosas del desayuno. Obligaba a Mary a reunir las costras y los mendrugos de pan para ayudar al pudín del martes. Cuando la mesa estuvo limpia, las migas reunidas y el azúcar y la mantequilla bajo doble llave, comenzó a reconstruir la entrevista que tuvo la noche anterior con Polly. Las cosas ocurrieron tal y como sospechaba: había sido franca en sus preguntas y Polly había sido franca en sus respuestas. Las dos se habían sentido algo cortadas, es claro. Ella se hallaba en una situación difícil porque no quiso recibir la noticia de manera muy desdeñosa o que pareciera que lo había tramado todo y Polly se sintió embarazada no sólo porque para ella alusiones como éstas eran siempre embarazosas, sino también porque no quería que pensaran que en su inocencia astuta ella había adivinado las intenciones de la tolerancia materna.

Mrs. Mooney echó una ojeada instintiva al pequeño reloj dorado sobre la chimenea tan pronto como se hizo consciente a través de su recordatorio de que las campanas de la iglesia de San Jorge habían dejado de tocar. Eran las once y diecisiete: tenía tiempo de sobra para arreglar el problema con Mr. Doran y después alcanzar la breve de doce en Marlborough Street. Estaba segura de que saldría triunfante. Para empezar, tenía todo el peso de la opinión de su parte: era una madre ultrajada. Le habían permitido a él vivir bajo su mismo techo, dando por sentada su hombría de bien, y él había abusado así como así de su hospitalidad. Tenía treinta y cuatro o treinta y cinco años de edad, de manera que no se podía poner su juventud como excusa; tampoco su ignorancia podía ser una excusa, ya que se trataba de un hombre que había recorrido mundo. Simplemente se había aprovechado de la juventud y de la inexperiencia de Polly: ello era evidente. El asunto era: ¿Cuáles serían las reparaciones a hacer?

En tales casos había que reparar el honor, primero. Estaba muy bien para el hombre: se podía salir con la suya como si no hubiera pasado nada, después de disfrutar y de darse gusto, pero la mujer tenía que cargar con el bulto. Algunas madres se sentirían satisfechas de zurcir un parche con dinero: conocía casos así. Pero ella no haría nunca semejante cosa. Para ella una sola reparación podía compensar la pérdida del honor de su hija: el matrimonio.

Contó sus cartas antes de mandar a Mary a que subiera al cuarto de Mr. Doran a decirle que desearía hablarle. Estaba segura de ganar. Era un joven serio, nada mujeriego o parrandero como los otros. Si se tratara de Sheridan o de Mr. Meade o de Bantam Lyons, su tarea sería más difícil. Pensaba que él no podría encarar el escándalo. Los demás huéspedes de la casa conocían aquellas relaciones; algunos habían inventado detalles. Además de que él llevaba trece años empleado en la oficina de un gran importador de vinos, católico él, y la publicidad le costaría tal vez perder su puesto. Mientras que si se transaba, todo marcharía bien. Para empezar sabía que él tenía una buena busca y sospechaba que había puesto algo aparte.

¡Las y media casi! Se levantó y se pasó revista en el espejo entero. La decidida expresión de su carota florida la satisfizo y pensó en cuántas madres conocía que no sabían cómo librarse de sus hijas.

Mr. Doran estaba de veras muy nervioso este domingo por la mañana. Había intentado afeitarse dos veces, pero sus manos temblaban tanto que se vio obligado a desistir. Una barba rojiza de tres días le enmarcaba la quijada y cada dos o tres minutos el vaho empañaba sus espejuelos tanto que se los tenía que quitar y limpiarlos con un pañuelo. El recuerdo de su confesión la noche anterior le causaba una pena penetrante; el padre le había sacado los detalles más ridículos del desliz y, al final, había agrandado de tal manera su pecado que casi estaba agradecido de que le permitieran la vía de escape de una reparación. El daño ya estaba hecho. ¿Qué podía hacer ahora excepto casarse o darse a la fuga? No podía ampararse en el descaro. Se hablaría del caso y de seguro se iba a enterar su patrón. Dublín es una ciudad tan pequeña: todo el mundo sabe lo de todo el mundo. Sintió que su agitado corazón se le ponía de un salto en la boca, al oír en su imaginación exaltada al viejo Mr. Leonard llamándolo alterado con su voz de lija: «A Mr. Doran que haga el favor de venir acá».

¡Todos sus años de servicio perdidos por nada! ¡Toda su industriosidad y su diligencia malbaratadas! De joven había corrido mundo, claro: se había jactado de ser un librepensador y negado la existencia de Dios frente a sus amigos del pub. Pero eso era el pasado y el pasado estaba enterrado… no del todo. Todavía compraba su ejemplar del *Reynolds Newspaper* todas las semanas, pero cumplía con sus obligaciones religiosas y las cuatro quintas partes del año vivía una vida ordenada. Tenía dinero suficiente para establecerse por su cuenta: no era eso. Pero su familia la tendría a ella a menos. Antes que nada estaba el desprestigio del padre de ella y luego que la casa de huéspedes de la madre empezaba a tener su fama. Se le ocurrió que lo habían atrapado. Podía imaginarse a sus amigos comentando el asunto a carcajadas. En realidad, ella *era* un poco vulgar; a veces decía *o séase* y *me han escribido*. Pero, ¿qué importancia tenía la gramática si la quería de veras? No podía decidir si debía amarla o despreciarla por lo que hizo. Claro que él también tomó su parte. Su instinto lo compelía a mantenerse libre, a no casarse. Se decía, el que se casa, se desgracia.

Estando sentado inerme en un lado de la cama en mangas de camisa, tocó ella suavemente a la puerta y entró. Se lo contó todo; cómo se lo había confesado todo a su madre y que su madre iba a hablar con él esa misma mañana. Lloraba y le echó los brazos al cuello, diciendo:

—¡Oh, Bob! ¡Bob! ¿Qué voy a hacer? ¿Qué será de mí ahora?

Le juró que se mataría.

Él la animó débilmente, diciéndole que no llorara, que no tuviera miedo, que todo se iba a arreglar. Sintió sus pechos agitados a través de la camisa.

No fue toda su culpa si pasó lo que pasó. Recordaba bien, con esa curiosa memoria paciente del célibe, las primeras caricias casuales que su vestido, su aliento, sus dedos le hicieron. Luego, una noche ya tarde cuando se desvestía para acostarse ella llamó a la puerta, toda tímida. Quería encender su vela con la de él, ya que la suya se la había apagado una ráfaga. Le tocaba el baño a ella esa noche. Llevaba un amplio peinador de franela estampada, abierto. Sus blancos tobillos relucían por la abertura de las zapatillas felpudas y su sangre vibraba tibia bajo la piel perfumada. Mientras encendía la vela, de sus manos y brazos se levantaba una tenue fragancia.

En las noches en que regresaba muy tarde ella era quien le calentaba la comida. Apenas se daba cuenta de lo que comía con ella junto a él, solos los dos, de noche, en la casa dormida. ¡Y qué considerada! Por la noche, ya fuera fría, húmeda o tormentosa, era seguro que ella le tenía preparado su vasito de ponche. Tal vez pudieran ser felices los dos…

Solían subir a los altos en puntillas juntos, cada uno con su vela, y en el tercer descanso se decían buenas noches a regañadientes. A veces se besaban. Recordaba muy bien sus ojos, la caricia de su mano y el delirio…

Pero el delirio pasa. Repitió su frase en un eco, para aplicársela a sí mismo: «¿Qué será de mí ahora?». Ese instinto del célibe le avisó que se contuviera. Pero el mal estaba hecho: hasta su sentido del honor le decía que ese mal exigía una reparación.

Estando sentado con ella en un lado de la cama vino Mary a la puerta a decirle que la señora deseaba verlo en la sala. Se levantó para ponerse el chaleco y el saco, más desvalido que nunca. Cuando se hubo vestido se acercó a ella para consolarla. Todo iba a ir bien; no temas. La dejó llorando en la cama gimiendo por lo bajo: «¡Ay, Dios mío!».

Bajando la escalera sus espejuelos se empañaron tanto con su vaho, que tuvo que quitárselos y limpiarlos. Hubiera deseado subir hasta el techo y volar a otro país, donde nunca oyera hablar de nuevo de sus líos, y, sin embargo, una fuerza lo empujaba hacia abajo escalón a escalón. Las implacables caras de su patrón y de la Matrona observaban su desconcierto. En el último tramo se cruzó con Jack Mooney, que subía de la despensa cargando dos botellas de Bass. Se saludaron con frialdad; y los ojos del tenorio descansaron por un instante o dos en una grosera cara de perro bulldog y en dos brazos cortos y fornidos. Cuando llegó al pie de la escalera miró hacia arriba para ver a Jack vigilándole desde la puerta del cuarto de desahogo.

De pronto se acordó de la noche en que uno de los artistas del *music-hall* un londinense rubio y bajo, hizo una alusión atrevida a Polly. La reunión por poco acaba mal por la violencia de Jack. Todo el mundo trató de calmarlo. El artista de *music-hall*, más pálido que de costumbre, sonreía y repetía que no hubo mala intención; pero Jack siguió gritándole que si alguien se atrevía a jugar esa clase de juego con *su* hermana él le iba a hacer tragar los dientes: de seguro.

Polly permaneció un rato sentada en un lado de la cama, llorando. Luego, se secó los ojos y se acercó al espejo. Mojó la punta de una toalla en la jarra y se refrescó los ojos con agua fría. Se miró de perfil y se ajustó un gancho del pelo encima de la oreja. Luego, volvió a la cama y se sentó para los pies. Miró las almohadas un rato y esa visión despertó en ella amorosas memorias secretas. Descansó la nuca en el frío hierro del barandal y se quedó arrobada. No había ninguna perturbación visible en su cara en ese instante.

Esperó paciente, casi alegre, sin alarma, sus memorias gradualmente dando lugar a esperanzas, a una visión del futuro. Esa visión y esas esperanzas eran tan intrincadas que ya no vio la almohada blanca en que tenía fija la vista ni recordó que esperaba algo.

Finalmente, oyó que su madre la llamaba. Se levantó de un salto y corrió hasta la escalera.

—¡Polly! ¡Polly!

—¿Sí, mamá?

—Baja, cariño. Mr. Doran quiere hablarte.

Fue entonces que recordó qué era lo que estaba esperando.

# UNA NUBECILLA

Ocho años atrás había despedido a su amigo en la estación de North Wall diciéndole que fuera con Dios. Gallaher hizo carrera. Se veía enseguida: por su aire viajero, su traje de tweed bien cortado y su acento decidido. Pocos tenían su talento y todavía menos eran capaces de permanecer incorruptos ante tanto éxito. Gallaher tenía un corazón de este tamaño y se merecía su triunfo. Daba gusto tener un amigo así.

Desde el almuerzo, Chico Chandler no pensaba más que en su cita con Gallaher, en la invitación de Gallaher, en la gran urbe londinense donde vivía Gallaher. Le decían Chico Chandler porque, aunque era poco menos que de mediana estatura, parecía pequeño. Era de manos blancas y cortas, frágil de huesos, de voz queda y maneras refinadas. Cuidaba con exceso su rubio pelo lacio y su bigote, y usaba un discreto perfume en el pañuelo. La medialuna de sus uñas era perfecta y cuando sonreía dejaba entrever una fila de blancos dientes de leche.

Sentado a su buró en King's Inns pensaba en los cambios que le habían traído esos ocho años. El amigo que había conocido con un chambón aspecto de necesitado se había convertido en una rutilante figura de la prensa británica. Levantaba frecuentemente la vista de su escrito fatigoso para mirar a la calle por la ventana de la oficina. El resplandor del atardecer de otoño cubría céspedes y aceras; bañaba con un generoso polvo dorado a las niñeras y a los viejos decrépitos que dormitaban en los bancos; irisaba cada figura móvil: los niños que corrían gritando por los senderos de grava y todo aquel que atravesaba los jardines. Contemplaba aquella escena y pensaba en la vida; y (como ocurría siempre que pensaba en la vida) se entristeció. Una suave melancolía se posesionó de su alma. Sintió cuán inútil era luchar contra la suerte: era ése el peso muerto de sabiduría que le legó la época.

Recordó los libros de poesía en los anaqueles de su casa. Los había comprado en sus días de soltero y más de una noche, sentado en el cuarto al fondo del pasillo, se había sentido tentado de tomar uno en sus manos para leerle algo a su esposa. Pero su timidez lo cohibió siempre: y los libros permanecían en los anaqueles. A veces se repetía a sí mismo unos cuantos versos, lo que lo consolaba.

Cuando le llegó la hora, se levantó y se despidió cumplidamente de su buró y de sus colegas. Con su figura pulcra y modesta salió de entre los arcos de King's Inns y caminó rápido Henrietta Street abajo. El dorado crepúsculo menguaba ya y el aire se hacía cortante. Una horda de chiquillos mugrientos pululaba por las calles. Corrían o se paraban en medio de la calzada o se encaramaban anhelantes a los quicios de las puertas o bien se acuclillaban como ratones en cada umbral. Chico Chandler no les dio importancia. Se abrió paso, diestro, por entre aquellas sabandijas y pasó bajo la sombra de las estiradas mansiones espectrales donde había balandroneado la antigua nobleza de Dublín. No le llegaba ninguna memoria del pasado porque su mente rebosaba con la alegría del momento.

Nunca había estado en Corless's, pero conocía la valía de aquel nombre. Sabía que la gente iba allí después del teatro a comer ostras y a beber licores; y se decía que allí los camareros hablaban francés y alemán. Pasando rápido por enfrente de noche había visto detenerse los coches a sus puertas y cómo damas ricamente ataviadas, acompañadas por caballeros, bajaban y entraban a él fugaces, vistiendo trajes escandalosos y muchas pieles. Llevaban las caras empolvadas y levantaban sus vestidos, cuando tocaban tierra, como Atalantas alarmadas. Había pasado siempre de largo sin siquiera volverse a mirar. Era hábito suyo caminar con paso rápido por la calle, aun de día, y siempre que se encontraba en la ciudad tarde en la noche apretaba el paso, aprensivo y excitado. A veces, sin embargo, cortejaba la causa de sus temores. Escogía las calles más tortuosas y oscuras y, al adelantar atrevido, el silencio que se esparcía alrededor de sus pasos lo perturbaba, como lo turbaba toda figura silenciosa y vagabunda; a veces el sonido de una risa baja y fugitiva lo hacía temblar como una hoja.

Dobló a la derecha hacia Capel Street. ¡Ignatius Gallaher, de la prensa londinense! ¿Quién lo hubiera pensado ocho años antes? Sin embargo, al pasar revista al pasado ahora, Chico Chandler era capaz de recordar muchos indicios de la futura grandeza de su amigo. La gente acostumbraba a decir que Ignatius Gallaher era alocado. Claro que se reunía en ese entonces con un grupo de amigos algo libertinos, que bebía sin freno y pedía dinero a diestro y siniestro. Al final, se vio envuelto en cierto asunto turbio, una transacción monetaria: al menos, ésa era una de las versiones de su fuga. Pero nadie le negaba el talento. Hubo siempre una cierta… algo en Ignatius Gallaher que impresionaba a pesar de uno mismo. Aun cuando estaba en un aprieto y le fallaban los recuerdos, conservaba su desfachatez. Chico Chandler recordó (y ese recuerdo lo hizo ruborizarse de orgullo un tanto) uno de los dichos de Ignatius Gallaher cuando andaba escaso:

—Ahora un receso, caballeros —solía decir a la ligera—. ¿Dónde está mi gorra de pegar?

Eso retrataba a Ignatius Gallaher por entero, pero, maldita sea, que tenía uno que admirarlo.

Chico Chandler apresuró el paso. Por primera vez en su vida se sintió superior a la gente que pasaba. Por la primera vez su alma se rebelaba contra la insulsa falta de elegancia de Capel Street. No había duda de ello: si uno quería tener éxito tenía que largarse. No había nada que hacer en Dublín. Al cruzar el puente de Grattan miró río abajo, a la parte mala del malecón, y se compadeció de las chozas, tan chatas. Le parecieron una banda de mendigos acurrucados a orillas del río, sus viejos gabanes cubiertos por el polvo y el hollín, estupefactos a la vista del crepúsculo y esperando por el primer sereno helado que los obligara a levantarse, sacudirse y echar a andar. Se preguntó si podría escribir un poema para expresar esta idea. Quizá Gallaher pudiera colocarlo en un periódico de Londres. ¿Sería capaz de escribir algo original? No sabía qué quería expresar, pero la idea de haber sido tocado por la gracia de un momento poético le creció dentro como una esperanza en embrión. Apretó el paso, decidido.

Cada paso lo acercaba más a Londres, alejándolo de su vida sobria y nada artística. Una lucecita empezaba a parpadear en su horizonte mental. No era tan viejo: treinta y dos años. Se podía decir que su temperamento estaba a punto de madurar. Había tantas impresiones y tantos estados de ánimo que quería expresar en verso. Los sentía en su interior. Trató de sopesar su alma para saber si era un alma de poeta. La nota dominante de su temperamento, pensó, era la melancolía, pero una melancolía atemperada por la fe, la resignación y una alegría sencilla. Si pudiera expresar esto en un libro quizá la gente le hiciera caso. Nunca sería popular: lo veía. No podría mover multitudes, pero podría conmover a un pequeño núcleo de almas afines. Los críticos ingleses, tal vez, lo reconocían como miembro de la escuela celta, en razón del tono melancólico de sus poemas; además, que dejaría caer algunas alusiones. Comenzó a inventar las oraciones y frases que merecían sus libros. «Mr. Chandler tiene el don del verso gracioso y fácil…» «Una anhelante tristeza invade estos poemas…» «La nota céltica.» Qué pena que su nombre no pareciera más irlandés. Tal vez fuera mejor colocar su segundo apellido delante del primero: Thomas Malone Chandler. O, mejor todavía: T. Malone Chandler. Le hablaría a Gallaher de este asunto.

Persiguió sus sueños con tal ardor que pasó la calle de largo y tuvo que regresar. Antes de llegar a Corless's su agitación anterior empezó a apoderarse de él y se detuvo en la puerta, indeciso. Finalmente, abrió la puerta y entró.

La luz y el ruido del bar lo clavaron a la entrada por un momento. Miró a su alrededor, pero se le iba la vista confundido con tantos vasos de vino rojo y verde deslumbrándolo. El bar parecía estar lleno de gente y sintió que la gente lo observaba con curiosidad. Miró rápido a izquierda y derecha (frunciendo las cejas ligeramente para hacer ver que la gestión era seria), pero cuando se le aclaró la vista vio que nadie se había vuelto a mirarlo: y allí, por supuesto, estaba Ignatius Gallaher de espaldas al mostrador y con las piernas bien separadas.

—¡Hola, Tommy, héroe antiguo, por fin llegas! ¿Qué quieres? ¿Qué vas a tomar? Estoy bebiendo whisky: es mucho mejor que al otro lado del charco. ¿Soda? ¿Lithia? ¿Nada de agua mineral? Yo soy lo mismo. Le echa a perder el gusto… Vamos, *garçon*, sé bueno y tráenos dos líneas de whisky de malta… Bien, ¿y cómo te fue desde que te vi la última vez? ¡Dios mío, qué viejos nos estamos poniendo! ¿Notas que envejezco o qué? Canoso y casi calvo acá arriba, ¿no?

Ignatius Gallaher se quitó el sombrero y exhibió una cabeza casi pelada al rape. Tenía una cara pesada, pálida y bien afeitada. Sus ojos, que eran casi color azul pizarra, aliviaban su palidez enfermiza y brillaban aún por sobre el naranja vivo de su corbata. Entre estas dos facciones en lucha, sus labios se veían largos, sin color y sin forma. Inclinó la cabeza y se palpó con dos dedos compasivos el pelo ralo de su cocorotina. Chico Chandler negó con la cabeza. Ignatius Gallaher se volvió a poner el sombrero.

—El periodismo —dijo— acaba. Hay que andar rápido y sigiloso detrás de la noticia y eso si la encuentras: y luego que lo que escribes resulte novedoso. Al carajo con las pruebas y el cajista, digo yo, por unos días. Estoy más que encantado, te lo digo, de volver al terruño. Te hacen mucho bien las vacaciones. Me siento muchísimo mejor desde que desembarqué en este Dublín sucio y querido… Por fin te veo, Tommy. ¿Agua? Dime cuándo.

Chico Chandler dejó que le aguara bastante su whisky.

—No sabes lo que es bueno, mi viejo —dijo Ignatius Gallaher—. Apuro el mío puro.

—Bebo poco como regla —dijo Chico Chandler, modestamente—. Una media línea o cosa así cuando me topo con uno del grupo de antes: eso es todo.

—Ah, bueno —dijo Ignatius Gallaher, alegre—, a nuestra salud y por el tiempo viejo y las viejas amistades.

Chocaron los vasos y brindaron.

—Hoy me encontré con parte de la vieja pandilla —dijo Ignatius Gallaher—. Parece que O'Hara anda mal. ¿Qué es lo que le pasa?

—Nada —dijo Chico Chandler—. Se fue a pique.

—Pero Hogan está bien colocado, ¿no es cierto?

—Sí, está en la Comisión Agraria.

—Me lo encontré una noche en Londres y se le veía boyante... ¡Pobre O'Hara! La bebida, supongo.

—Entre otras cosas —dijo Chico Chandler, sucinto.

Ignatius Gallaher se rió.

—Tommy —le dijo—, veo que no has cambiado un ápice. Eres el mismo tipo serio que me metías un editorial el domingo por la mañana si me dolía la cabeza y tenía lengua de lija. Debías correr un poco de mundo. Tú no has ido de viaje a ninguna parte, ¿no?

—Estuve en la isla de Man —dijo Chico Chandler.

Ignatius Gallaher se rió.

—¡La isla de Man! —dijo—. Ve a Londres o a París. Mejor a París. Te hará mucho bien.

—¿Conoces tú París?

—¡Me parece que sí! La he recorrido un poco.

—¿Y es, realmente, tan bella como dicen? —preguntó Chico Chandler.

Tomó un sorbito de su trago mientras Ignatius Gallaher terminaba el suyo de un viaje.

—¿Bella? —dijo Ignatius Gallaher, haciendo una pausa para sopesar la palabra y paladear la bebida—. No es tan bella, si supieras. Claro que es bella... Pero es la vida de París lo que cuenta. Ah, no hay ciudad que sea como París, tan alegre, tan movida, tan excitante...

Chico Chandler terminó su whisky y, después de un poco de trabajo, consiguió llamar la atención de un camarero. Ordenó lo mismo otra vez.

—Estuve en el Molino Rojo —continuó Ignatius Gallaher

cuando el camarero se llevó los vasos— y he estado en todos los cafés bohemios. ¡Son candela! Nada aconsejable para un puritano como tú, Tommy.

Chico Chandler no respondió hasta que el camarero regresó con los dos vasos: entonces chocó el vaso de su amigo levemente y reciprocó el brindis anterior. Empezaba a sentirse algo chasqueado. El tono de Gallaher y su manera de expresarse no le gustaban. Había algo vulgar en su amigo que no había notado antes. Pero tal vez fuera resultado de vivir en Londres en el ajetreo y la competencia periodística. El viejo encanto personal se sentía todavía por debajo de sus nuevos modales aparatosos. Y, después de todo, Gallaher había vivido y visto mundo. Chico Chandler miró a su amigo con envidia.

—Todo es alegría en París —dijo Ignatius Gallaher—. Los franceses creen que hay que gozar la vida. ¿No crees tú que tienen razón? Si quieres gozar la vida como es, debes ir a París. Y déjame decirte que los irlandeses les caemos de lo mejor a los franceses. Cuando se enteraban que era de Irlanda, muchacho, me querían comer.

Chico Chandler bebió cinco o seis sorbos de su vaso.

—Pero, dime —le dijo—, ¿es verdad que París es tan… inmoral como dicen?

Ignatius Gallaher hizo un gesto católico con la mano derecha.

—Todos los lugares son inmorales —dijo—. Claro que hay cosas escabrosas en París. Si te vas a uno de esos bailes de estudiantes, por ejemplo. Muy animados, si tú quieres, cuando las *cocottes* se sueltan la melena. Tú sabes lo que son, supongo.

—He oído hablar de ellas —dijo Chico Chandler.

Ignatius Gallaher bebió de su whisky y meneó la cabeza.

—Tú dirás lo que tú quieras, pero no hay mujer como la parisina. En cuanto a estilo, a soltura.

—Luego es una ciudad inmoral —dijo Chico Chandler, con insistencia tímida—. Quiero decir, comparada con Londres o con Dublín.

—¡Londres! —dijo Ignatius Gallaher—. Eso es media mitad de una cosa y tres cuartos de la otra. Pregúntale a Hogan, amigo mío, que le enseñé algo de Londres cuando estuvo allá. Ya te abrirá él los ojos... Tommy, viejo, que no es ponche, es whisky: de un solo viaje.

—De veras, no...

—Ah, vamos, que uno más no te va a matar. ¿Qué va a ser? ¿De lo mismo, supongo?

—Bueno... vaya...

—François, repite aquí... ¿Un puro, Tommy?

Ignatius Gallaher sacó su tabaquera. Los dos amigos encendieron sus cigarros y fumaron en silencio hasta que llegaron los tragos.

—Te voy a dar mi opinión —dijo Ignatius Gallaher, al salir después de un rato de entre las nubes de humo en que se refugiara—, el mundo es raro. ¡Hablar de inmoralidades! He oído de casos... pero, ¿qué digo? Conozco casos de... inmoralidad...

Ignatius Gallaher tiró pensativo de su cigarro y luego, con el calmado tono del historiador, procedió a dibujarle a su amigo el cuadro de la degeneración imperante en el extranjero. Pasó revista a los vicios de muchas capitales europeas y parecía inclinado a darle el premio a Berlín. No podía dar fe de muchas cosas (ya que se las contaron amigos), pero de otras sí tenía experiencia personal. No perdonó ni clases ni alcurnia. Reveló muchos secretos de las órdenes religiosas del continente y describió muchas de las prácticas que estaban de moda en la alta sociedad, terminando por contarle, con detalle, la historia de una duquesa inglesa, cuento que sabía que era verdad. Chico Chandler se quedó pasmado.

—Ah, bien —dijo Ignatius Gallaher—, aquí estamos en el viejo Dublín, donde nadie sabe nada de nada.

—¡Te debe parecer muy aburrido —dijo Chico Chandler—, después de todos esos lugares que conoces!

—Bueno, tú sabes —dijo Ignatius Gallaher—, es un alivio venir acá. Y, después de todo, es el terruño, como se dice, ¿no es así? No puedes evitar tenerle cariño. Es muy humano...

Pero dime algo de ti. Hogan me dijo que habías… degustado las delicias del himeneo. Hace dos años, ¿no?

Chico Chandler se ruborizó y sonrió.

—Sí —le dijo—. En mayo pasado hizo dos años.

—Confío en que no sea demasiado tarde para ofrecerte mis mejores deseos —dijo Ignatius Gallaher—. No sabía tu dirección o lo hubiera hecho entonces.

Extendió una mano, que Chico Chandler estrechó.

—Bueno, Tommy —le dijo—, te deseo, a ti y a los tuyos, lo mejor de esta vida, viejito: quintales de quintos y que vivas hasta el día que te mate. Éstos son los deseos de un viejo y sincero amigo, como tú sabes.

—Yo lo sé —dijo Chico Chandler.

—¿Alguna cría? —dijo Ignatius Gallaher.

Chico Chandler se ruborizó otra vez.

—No tenemos más que una —dijo.

—¿Varón o hembra?

—Un varoncito.

Ignatius Gallaher le dio una sonora palmada a su amigo en la espalda.

—Bravo, Tommy —le dijo—. Nunca lo puse en duda.

Chico Chandler sonrió, miró confusamente a su vaso y se mordió el labio inferior con tres dientes de leche.

—Espero que pases una noche con nosotros —dijo—, antes de que te vayas. A mi esposa le encantaría conocerte. Podríamos hacer un poco de música y…

—Muchísimas gracias, mi viejo —dijo Ignatius Gallaher—. Lamento que no nos hayamos visto antes. Pero tengo que irme mañana por la noche.

—¿Tal vez esta noche…?

—Lo siento muchísimo, viejo. Tú ves, ando con otro tipo, bastante listo él, y ya convinimos en ir a echar una partida de cartas. Si no fuera por eso…

—Ah, en ese caso…

—Pero, ¿quién sabe? —dijo Ignatius Gallaher, considerado—. Tal vez el año que viene me dé un saltico, ahora que ya rompí el hielo. Vamos a posponer la ocasión.

—Muy bien —dijo Chico Chandler—, la próxima vez que vengas tenemos que pasar la noche juntos. ¿Convenido?

—Convenido, sí —dijo Ignatius Gallaher—. El año que viene si vengo, *parole d'honneur*.

—Y para dejar zanjado el asunto —dijo Chico Chandler—, vamos a tomar otra.

Ignatius Gallaher sacó un relojón de oro y lo miró.

—¿Va a ser ésa la última? —le dijo—. Porque, tú sabes, tengo una c.t.

—Oh, sí, por supuesto —dijo Chico Chandler.

—Entonces, muy bien —dijo Ignatius Gallaher—, vamos a echarnos otra como *deoc an doruis*, que quiere decir un buen whisky en el idioma vernáculo, me parece.

Chico Chandler pidió los tragos. El rubor que le subió a la cara hacía unos momentos, se le había instalado. Cualquier cosa lo hacía ruborizar; y ahora se sentía caliente, excitado. Los tres vasitos se le habían ido a la cabeza y el puro fuerte de Gallaher le confundió las ideas, ya que era delicado y abstemio. La excitación de ver a Gallaher después de ocho años, de verse con Gallaher en Corless's, rodeados por esa iluminación y ese ruido, de escuchar los cuentos de Gallaher y de compartir por un momento su vida itinerante y exitosa, alteró el equilibrio de su naturaleza sensible. Sintió en lo vivo el contraste entre su vida y la de su amigo, y le pareció injusto. Gallaher estaba por debajo suyo en cuanto a cuna y cultura. Sabía que podía hacer cualquier cosa mejor que lo hacía o lo haría nunca su amigo, algo superior al mero periodismo pedestre, con tal de que le dieran una oportunidad. ¿Qué se interponía en su camino? ¡Su maldita timidez! Quería reivindicarse de alguna forma, hacer valer su virilidad. Podía ver lo que había detrás de la negativa de Gallaher a aceptar su invitación. Gallaher le estaba perdonando la vida con su camaradería, como se la estaba perdonando a Irlanda con su visita.

El camarero les trajo la bebida. Chico Chandler empujó un vaso hacia su amigo y tomó el otro, decidido.

—¿Quién sabe? —dijo al levantar el vaso—. Tal vez cuando vengas el año que viene tenga yo el placer de desear una larga vida feliz al señor y a la señora Gallaher.

Ignatius Gallaher, a punto de beber su trago, le hizo un guiño expresivo por encima del vaso. Cuando bebió, chasqueó sus labios rotundamente, dejó el vaso y dijo:

—Nada que temer por ese lado, muchacho. Voy a correr mundo y a vivir la vida un poco antes de meter la cabeza en el saco... si es que lo hago.

—Lo harás un día —dijo Chico Chandler con calma.

Ignatius Gallaher enfocó su corbata anaranjada y sus ojos azul pizarra sobre su amigo.

—¿Tú crees? —le dijo.

—Meterás la cabeza en el saco —repitió Chico Chandler, empecinado—, como todo el mundo, si es que encuentras mujer.

Había marcado el tono un poco y se dio cuenta de que acababa de traicionarse; pero, aunque el color le subió a la cara, no desvió los ojos de la insistente mirada de su amigo. Ignatius Gallaher lo observó por un momento y luego dijo:

—Si ocurre alguna vez puedes apostarte lo que no tienes a que no va a ser con claros de luna y miradas arrobadas. Pienso casarme por dinero. Tendrá que tener ella su buena cuenta en el banco o de eso nada.

Chico Chandler sacudió la cabeza.

—Pero, vamos, tú —dijo Ignatius Gallaher con vehemencia—, ¿quieres que te diga una cosa? No tengo más que decir que sí y mañana mismo puedo conseguir las dos cosas. ¿No me quieres creer? Pues lo sé de buena tinta. Hay cientos, ¿qué digo cientos?, miles de alemanas ricas y de judías podridas de dinero, que lo que más querrían... Espera un poco, mi amigo, y verás si no juego mis cartas como es debido. Cuando yo me propongo algo, lo consigo. Espera un poco.

Se echó el vaso a la boca, terminó el trago y se rió a carcajadas. Luego, miró meditativo al frente, y dijo, más calmado:

—Pero no tengo prisa. Pueden esperar ellas. No tengo ninguna gana de amarrarme a nadie, tú sabes.

Hizo como si tragara y puso mala cara.

—Al final sabe siempre a rancio, en mi opinión —dijo.

Chico Chandler estaba sentado en el cuarto del pasillo con un niño en brazos. Para ahorrar no tenían criados, pero la hermana menor de Annie, Mónica, venía una hora, más o menos, por la mañana y otra hora por la noche para ayudarlos. Pero hacía rato que Mónica se había ido. Eran las nueve menos cuarto. Chico Chandler regresó tarde para el té y, lo que es más, olvidó traerle a Annie el paquete de azúcar de Bewley's. Claro que ella se incomodó y le contestó mal. Dijo que podía pasarse sin el té, pero cuando llegó la hora del cierre de la tienda de la esquina, decidió ir ella misma por un cuarto de libra de té y dos libras de azúcar. Le puso el niño dormido en los brazos con pericia y le dijo:

—Ahí tienes, no lo despiertes.

Sobre la mesa había una lamparita con una pantalla de porcelana blanca y la luz daba sobre una fotografía enmarcada en cuerno corrugado. Era una foto de Annie. Chico Chandler la miró, deteniéndose en los delgados labios apretados. Llevaba la blusa de verano azul pálido que le trajo de regalo un sábado. Le había costado diez chelines con once; ¡pero qué agonía de nervios le costó! Cómo sufrió ese día esperando a que se vaciara la tienda, de pie frente al mostrador tratando de aparecer calmado mientras la vendedora apilaba sus blusas frente a él, pagando en la caja y olvidándose de coger el penique de vuelto, mandado a buscar por la cajera, y, finalmente, tratando de ocultar su rubor cuando salía de la tienda examinando el paquete para ver si estaba bien atado. Cuando le trajo la blusa a Annie lo besó y le dijo que era muy bonita y a la moda; pero cuando él le dijo el precio, tiró la blusa sobre la mesa y dijo que era un atraco cobrar diez chelines con diez por eso. Al principio quería devolverla, pero cuando se la probó quedó encantada, sobre todo con el corte de las mangas y le dio otro beso y le dijo que era muy bueno al acordarse de ella.

¡Hum!…

Miró en frío los ojos de la foto y en frío ellos devolvieron la mirada. Cierto que eran lindos y la cara misma era bonita.

Pero había algo mezquino en ella. ¿Por qué eran tan de señorona inconsciente? La compostura de aquellos ojos lo irritaba. Lo repelían y lo desafiaban: no había pasión en ellos, ningún arrebato. Pensó en lo que dijo Gallaher de las judías ricas. Esos ojos negros y orientales, pensó, tan llenos de pasión, de anhelos voluptuosos... ¿Por qué se había casado con esos ojos de la fotografía?

Se sorprendió haciéndose la pregunta y miró, nervioso, alrededor del cuarto. Encontró algo mezquino en el lindo mobiliario que comprara a plazos. Annie fue quien lo escogió y a ella se parecían los muebles. Las piezas eran tan pretenciosas y lindas como ella. Se le despertó un sordo resentimiento contra su vida. ¿Podría escapar de la casita? ¿Era demasiado tarde para vivir una vida aventurera como Gallaher? ¿Podría irse a Londres? Había que pagar los muebles, todavía. Si sólo pudiera escribir un libro y publicarlo, tal vez eso le abriría camino.

Un volumen de los poemas de Byron descansaba en la mesa. Lo abrió cauteloso con la mano izquierda para no despertar al niño y empezó a leer los primeros poemas del libro.

*Quedo el viento y queda la pena vespertina,*
*ni el más leve céfiro ronda la enramada,*
*cuando vuelvo a ver la tumba de mi Margarita*
*y esparzo las flores sobre la tierra amada.*

Hizo una pausa. Sintió el ritmo de los versos rondar por el cuarto. ¡Cuánta melancolía! ¿Podría él también escribir versos así, expresar la melancolía de su alma en un poema? Había tantas cosas que quería describir; la sensación de hace unas horas en el puente de Grattan, por ejemplo. Si pudiera volver a aquel estado de ánimo...

El niño se despertó y empezó a gritar. Dejó la página para tratar de callarlo: pero no se callaba. Empezó a acunarlo en sus brazos, pero sus aullidos se hicieron más penetrantes. Lo meció más rápido mientras sus ojos trataban de leer la segunda estrofa:

*En esta estrecha celda reposa la arcilla,*
*su arcilla que una vez...*

Era inútil. No podía leer. No podía hacer nada. El grito del niño le perforada los tímpanos. ¡Era inútil, inútil! Estaba condenado a cadena perpetua. Sus brazos temblaron de rabia y de pronto, inclinándose sobre la cara del niño, le gritó:

—¡Basta!

El niño se calló por un instante, tuvo un espasmo de miedo y volvió a gritar. Se levantó de su silla de un salto y dio vueltas presurosas por el cuarto cargando al niño en brazos. Sollozaba lastimoso, desmoreciéndose por cuatro o cinco segundos y luego reventando de nuevo. Las delgadas paredes del cuarto hacían eco al ruido. Trató de calmarlo, pero sollozaba con mayores convulsiones. Miró a la cara contraída y temblorosa del niño y empezó a alarmarse. Contó hasta siete hipidos sin parar y se llevó el niño al pecho, asustado. ¡Si se muriera!...

La puerta se abrió de un golpe y una mujer joven entró corriendo, jadeante.

—¿Qué pasó? ¿Qué pasó? —exclamó.

El niño, oyendo la voz de su madre, estalló en paroxismos de llanto.

—No es nada, Annie... nada... Se puso a llorar.

Tiró ella los paquetes al piso y le arrancó el niño.

—¿Qué le has hecho? —le gritó, echando chispas.

Chico Chandler sostuvo su mirada por un momento y el corazón se le encogió al ver odio en sus ojos. Comenzó a tartamudear.

Sin prestarle atención, ella comenzó a caminar por el cuarto, apretando el niño en sus brazos y murmurando:

—¡Mi hombrecito! ¡Mi muchachito! ¿Te asustaron amor?... ¡Vaya, vaya, amor! ¡Vaya!... ¡Cosita! ¡Corderito divino de mamá!... ¡Vaya, vaya!

Chico Chandler sintió que sus mejillas se ruborizaban de vergüenza y se apartó de la luz. Oyó cómo los paroxismos del niño menguaban más y más; y lágrimas de culpa le vinieron a los ojos.

# DUPLICADOS

El timbre sonó rabioso y, cuando Miss Parker se acercó al tubo, una voz con un penetrante acento de Irlanda del Norte gritó furiosa:

—¡A Farrington que venga acá!

Miss Parker regresó a su máquina, diciéndole a un hombre que escribía en un escritorio:

—Mr. Alleyne, que suba a verlo.

El hombre musitó un «¡Maldita sea!» y echó atrás su silla para levantarse. Cuando lo hizo se vio que era alto y fornido. Tenía una cara colgante, de color vino tinta, con cejas y bigotes rubios: sus ojos, ligeramente botados, tenían los blancos sucios. Levantó la tapa del mostrador y, pasando por entre los clientes, salió de la oficina con paso pesado.

Subió lerdo las escaleras hasta el segundo piso, donde había una puerta con un letrero que decía MR. ALLEYNE. Aquí se detuvo, bufando de hastío, rabioso, y tocó. Una voz chilló:

—¡Pase!

El hombre entró en la oficina de Mr. Alleyne. Simultáneamente, Mr. Alleyne, un hombrecito que usaba gafas de aro de oro sobre una cara raída, levantó su cara sobre una pila de documentos. La cara era tan rosada y lampiña que parecía un gran huevo puesto sobre los papeles. Mr. Alleyne no perdió un momento:

—¿Farrington? ¿Qué significa esto? ¿Por qué tengo que quejarme de usted siempre? ¿Puedo preguntarle por qué no ha hecho usted copia del contrato entre Bodley y Kirwan? Le dije bien claro que tenía que estar listo para las cuatro.

—Pero Mr. Shelly, señor, dijo, dijo…

—«Mr. Shelly, señor, dijo…» Haga el favor de prestar atención a lo que digo yo y no a lo que «Mr. Shelly, señor, dice». Siempre tiene usted una excusa para sacarle el cuerpo al trabajo. Déjeme decirle que si el contrato no está listo esta tarde voy a poner el asunto en manos de Mr. Crosbie… ¿Me oye usted?

—Sí, señor.

—¿Me oye usted ahora?… ¡Ah, otro asuntico! Más valía que me dirigiera a la pared y no a usted. Entienda de una vez por todas que usted tiene media hora para almorzar y no hora y media. Me gustaría saber cuántos platos pide usted… ¿Me está atendiendo?

—Sí, señor.

Mr. Alleyne hundió su cabeza de nuevo en la pila de papeles. El hombre miró fijo al pulido cráneo que dirigía los negocios de Crosbie & Alleyne, calibrando su fragilidad. Un espasmo de rabia apretó su garganta por unos segundos y después pasó, dejándole una aguda sensación de sed. El hombre reconoció aquella sensación y consideró que debía coger una buena esa noche. Había pasado la mitad del mes y, si terminaba esas copias a tiempo, quizá Mr. Alleyne le daría un vale para el cajero. Se quedó mirando fijo a la cabeza sobre la pila de papeles. De pronto, Mr. Alleyne comenzó a revolver entre los papeles buscando algo. Luego, como si no hubiera estado consciente de la presencia de aquel hombre hasta entonces, disparó su cabeza hacia arriba otra vez y dijo:

—¿Qué, se va a quedar parado ahí el día entero? ¡Palabra, Farrington, que toma usted las cosas con calma!

—Estaba esperando a ver si…

—Muy bien, no tiene usted que esperar a ver si. ¡Baje a hacer su trabajo!

El hombre caminó pesadamente hacia la puerta y, al salir de la pieza, oyó cómo Mr. Alleyne le gritaba que si el contrato no estaba copiado antes de la noche Mr. Crosbie tomaría el asunto entre manos.

Regresó a su buró en la oficina de los bajos y contó las hojas que le faltaban por copiar. Cogió la pluma y la hundió en la tinta, pero siguió mirando estúpidamente las últimas palabras que había escrito: «En ningún caso deberá el susodicho Bernard Bodley buscar…». Caía el crepúsculo: en unos minutos encenderían el gas y entonces sí podría escribir bien. Sintió que debía saciar la sed de su garganta. Se levantó del escritorio y, levantando la tapa del mostrador como la vez anterior, salió de la oficina. Al salir, el oficinista jefe lo miró, interrogativo.

—Está bien, Mr. Shelly —dijo el hombre, señalando con un dedo para indicar el objetivo de su salida.

El oficinista jefe miró a la sombrerera y viéndola completa no hizo ningún comentario. Tan pronto como estuvo en el rellano el hombre sacó una gorra de pastor del bolsillo, se la puso y bajó corriendo las desvencijadas escaleras. De la puerta de la calle caminó furtivo por el interior del pasadizo hasta la esquina y de golpe se escurrió en un portal. Estaba ahora en el oscuro y cómodo establecimiento de O'Neill y, llenando el ventanillo que daba al bar con su cara congestionada, del color del vino tinto o de la carne magra, llamó:

—Atiende, Pat, y sé bueno: sírvenos un buen t.c.

El dependiente le trajo un vaso de cerveza negra. Se lo bebió de un trago y pidió una semilla de carvi. Puso su penique sobre el mostrador y, dejando que el dependiente lo buscara a tientas en la oscuridad, dejó el establecimiento tan furtivo como entró.

La oscuridad, acompañada de una niebla espesa, invadía el crepúsculo de febrero y las lámparas de Eustace Street ya estaban encendidas. El hombre se pegó a los edificios hasta que llegó a la puerta de la oficina y se preguntó si acabaría las copias a tiempo. En la escalera un pegajoso perfume dio la bienvenida a su nariz: evidentemente Miss Delacour había venido mientras él estaba en O'Neill's. Arrebujó la gorra en un bolsillo y volvió a entrar en la oficina con aire abstraído.

—Mr. Alleyne estaba preguntando por usted —dijo el oficinista jefe con severidad—. ¿Dónde estaba metido?

El hombre miró de reojo a dos clientes de pie ante el mostrador para indicar que su presencia le impedía responder. Como los dos clientes eran hombres el oficinista jefe se permitió una carcajada.

—Yo conozco el juego —le dijo—. Cinco veces al día es un poco demasiado… Bueno, más vale que se agilite y le saque una copia a la correspondencia del caso Delacour para Mr. Alleyne.

La forma en que le hablaron en presencia del público, la carrera escalera arriba y la cerveza que había tomado con tanto apuro habían confundido al hombre y al sentarse en su escritorio para hacer lo requerido se dio cuenta de lo inútil que era la tarea de terminar de copiar el contrato antes de las cinco y media. La noche, oscura y húmeda, ya estaba aquí y él deseaba pasarla en los bares, bebiendo con sus amigos, entre el fulgor del gas y tintineo de vasos. Sacó la correspondencia de Delacour y salió de la oficina. Esperaba que Mr. Alleyne no se diera cuenta de que faltaban dos cartas.

El camino hasta el despacho de Mr. Alleyne estaba colmado de aquel perfume penetrante y húmedo. Miss Delacour era una mujer de mediana edad con aspecto de judía. Venía a menudo a la oficina y se quedaba mucho rato cada vez que venía. Estaba sentada ahora junto al escritorio en su aire embalsamado, alisando con la mano el mango de su sombrilla y asintiendo con la enorme pluma negra de su sombrero. Mr. Alleyne había girado la silla para darle el frente, el pie derecho montado sobre la rodilla izquierda. El hombre dejó la correspondencia sobre el escritorio, inclinándose respetuosamente, pero ni Mr. Alleyne ni Miss Delacour prestaron atención a su saludo. Mr. Alleyne golpeó la correspondencia con un dedo y luego lo sacudió hacia él diciendo: «Está bien: puede usted marcharse».

El hombre regresó a la oficina de abajo y de nuevo se sentó en su escritorio. Miró, resuelto, a la frase incompleta: «En ningún caso deberá el susodicho Bernard Bodley buscar…», y pensó que era extraño que las tres últimas palabras empezaran con la misma letra. El oficinista jefe comenzó a apurar a Miss Parker, diciéndole que nunca tendría las cartas mecanografiadas a tiempo para el correo. El hombre atendió al tecleteo de la máquina por unos minutos y luego se puso a trabajar para acabar la copia. Pero no tenía clara la cabeza y su imaginación se extravió en el resplandor y el bullicio del pub. Era una noche para ponche caliente. Siguió luchando con su copia, pero cuando dieron las cinco en el reloj todavía le quedaban catorce páginas por hacer. ¡Maldición! No acabaría a tiempo. Necesitaba blasfemar en voz alta, descargar el puño con violencia en alguna parte. Estaba tan furioso que escribió *Bernard Bernard* en vez de *Bernard Bodley* y tuvo que empezar una página limpia de nuevo.

Se sentía con fuerza suficiente para demoler la oficina él solo. El cuerpo le pedía hacer algo, salir a regodearse en la violencia. Las indignidades de la vida lo enfurecían… ¿Le pediría al cajero un adelanto a título personal? No, el cajero no serviría de nada, mierda: no le daría el adelanto… Sabía dónde encontrar a los amigos: Leonard y O'Halloran y Chisme Flynn. El barómetro de su naturaleza emotiva indicaba altas presiones violentas.

Estaba tan abstraído que tuvieron que llamarlo dos veces antes de responder. Mr. Alleyne y Miss Delacour estaba delante del mostrador y todos los empleados se habían vuelto, a la expectativa. El hombre se levantó de su escritorio. Mr. Alleyne comenzó a insultarlo, diciendo que faltaban dos cartas. El hombre respondió que no sabía nada de ellas, que él había hecho una copia fidedigna. Siguieron los insultos: tan agrios y violentos que el hombre apenas podía contener su puño para que no cayera sobre la cabeza del pigmeo que tenía delante.

—No sé nada de esas otras dos cartas —dijo, estúpidamente.

—*No-sé-nada*. Claro que no sabe usted nada —dijo Mr. Alleyne—. Dígame —añadió, buscando con la vista la aprobación de la señora que tenía al lado—, ¿me toma usted por idiota o qué? ¿Cree usted que yo soy un completo idiota?

Los ojos del hombre iban de la cara de la mujer a la cabecita de huevo y viceversa; y, casi antes de que se diera cuenta de ello, su lengua tuvo un momento feliz:

—No creo, señor —le dijo—, que sea justo que me haga usted a mí esa pregunta.

Se hizo una pausa hasta en la misma respiración de los empleados. Todos estaban sorprendidos (el autor de la salida no menos que sus vecinos) y Miss Delacour, que era una mujer robusta y afable, empezó a reírse. Mr. Alleyne se puso rojo como una langosta y su boca se torció con la vehemencia de un enano. Sacudió el puño en la cara del hombre hasta que pareció vibrar como la palanca de alguna maquinaria eléctrica.

—¡So impertinente! ¡So rufián! ¡Le voy a dar una lección! ¡Va a saber lo que es bueno! ¡Se excusa usted por su impertinencia o queda despedido al instante! ¡O se larga usted, ¿me oye?, o me pide usted perdón!


Se quedó esperando en el portal frente a la oficina para ver si el cajero salía solo. Pasaron todos los empleados y, finalmente, salió el cajero con el oficinista jefe. Era inútil hablarle cuando estaba con el jefe. El hombre se sabía en una posición desventajosa. Se había visto obligado a dar una abyecta disculpa a Mr. Alleyne por su impertinencia, pero sabía la clase de avispero que sería para él la oficina en el futuro. Podía recordar cómo Mr. Alleyne le había hecho la vida imposible a Peakecito para colocar en su lugar a un sobrino. Se sentía feroz, sediento y vengativo: molesto con todos y consigo mismo. Mr. Alleyne no le daría un minuto de descanso; su vida sería un infierno. Había quedado en ridículo. ¿Por qué no se tragaba la lengua? Pero nunca congeniaron, él y Mr. Alleyne, desde el día en que Mr. Alleyne lo oyó burlándose de su acento de Irlanda del Norte para hacerles gracia a Higgins y a Miss Parker: ahí empezó todo. Podría haberle pedido prestado a Higgins, pero nunca tenía nada. Un hombre con dos casas que mantener, cómo iba, claro, a tener…

Sintió que su corpachón dolido le echaba de menos a la comodidad del pub. La niebla le calaba los huesos y se preguntó si podría darle un toque a Pat en O'Neill's. Pero no podría tumbarle más que un chelín —y de qué sirve un chelín. Y, sin embargo, tenía que conseguir dinero como fuera: había gastado su último penique en la negra y dentro de un momento sería demasiado tarde para conseguir dinero en otro sitio. De pronto, mientras se palpaba la cadena del reloj, pensó en la casa de préstamos de Terry Kelly, en Fleet Street. ¡Trato hecho! ¿Cómo no se le ocurrió antes?

Con paso rápido atravesó el estrecho callejón de Temple Bar, diciendo por lo bajo que podían irse todos a la mierda, que él iba a pasarla bien esa noche. El dependiente de Terry Kelly dijo «¡Una corona!». Pero el acreedor insistió en seis chelines; y como suena le dieron seis chelines. Salió alegre de la casa de empeño, formando un cilindro con las monedas en su mano. En Westmoreland Street las acercas estaban llenas de hombres y mujeres jóvenes volviendo del trabajo y de chiquillos andrajosos corriendo de aquí para allá gritando los nombres de los diarios vespertinos. El hombre atravesó la multitud presenciando el espectáculo por lo general con satisfacción llena de orgullo, y echando miradas castigadoras a las oficinistas. Tenía la cabeza atiborrada de estruendo de tranvías, de timbres y de frote de troles, y su nariz ya olfateaba las coruscantes emanaciones del ponche. Mientras avanzaba repasaba los términos en que relataría el incidente a los amigos:

Así que lo miré a él en frío, tú sabes, y le clavé los ojos a ella. Luego lo miré a él de nuevo, con calma, tú sabes. «No creo que sea justo que usted me pregunte a mí eso», díjele.

Chisme Flynn estaba sentado en su rincón de siempre en Davy Byrne's y, cuando oyó el cuento, convidó a Farrington a una media, diciéndole que era la cosa más grande que oyó jamás. Farrington lo convidó a su vez. Al rato vinieron O'Halloran y Paddy Leonard. Hizo de nuevo el cuento.

O'Halloran pagó una ronda de maltas calientes y contó la historia de la contesta que dio al oficinista jefe cuando trabajaba en la Callan's de Fownes's Street; pero, como su respuesta tenía el estilo que tienen en las églogas los pastores liberales, tuvo que admitir que no era tan ingeniosa como la contestación de Farrington. En esto Farrington les dijo a los amigos que la pulieran, que él convidaba.

¡Y quién vino cuando hacía su catálogo de venenos sino Higgins! Claro que se arrimó al grupo. Los amigos le pidieron que hiciera su versión del cuento y él la hizo con mucha vivacidad, ya que la visión de cinco whiskys calientes es muy estimulante. El grupo rugió de risa cuando mostró cómo Mr. Alleyne sacudía el puño en la cara de Farrington. Luego, imitó a Farrington, diciendo, «Y allí estaba mi tierra, tan tranquilo», mientras Farrington miraba a la compañía con ojos pesados y sucios, sonriendo y a veces chupándose las gotas de licor que se le escurrían por los bigotes.

Cuando terminó la ronda se hizo una pausa. O'Halloran tenía algo, pero ninguno de los otros dos parecía tener dinero; por lo que el grupo tuvo que dejar el establecimiento a pesar suyo. En la esquina de Duke Street, Higgins y Chisme Flynn doblaron a la izquierda, mientras que los otros tres dieron la vuelta rumbo a la ciudad. Lloviznaba sobre las calles frías y, cuando llegaron a las Oficinas de Lastre, Farrington sugirió la Scotch House. El bar estaba colmado de gente y del escándalo de bocas y de vasos. Los tres hombres se abrieron paso por entre los quejumbrosos cerilleros a la entrada y formaron su grupito en una esquina del mostrador. Empezaron a cambiar cuentos. Leonard les presentó a un tipo joven llamado Weathers, que era acróbata y artista itinerante del Tívoli. Farrington invitó a todo el mundo. Weathers dijo que tomaría una media de whisky del país y Apollinaris. Farrington, que tenía noción de las cosas, les preguntó a los amigos si iban a tomar también Apollinaris; pero los amigos le dijeron a Tim que hiciera el de ellos caliente. La conversación giró en torno al teatro. O'Halloran pagó una ronda y luego Farrington pagó otra, con Weathers protestando de que la hospitalidad era demasiado irlandesa. Prometió que los llevaría tras bastidores para presentarles algunas artistas agradables. O'Halloran dijo que él y Leonard irían pero no Farrington, ya que era casado; y los pesados ojos sucios de Farrington miraron socarrones a sus amigos, en prueba de que sabía que era chacota. Weathers hizo que todos bebieran una tinturita por cuenta suya y prometió que los vería algo más tarde en Mulligan's de Poolberg Street.

Cuando la Scotch House cerró se dieron una vuelta por Mulligan's. Fueron al salón de atrás y O'Halloran ordenó grogs para todos. Empezaban a sentirse entonados. Farrington acababa de convidar a otra ronda cuando regresó Weathers. Para gran alivio de Farrington esta vez pidió un vaso de negra. Los fondos escaseaban, pero les quedaba todavía para ir tirando. Al rato entraron dos mujeres jóvenes con grandes sombreros y un joven de traje a cuadros y se sentaron en una mesa vecina.

Weathers los saludó y le dijo a su grupo que acababan de salir del Tívoli. Los ojos de Farrington se extraviaban a menudo en dirección a una de las mujeres. Había una nota escandalosa en su atuendo. Una inmensa bufanda de muselina azul pavoreal daba vueltas al sombrero para anudarse en un gran lazo por debajo de la barbilla; y llevaba guantes color amarillo chillón, que le llegaban al codo. Farrington miraba, admirado, el rollizo brazo que ella movía a menudo y con mucha gracia; y cuando, más tarde, ella le devolvió la mirada, admiró aún más sus grandes ojos pardos. Todavía más lo fascinó la expresión oblicua que tenían. Ella lo miró de reojo una o dos veces y cuando el grupo se marchaba, rozó su silla y dijo «Oh, perdón» con acento de Londres. La vio salir del salón en espera de que ella mirara para atrás, pero se quedó esperando. Maldijo su escasez de dinero y todas las rondas que había tenido que pagar, particularmente los whiskys y las Apollinaris que tuvo que pagarle a Weathers. Si había algo que detestaba era un gorrista. Estaba tan bravo que perdió el rastro de la conversación de sus amigos.

Cuando Paddy Leonard le llamó la atención se enteró de que estaban hablando de pruebas de fortaleza física. Weathers exhibía sus músculos al grupo y se jactaba tanto que los otros dos llamaron a Farrington para que defendiera el honor patrio. Farrington accedió a subirse una manga y mostró sus bíceps a los circunstantes. Se examinaron y comprobaron ambos brazos y finalmente se acordó que lo que había que hacer era pulsar. Limpiaron la mesa y los dos hombres apoyaron sus codos en ella, enlazando las manos. Cuando Paddy Leonard dijo «¡Ahora!», cada cual trató de derribar el brazo del otro. Farrington se veía muy serio y decidido.

Empezó la prueba. Después de unos treinta segundos, Weathers bajó el brazo de su contrario poco a poco hasta tocar la mesa. La cara color de vino tinto de Farrington se puso más tinta de humillación y de rabia al haber sido derrotado por aquel mocoso.

—No se debe echar nunca el peso del cuerpo sobre el brazo —dijo—. Hay que jugar limpio.

—¿Quién no jugó limpio? —dijo el otro.

—Vamos, de nuevo. Dos de tres.

La prueba comenzó de nuevo. Las venas de la frente se le botaron a Farrington y la palidez de la piel de Weathers se volvió tez de peonía. Sus manos y brazos temblaban por el esfuerzo. Después de un largo pulseo Weathers volvió a bajar la mano de su rival, lentamente, hasta tocar la mesa. Hubo un murmullo de aplauso de parte de los espectadores. El dependiente, que estaba de pie detrás de la mesa, movió en asentimiento su roja cabeza hacia el vencedor y dijo con confianza zoqueta:

—¡Vaya! ¡Más vale maña!

—¿Y qué carajo sabes tú de esto? —dijo Farrington furioso, cogiéndola con el hombre—. ¿Qué tienes tú que meter tu jeta en esto?

—¡Sió! ¡Sió! —dijo O'Halloran, observando la violenta expresión de Farrington—. A ponerse con lo suyo, caballeros. Un sorbito y nos vamos.

Un hombre con cara de pocos amigos esperaba en la esquina del puente de O'Connell el tranvía que lo llevaba a su casa. Estaba lleno de rabia contenida y de resentimiento. Se sentía humillado y con ganas de desquitarse; no estaba siquiera borracho; y no tenía más que dos peniques en el bolsillo. Maldijo a todos y a todo. Estaba liquidado en la oficina, había empeñado el reloj y gastado todo el dinero; y ni siquiera se había emborrachado. Empezó a sentir sed de nuevo y deseo regresar al caldeado pub. Había perdido su reputación de fuerte, derrotado dos veces por un mozalbete. Se le llenó el corazón de rabia, y cuando pensó en la mujer del sombrerón que se rozó con él y le pidió «¡Perdón!», su furia casi lo ahogó.

El tranvía lo dejó en Shelbourne Road y enderezó su corpachón por la sombra del muro de las barracas. Odiaba regresar a casa. Cuando entró por el fondo se encontró con la cocina vacía y el fogón de la cocina casi apagado. Gritó por el hueco de la escalera:

—¡Ada! ¡Ada!

Su esposa era una mujercita de cara afilada que maltrataba a su esposo si estaba sobrio y era maltratada por éste si estaba borracho. Tenían cinco hijos. Un niño bajó corriendo las escaleras.

—¿Quién es ése? —dijo el hombre, tratando de ver en la oscuridad.

—Yo, papá.

—¿Quién es yo? ¿Charlie?

—No, papá, Tom.

—¿Dónde se metió tu madre?

—Fue a la iglesia.

—Vaya… ¿Me dejó comida?

—Sí, papá, yo…

—Enciende la luz. ¿Qué es esto de dejar la casa a oscuras? ¿Ya están los otros niños en la cama?

El hombre se sentó pesadamente a la mesa mientras el niño encendía la lámpara. Empezó a imitar la voz blanca de su hijo, diciéndose a medida: «A la iglesia. ¡A la iglesia, por favor!». Cuando se encendió la lámpara, dio un puñetazo en la mesa y gritó:

—¿Y mi comida?

—Yo te la voy… a hacer, papá —dijo el niño.

El hombre saltó furioso, apuntando para el fogón.

—¿En esa candela? ¡Dejaste apagar la candela! ¡Te voy a enseñar por lo más sagrado a no hacerlo de nuevo!

Dio un paso hacia la puerta y sacó un bastón de detrás de ella.

—¡Te voy a enseñar a dejar que se apague la candela! —dijo, subiéndose las mangas para dejar libre el brazo.

El niño gritó «Ay, papá» y le dio vueltas a la mesa, corriendo y gimoteando. Pero el hombre le cayó detrás y lo agarró por la ropa. El niño miró a todas partes desesperado pero, al ver que no había escape, se hincó de rodillas.

—¡Vamos a ver si vas a dejar apagar la candela otra vez! —dijo el hombre, golpeándolo salvajemente con el bastón—. ¡Vaya, coge, maldito!

El niño soltó un alarido de dolor al sajarle el palo un muslo. Juntó las manos en el aire y su voz tembló de terror.

—¡Ay, papá! —gritaba—. ¡No me pegues, papaíto! Que voy a rezar un padrenuestro por ti… Voy a rezar un avemaría por ti, papacito, si no me pegas… Voy a rezar un padrenuestro…

# POLVO Y CENIZA

La Supervisora le dio permiso para salir en cuanto acabara el té de las muchachas y María esperaba, expectante. La cocina relucía: la cocinera dijo que se podía uno ver la cara en los peroles de cobre. El fuego del hogar calentaba que era un contento y en una de las mesitas había cuatro grandes broas. Las broas parecían enteras; pero al acercarse uno, se podía ver que habían sido cortadas en largas porciones iguales, listas para repartir con el té. María las cortó.

María era una persona minúscula, de veras muy minúscula, pero tenía una nariz y una barbilla muy largas. Hablaba con un dejo nasal, de acentos suaves: «Sí, mi niña», y «No, mi niña». La mandaban a buscar siempre que las muchachas se peleaban por los lavaderos y ella siempre conseguía apaciguarlas. Un día la supervisora le dijo:

—¡María, es usted una verdadera pacificadora!

Y hasta la Auxiliar y dos damas del Comité se enteraron del elogio. Y Ginger Mooney dijo que de no estar presente María habría acabado a golpes con la muda encargada de las planchas. Todo el mundo quería tanto a María.

Las muchachas tomaban el té a las seis y así ella podría salir antes de las siete. De Ballsbridge a la Columna, veinte minutos; de la Columna a Drumcondra, otros veinte; y veinte minutos más para hacer las compras. Llegaría allá antes de las ocho. Sacó el bolso de cierre de plata y leyó otra vez el letrero: UN REGALO DE BELFAST. Le gustaba mucho ese bolso porque Joe se lo trajo hace cinco años, cuando él y Alphy se fueron a

Belfast por Pentecostés. En el bolso tenía dos mediacoronas y unos cobres. Le quedarían cinco chelines justos después de pagar el pasaje en tranvía. ¡Qué velada más agradable iban a pasar, con los niños cantando! Lo único que deseaba era que Joe no regresara borracho. Cambiaba tanto cuando tomaba.

A menudo él le pedía a ella que fuera a vivir con ellos; pero se habría sentido de más allá (aunque la esposa de Joe era siempre muy simpática) y se había acostumbrado a la vida en la lavandería. Joe era un buen hombre. Ella lo había criado a él y a Alphy; y Joe solía decir a menudo:

—Mamá es mamá, pero María es mi verdadera madre.

Después de la separación, los muchachos le consiguieron ese puesto en la lavandería Dublín Iluminado y a ella le gustó. Tenía una mala opinión de los protestantes, pero ahora pensaba que eran gente muy amable, un poco serios y callados, pero con todo muy buenos para convivir. Ella tenía sus plantas en el invernadero y le gustaba cuidarlas. Tenía unos lindos helechos y begonias y cuando alguien venía a hacerle la visita le daba al visitante una o dos posturas del invernadero. Una cosa no le gustaba: los avisos en la pared; pero la Supervisora era fácil de lidiar con ella, agradable, gentil.

Cuando la cocinera le dijo que ya estaba, ella entró a la habitación de las mujeres y empezó a tocar la campana. En unos minutos las mujeres empezaron a venir de dos en dos, secándose las manos humeantes en las polleras y estirando las mangas de sus blusas por sobre los brazos rojos por el vapor. Se sentaron delante de los grandes jarros que la cocinera y la mudita llenaban de té caliente, mezclado previamente con leche y azúcar en enormes latones. María supervisaba la distribución de las broas y cuidaba de que cada mujer tocara cuatro porciones. Hubo bromas y risas durante la comida. Lizzie Fleming dijo que estaba segura de que a María le iba a tocar la broa premiada, con anillo y todo, y, aunque ella decía lo mismo cada víspera de Todos los Santos, María tuvo que reírse y decir que ella no deseaba ni anillo ni novio; y cuando se rió sus ojos verdegris chispearon de timidez chasqueada y la punta de la nariz casi topó con la barbilla. Entonces, Ginger Mooney levantó su jarro de té y brindó por la salud de María, y, cuando las otras mujeres golpearon la mesa con sus jarros, dijo que lamentaba no tener una pinta de cerveza que beber. Y María se rió de nuevo hasta que la punta de la nariz casi le tocó la barbilla y casi desternilló su cuerpo menudo con su risa, porque ella sabía que Ginger Mooney tenía buenas intenciones, a pesar de que, claro, era una mujer de modales ordinarios.

Pero María no se sintió realmente contenta hasta que las mujeres terminaron el té y la cocinera y la mudita empezaron a llevarse las cosas. Entró al cuartico en que dormía y, al recordar que por la mañana temprano habría misa, movió las manecillas del despertador de las siete a las seis. Luego, se quitó la falda de trabajo y las botas caseras y puso su mejor falda sobre el edredón y sus boticas de vestir a los pies de la cama. Se cambió también de blusa y al pararse delante del espejo recordó cuando de niña se vestía para misa de domingo; y miró con raro afecto el cuerpo diminuto que había adornado tanto otrora. Halló que, para sus años, era un cuerpecito bien hechecito.

Cuando salió las calles brillaban húmedas de lluvia y se alegró de haber traído su gabardina parda. El tranvía iba lleno y tuvo que sentarse en la banqueta al fondo del carro, mirando para los pasajeros, los pies tocando el piso apenas. Dispuso mentalmente todo lo que iba a hacer y pensó que era mucho mejor ser independiente y tener en el bolsillo dinero propio. Esperaba pasar un buen rato. Estaba segura de que así sería, pero no podía evitar pensar que era una lástima que Joe y Alphy no se hablaran. Ahora estaban siempre de pique, pero de niños eran los mejores amigos: así es la vida.

Se bajó del tranvía en la Columna y se abrió paso rápida por entre la gente. Entró en la pastelería de Downes's, pero había tanta gente que se demoraron mucho en atenderla. Compró una docena de queques de a penique surtidos y finalmente salió de la tienda cargada con un gran cartucho. Pensó entonces qué más tenía que comprar: quería comprar algo agradable. De seguro que tendrían manzanas y nueces de sobra. Era difícil saber qué comprar y no pudo pensar más que en un pastel. Se decidió por un pastel de pasas, pero los de Downe's no tenían muy buena cubierta nevada de almendras, así que se llegó a una tienda de Henry Street. Se demoró mucho aquí escogiendo lo que le parecía mejor, y la dependienta a la última moda detrás del mostrador, que era evidente que estaba molesta con ella, le preguntó si lo que quería era comprar un cake de bodas. Lo que hizo sonrojarse a María y sonreírle a la joven; pero la muchacha puso cara seria y finalmente le cortó un buen pedazo de pastel de pasas, se lo envolvió y dijo:

—Dos con cuatro, por favor.

Pensó que tendría que ir de pie en el tranvía de Drumcondra porque ninguno de los viajeros jóvenes se daba por enterado, pero un señor ya mayor le hizo un lugarcito. Era un señor corpulento que usaba un bombín pardo; tenía la cara cuadrada y roja y el bigote cano. María se dijo que parecía un coronel y pensó que era mucho más gentil que esos jóvenes que sólo miraban de frente. El señor empezó a conversar con ella sobre la Víspera y sobre el tiempo, de lluvia. Adivinó que el cartucho estaba lleno de buenas cosas para los pequeños y dijo que nada había más justo que la gente menuda la pasara bien mientras fueran jóvenes. María estaba de acuerdo con él y lo demostraba con su asentimiento respetuoso y sus ejemes. Fue muy gentil con ella y cuando ella se bajó en el puente del Canal le dio ella las gracias con una inclinación y él se inclinó también y levantó el sombrero y sonrió con agrado; y cuando subía la explanada, su cabecita gacha por la lluvia, se dijo que era fácil reconocer a un caballero aunque estuviera tomado.

Todo el mundo dijo: «¡Ah, aquí está María!» cuando llegó a la casa de Joe. Joe ya estaba allí de regreso del trabajo y los niños tenían todos sus vestidos domingueros. Había dos niñas de la casa de al lado y todos jugaban. María le dio el cartucho de queques al mayorcito, Alphy, para que lo repartiera y Mrs. Donnelly dijo qué buena era trayendo un cartucho de queques tan grande, y obligó a los niños a decirle:

—Gracias, María.

Pero María dijo que había traído algo muy especial para papá y mamá, algo que estaba segura les iba a gustar y empezó a buscar el pastel de pasas. Lo buscó en el cartucho de Downes's y luego en los bolsillos de su impermeable y después por el pasillo, pero no pudo encontrarlo. Entonces les preguntó a los niños si alguno de ellos se lo había comido —por error, claro—, pero los niños dijeron que no todos y pusieron cara de no gustarles los queques si los acusaban de haber robado algo. Cada cual tenía una solución al misterio y Mrs. Donnelly dijo que era claro que María lo dejó en el tranvía. María, al recordar lo confusa que la puso el señor del bigote canoso, se ruborizó de vergüenza y de pena y de chasco. Nada más que pensar en el fracaso de su sorpresita y de los dos chelines con cuatro tirados por gusto, casi llora allí mismo.

Pero Joe dijo que no tenía importancia y la hizo sentarse junto al fuego. Era muy amable con ella. Le contó todo lo que pasaba en la oficina, repitiéndole el cuento de la respuesta aguda que le dio al gerente. María no entendía por qué Joe se reía tanto con la respuesta que le dio al gerente, pero dijo que ese gerente debía de ser una persona difícil de aguantar. Joe dijo que no era tan malo cuando se sabía manejarlo, que era un tipo decente mientras no le llevaran la contraria. Mrs. Donnelly tocó el piano para que los niños bailaran y cantaran. Luego, las vecinitas repartieron las nueces. Nadie encontraba el cascanueces y Joe estaba a punto de perder la paciencia y les dijo que si ellos esperaban que María abriera las nueces sin cascanueces. Pero María dijo que no le gustaban las nueces y que no tenían por qué molestarse. Luego, Joe le dijo que por qué no se tomaba una botella de *stout* y Mrs. Donnelly dijo que tenían en casa oporto también si lo prefería. María dijo que mejor no insistieran: pero Joe insistió.

Así que María lo dejó salirse con la suya y se sentaron junto al fuego hablando del tiempo de antaño y María creyó que debía decir algo en favor de Alphy. Pero Joe gritó que Dios lo fulminara si le hablaba otra vez a su hermano ni media palabra y María dijo que lamentaba haber mencionado el asunto. Mrs. Donnelly le dijo a su esposo que era una vergüenza que hablara así de los de su misma sangre, pero Joe dijo que Alphy no era hermano suyo y casi hubo una pelea entre marido y mujer a causa del asunto. Pero Joe dijo que no iba a perder la paciencia porque era la noche que era y le pidió a su esposa que le abriera unas botellas. Las vecinitas habían preparado juegos de Vísperas de Todos los Santos y pronto reinó la alegría de nuevo. María estaba encantada de ver a los niños tan contentos y a Joe y a su esposa de tan buen carácter. Las niñas de al lado colocaron unos platillos en la mesa y llevaron a los niños, vendados, hasta ella. Uno cogió el misal y el otro el agua; y cuando una de las niñas de al lado cogió el anillo Mrs. Donnelly levantó un dedo hacia la niña abochornada como diciéndole «¡Oh, yo sé bien lo que es eso!». Insistieron todos en vendarle los ojos a María y llevarla a la mesa para ver qué cogía; y, mientras la vendaban, María se reía hasta que la punta de la nariz le tocaba la barbilla.

La llevaron a la mesa entre risas y chistes y ella extendió una mano mientras le decían qué tenía que hacer. Movió la mano de aquí para allá en el aire hasta que la bajó sobre un platillo. Tocó una sustancia húmeda y suave con los dedos y se sorprendió de que nadie habló ni le quitó la venda. Hubo una pausa momentánea; y luego muchos susurros y mucho ajetreo. Alguien mencionó el jardín y, finalmente, Mrs. Donnelly le dijo algo muy pesado a una de las vecinas y le dijo que botaran todo eso enseguida: así no se jugaba. María comprendió que esa vez salió mal y que había que empezar el juego de nuevo: y esta vez le tocó el misal.

Después de eso Mrs. Donnelly les tocó a los niños una danza escocesa y Joe y María bebieron un vaso de vino. Pronto reinó la alegría de nuevo y Mrs. Donnelly dijo que María entraría en un convento antes de que terminara el año por haber sacado el misal en el juego. María nunca había visto a Joe ser tan gentil con ella como esa noche, tan llena de conversaciones agradables y de reminiscencias. Dijo que todos habían sido muy buenos con ella.

Finalmente, los niños estaban cansados, soñolientos, y Joe le pidió a María si no quería cantarle una cancioncita antes de irse, una de sus viejas canciones. Mrs. Donnelly dijo «¡Por favor, sí, María!», de manera que María tuvo que levantarse y pararse junto al piano. Mrs. Donnelly mandó a los niños que se callaran y oyeran la canción que María iba a cantar. Luego, tocó el preludio, diciendo «¡Ahora, María!», y María, sonrojándose mucho, empezó a cantar con su vocecita temblona. Cantó *Soñé que habitaba* y, en la segunda estrofa, entonó:

> *Soñé que habitaba salones de mármol*
> *con vasallos mil y siervos por gusto,*
> *y de todos los allí congregados,*
> *era yo la esperanza, el orgullo.*
> *Mis riquezas eran incontables, mi nombre*
> *ancestral y digno de sentirme vana,*
> *pero también soñé, y mi alegría fue enorme*
> *que tú todavía me decías: «¡Mi amada!».*

Pero nadie intentó señalarle que cometió un error; y cuando terminó la canción, Joe estaba muy conmovido. Dijo que no había tiempos como los de antaño y ninguna música como la del pobre Balfe el Viejo, no importaba lo que otros pensaran; y sus ojos se le llenaron de lágrimas tanto que no pudo encontrar lo que estaba buscando y al final tuvo que pedirle a su esposa que le dijera dónde estaba metido el sacacorchos.

## UN TRISTE CASO

Mr. James Duffy residía en Chapelizod porque quería vivir lo más lejos posible de la capital de que era ciudadano y porque encontraba todos los otros suburbios de Dublín mezquinos, modernos y pretenciosos. Vivía en una casa vieja y sombría y desde su ventana podía ver la destilería abandonada y, más arriba, el río poco profundo en que se fundó Dublín. Las altivas paredes de su habitación sin alfombras se veían libres de cuadros. Había comprado él mismo las piezas del mobiliario: una cama de hierro negro, un lavamanos de hierro, cuatro sillas de junco, un perchero-ropero, una arqueta carbonera, un guardafuegos con sus atizadores y una mesa cuadrada sobre la que había un escritorio doble. En un nicho había hecho un librero con anaqueles de pino blanco. La cama estaba tendida con sábanas blancas y cubierta a los pies con una colcha escarlata y negra. Un espejito de mano colgaba sobre el lavamanos y durante el día una lámpara de pantalla blanca era el único adorno de la chimenea. Los libros en los anaqueles blancos estaban arreglados por su peso, de abajo arriba. En el anaquel más bajo estaban las obras completas de Wordsworth y en un extremo del estante de arriba había un ejemplar del *Catecismo de Maynooth* cosido a la tapa de una libreta escolar. Sobre el escritorio tenía siempre material para escribir. En el escritorio reposaba el manuscrito de una traducción de *Michael Kramer* de Hauptmann, con las acotaciones escénicas en tinta púrpura y una resma de papel cogida por un alfiler de cobre. Escribía una frase en estas hojas de cuando en cuando y, en un momento irónico, pegó el recorte de un anuncio de PÍLDORAS DE BILIS en la primera hoja. Al levantar la tapa del escritorio se escapaba de él una fragancia tenue —el olor a lápices de cedro nuevos o de un pomo de goma o de una manzana muy madura que dejara allí olvidada.

Mr. Duffy aborrecía todo lo que participara del desorden mental o físico. Un médico medieval lo habría tildado de saturnino. Su cara, que era el libro abierto de su vida, tenía el tinte cobrizo de las calles de Dublín. En su cabeza larga y bastante grande crecía un pelo seco y negro y un bigote leonado que no cubría del todo una boca nada amable. Sus pómulos le daban a su cara un aire duro; pero no había nada duro en sus ojos que, mirando el mundo por debajo de unas cejas leoninas, daban la impresión de un hombre siempre dispuesto a saludar en el prójimo un instinto redimible pero decepcionado a menudo. Vivía a cierta distancia de su cuerpo, observando sus propios actos con mirada furtiva y escéptica. Poseía un extraño hábito autobiográfico que lo llevaba a componer mentalmente una breve oración sobre sí mismo, con el sujeto en tercera persona y el predicado en tiempo pretérito. Nunca daba limosnas y caminaba erguido, llevando un robusto bastón de avellano.

Fue durante años cajero de un banco privado de Baggot Street. Cada mañana venía desde Chapelizod en tranvía. A mediodía iba a Dan Burke a almorzar: una botella grande de láguer y una bandejita llena de bizcochos de arrorruz. Quedaba libre a las cuatro. Comía en una casa de comidas en George's Street donde se sentía a salvo de la compañía de la dorada juventud dublinesa y donde había una cierta honestidad rústica en cuanto a la cuenta. Pasaba las noches sentado al piano de su casera o recorriendo los suburbios. Su amor por la música de Mozart lo llevaba a veces a la ópera o a un concierto: eran éstas las únicas liviandades en su vida.

No tenía colegas ni amigos ni religión ni credo. Vivía su vida espiritual sin comunión con el prójimo, visitando a los parientes por Navidad y acompañando el cortejo si morían. Llevaba a cabo estos dos deberes sociales en honor a la dignidad ancestral, pero no concedía nada más a las convenciones que rigen la vida en común. Se permitía creer que, dadas ciertas circunstancias, podría llegar a robar en su banco, pero, como estas circunstancias nunca se dieron, su vida se extendía uniforme —una historia exenta de peripecias.

Una noche se halló sentado junto a dos señoras en la Rotunda. La sala, en silencio y apenas concurrida, auguraba un rotundo fracaso. La señora sentada a su lado echó una mirada en redondo, una o dos veces, y después dijo:

—¡Qué pena que haya tan pobre entrada esta noche! Es tan duro tener que cantar a las butacas vacías.

Entendió él que dicha observación lo invitaba a conversar. Se sorprendió de que ella pareciera tan poco embarazada. Mientras hablaba trató de fijarla en la memoria. Cuando supo que la joven sentada al otro lado era su hija, juzgó que ella debía de ser un año menor que él o algo así. Su cara, que debió de ser hermosa, era aún inteligente: un rostro ovalado de facciones decisivas. Los ojos eran azul oscuro y firmes. Su mirada comenzaba con una nota de desafío pero, confundida por lo que parecía un deliberado extravío de la pupila en el iris, reveló momentáneamente un temperamento de gran sensibilidad. La pupila se enderezó rápida, la naturaleza a medias revelada cayó bajo el influjo de la prudencia, y su chaqueta de astracán, que modelaba un busto un tanto pleno, acentuó definitivamente la nota desafiante.

La encontró unas semanas más tarde en un concierto en Earlsfort Terrace y aprovechó el momento en que la hija estaba distraída para intimar. Ella aludió una o dos veces a su esposo, pero su tono no era como para convertir la mención en aviso. Se llamaba Mrs. Sinico. El tatarabuelo de su esposo había venido de Leghorn. Su esposo era capitán de un buque mercante que hacía la travesía entre Dublín y Holanda; y no tenían más que una hija.

Al encontrarla casualmente por tercera vez halló valor para concertar una cita. Ella fue. Fue éste el primero de muchos encuentros; se veían siempre por las noches y escogían para pasear las calles más calladas. A Mr. Duffy, sin embargo, le repugnaba la clandestinidad y, al advertir que estaban condenados a verse siempre furtivamente, la obligó a que lo invitara a su casa. El capitán Sinico propiciaba tales visitas, pensando que estaba en juego la mano de su hija. Había eliminado aquél a su esposa tan francamente de su elenco de placeres que no sospechaba que alguien pudiera interesarse en ella. Como el esposo estaba a menudo de viaje y la hija salía a dar lecciones de música, Mr. Duffy tuvo muchísimas ocasiones de disfrutar la compañía de la dama. Ninguno de los dos había tenido antes una aventura y no parecían conscientes de ninguna incongruencia. Poco a poco sus pensamientos se ligaron a los de ella. Le prestaba libros, la proveía de ideas, compartía con ella su vida intelectual. Ella era todo oídos.

En ocasiones, como retribución a sus teorías, ella le confiaba datos sobre su vida. Con solicitud casi maternal ella lo urgió a que le abriera su naturaleza de par en par; se volvió su confesora. Él le contó que había asistido en un tiempo a los mítines de un grupo socialista irlandés, donde se sintió como una figura única en medio de una falange de obreros sobrios, en una buhardilla alumbrada con gran ineficacia por un candil. Cuando el grupo se dividió en tres células, cada una en su buhardilla y con un líder, dejó de asistir a aquellas reuniones. Las discusiones de los obreros, le dijo, eran muy timoratas; el interés que prestaban a las cuestiones salariales, desmedido. Opinaba que se trataba de ásperos realistas que se sentían agraviados por una precisión producto de un ocio que estaba fuera de su alcance. No era probable, le dijo, que ocurriera una revolución social en Dublín en siglos.

Ella le preguntó que por qué no escribía lo que pensaba. Para qué, le preguntó él, con cuidado desdén. ¿Para competir con fraseólogos incapaces de pensar consecutivamente por sesenta segundos? ¿Para someterse a la crítica de una burguesía obtusa, que confiaba su moral a la policía y sus bellas artes a un empresario?

Iba a menudo a su chalecito en las afueras de Dublín y a menudo pasaban la tarde solos. Poco a poco, según se trenzaban sus pensamientos, hablaban de asuntos menos remotos. La compañía de ella era como un clima cálido para una planta exótica. Muchas veces ella dejó que la oscuridad los envolviera, absteniéndose de encender la lámpara. El discreto cuarto a oscuras, el aislamiento, la música que aún vibraba en sus oídos, los unía. Esta unión lo exaltaba, limaba las asperezas de su carácter, hacía emotiva su vida intelectual. A veces se sorprendía oyendo el sonido de su voz. Pensó que a sus ojos debía él alcanzar una estatura angelical; y, al juntar más y más a su persona la naturaleza fervorosa de su acompañante, escuchó aquella extraña voz impersonal que reconocía como propia, insistiendo en la soledad del alma, incurable. Es imposible la entrega, decía la voz: uno se pertenece a sí mismo. El final de esos discursos fue que una noche durante la cual ella había mostrado los signos de una excitación desusada, Mrs. Sinico le cogió una mano apasionadamente y la apretó contra su mejilla.

Mr. Duffy se sorprendió mucho. La interpretación que ella había dado a sus palabras lo desilusionó. Dejó de visitarla durante una semana; luego, le escribió una carta pidiéndole encontrarse. Cuando él no deseaba que su última entrevista se viera perturbada por la influencia del confesionario en ruinas, se encontraron en una pastelería cerca de Parkgate. El tiempo era de aterido otoño, pero a pesar del frío vagaron por los senderos del parque cerca de tres horas. Acordaron romper la comunión: todo lazo, dijo él, es una atadura dolorosa. Cuando salieron del parque caminaron en silencio hacia el tranvía; pero aquí empezó ella a temblar tan violentamente que, temiendo él otro colapso de su parte, le dio rápido adiós y la dejó. Unos días más tarde recibió un paquete que contenía sus libros y su música.

Pasaron cuatro años. Mr. Duffy retornó a su vida habitual. Su cuarto era todavía testigo de su mente metódica. Unas partituras nuevas colmaban los atriles en el cuarto de abajo y en los anaqueles había dos obras de Nietzsche: *Así hablaba Zaratustra* y *La Gaya Ciencia*. Muy raras veces escribía en la pila de papeles que reposaba en su escritorio. Una de sus sentencias, escrita dos meses después de la última entrevista con Mrs. Sinico, decía: «El amor entre hombre y hombre es imposible porque no debe haber comercio sexual, y la amistad entre hombre y mujer es imposible porque debe haber comercio sexual». Se mantuvo alejado de los conciertos por miedo a encontrarse con ella. Su padre murió; el socio menor del banco se retiró. Y todavía iba cada mañana a la ciudad en tranvía y cada tarde caminaba de regreso de la ciudad a la casa, después de comer con moderación en George's Street y de leer un vespertino como postre.

Una noche, cuando estaba a punto de echarse a la boca una porción de cecina y coles su mano se detuvo. Sus ojos se fijaron en un párrafo del diario que había recostado a la jarra del agua. Volvió a colocar el bocado en el plato y leyó el párrafo atentamente. Luego, bebió un vaso de agua, echó el plato a un lado, dobló el periódico colocándolo entre sus codos y leyó el párrafo una y otra vez. La col comenzó a depositar una fría grasa blancuzca en el plato. La muchacha vino a preguntarle si su comida no estaba bien cocida. Él respondió que estaba muy buena y comió unos pocos bocados con dificultad. Luego, pagó la cuenta y salió.

Caminó rápido en el crepúsculo de noviembre, su robusto bastón de avellano golpeando el suelo con regularidad, el borde amarillento del informativo *Mail* atisbando desde un bolsillo lateral de su ajustada chaqueta-sobretodo. En el solitario camino de Parkgate a Chapelizod aflojó el paso. Su bastón golpeaba el suelo menos enfático y su respiración irregular, casi con sonido de suspiros, se condensaba en el aire invernal. Cuando llegó a su casa subió enseguida a su cuarto y, sacando el diario del bolsillo, leyó el párrafo de nuevo a la mortecina luz de la ventana. No leyó en voz alta, sino moviendo los labios como hace el sacerdote cuando lee la secreta. He aquí el párrafo:

UN TRISTE CASO

RESULTA MUERTA UNA SEÑORA EN
LA ESTACIÓN DE SYDNEY

En el Hospital Municipal de Dublín, el fiscal forense auxiliar (por ausencia de Mr. Leverett) llevó a cabo hoy una encuesta sobre la muerte de Mrs. Emily Sinico, de cuarenta y tres años de edad, quien resultara muerta en la estación de Sydney Parade ayer noche. La evidencia arrojó que al intentar cruzar la vía, la desaparecida fue derribada por la locomotora del tren de Kingston (el correo de las diez), sufriendo heridas de consideración en la cabeza y en el costado derecho, a consecuencia de las cuales hubo de fallecer.

El motorista, James Lennon, declaró que es empleado de los ferrocarriles desde hace quince años. Al oír el pito del guardavías, puso el tren en marcha, pero uno o dos segundos después tuvo que aplicar los frenos en respuesta a unos alaridos. El tren iba despacio.

El maletero P. Dunne declaró que el tren estaba a punto de arrancar cuando observó a una mujer que intentaba cruzar la vía férrea. Corrió hacia ella dando gritos, pero, antes de que lograra darle alcance, la infortunada fue alcanzada por el parachoques de la locomotora y derribada al suelo.

*Un miembro del jurado*: ¿Vio usted caer a la señora?

*Testigo*: Sí.

El sargento de la policía Croly declaró que cuando llegó al lugar del suceso encontró a la occisa tirada en la plataforma, aparentemente muerta. Hizo trasladar el cadáver al salón de espera, pendiente de la llegada de una ambulancia.

El gendarme 57E corroboró la declaración.

El doctor Halpin, segundo cirujano del Hospital Municipal de Dublín, declaró que la occisa tenía dos costillas fracturadas y había sufrido severas contusiones en el hombro derecho. Recibió una herida en el lado derecho de la cabeza a resultas de la caída. Las heridas no habrían podido causar la muerte de una persona normal. El deceso, según su opinión, se debió a un trauma y a un fallo cardíaco repentino.

Mr. H. B. Patterson Finlay expresó, en nombre de la compañía de ferrocarriles, su más profunda pena por dicho accidente. La compañía, declaró, ha tomado siempre precauciones para impedir que los pasajeros crucen las vías si no es por los puentes, colocando al efecto anuncios en cada estación y también mediante el uso de barreras de resorte en los pasos a nivel. La difunta tenía por costumbre cruzar las líneas, tarde en la noche, de plataforma en plataforma, y en vista de las demás circunstancias del caso, declaró que eximía a los empleados del ferrocarril de toda responsabilidad.

El capitán Sinico, de Leoville, Sydney Parade, esposo de la occisa, también hizo su deposición. Declaró que la difunta era su esposa, que él no estaba en Dublín al momento del accidente, ya que había arribado esa misma mañana de Rotterdam. Llevaban veintidós años de casados y habían vivido felizmente hasta hace cosa de dos años, cuando su esposa comenzó a mostrarse destemplada en sus costumbres.

Miss Mary Sinico dijo que últimamente su madre había adquirido el hábito de salir de noche a comprar bebidas espirituosas. Atestiguó que en repetidas ocasiones había intentado hacer entrar a su madre en razón, habiéndola inducido a que ingresara en la liga antialcohólica. La joven declaró no encontrarse en casa cuando ocurrió el accidente.

El jurado dio su veredicto de acuerdo con la evidencia médica y exoneró al mencionado Lennon de toda culpa.

El fiscal forense auxiliar dijo que se trataba de un triste caso y expresó su condolencia al capitán Sinico y a su hija. Urgió a la compañía ferroviaria a tomar todas las medidas a su alcance para prevenir la posibilidad de accidentes semejantes en el futuro. No se culpó a terceros.

Mr. Duffy levantó la vista del periódico y miró por la ventana al melancólico paisaje. El río corría lento junto a la destilería y de cuando en cuando se veía una luz en una casa en la carretera a Lucan. ¡Qué fin! Toda la narración de su muerte lo asqueaba y lo asqueaba pensar que alguna vez le habló a ella de lo que tenía por más sagrado. Las frases deshilvanadas, las inanes expresiones de condolencia, las cautas palabras del periodista habían conseguido ocultar los detalles de una muerte común, vulgar, y esto le atacó al estómago. No era sólo que ella se hubiera degradado; lo degradaba a él también. Vio la escuálida ruta de un vicio miserable y maloliente. ¡Su alma gemela! Pensó en los trastabillantes derrelictos que veía llevando latas y botellas a que se las llenara el dependiente. ¡Por Dios, qué final! Era evidente que no estaba preparada para la vida, sin fuerza ni propósito como era, fácil presa del vicio: una de las ruinas sobre las que se erigían las civilizaciones. ¡Pero que hubiera caído tan bajo! ¿Sería posible que se hubiera engañado tanto en lo que a ella respectaba? Recordó los exabruptos de aquella noche y los interpretó en un sentido más riguroso que lo había hecho jamás. No tenía dificultad alguna en aprobar ahora el curso tomado.

Como la luz desfallecía y su memoria comenzó a divagar pensó que su mano tocaba la suya. La sorpresa que atacó primero su estómago comenzó a atacarle los nervios. Se puso el sobretodo y el sombrero con premura y salió. El aire frío lo recibió en el umbral; se le coló por las mangas del abrigo. Cuando llegó al pub del puente de Chapelizod entró y pidió un ponche caliente.

El propietario vino a servirle obsequioso, pero no se aventuró a dirigirle la palabra. Había cuatro o cinco obreros en el establecimiento discutiendo el valor de la hacienda de un señor del condado de Kildare. Bebían de sus grandes vasos a intervalos y fumaban, escupiendo al piso a menudo y en ocasiones barriendo el serrín sobre los salivazos con sus botas pesadas. Mr. Duffy se sentó en su banqueta y los miraba sin verlos ni oírlos. Se fueron después de un rato y él pidió otro ponche. Se sentó ante el vaso por mucho rato. El establecimiento estaba muy tranquilo. El propietario estaba tumbado sobre el mostrador leyendo el *Herald* y bostezando. De vez en cuando se oía un tranvía siseando por la desolada calzada.

Sentado allí, reviviendo su vida con ella y evocando alternativamente las dos imágenes con que la concebía ahora, se dio cuenta de que estaba muerta, que había dejado de existir, que se había vuelto un recuerdo. Empezó a sentirse desazonado. Se preguntó qué otra cosa pudo haber hecho. No podía haberla engañado haciéndole una comedia; no podía haber vivido con ella abiertamente. Hizo lo que creyó mejor. ¿Tenía él acaso la culpa? Ahora que se había ido ella para siempre entendió lo solitaria que debía haber sido su vida, sentada noche tras noche, sola, en aquel cuarto. Su vida sería igual de solitaria hasta que, él también, muriera, dejara de existir, se volviera un recuerdo —si es que alguien lo recordaba.

Eran más de las nueve cuando dejó el pub. La noche era fría y tenebrosa. Entró al parque por el primer portón y caminó bajo los árboles esmirriados. Caminó por los senderos yermos por donde habían andado cuatro años atrás. Por momentos creyó sentir su voz rozar su oído, su mano tocando la suya. Se detuvo a escuchar. ¿Por qué la condenó a muerte? Sintió que su existencia moral se hacía pedazos.

Cuando alcanzó la cresta de Magazine Hill se detuvo a mirar a lo largo del río y hacia Dublín, cuyas luces ardían rojizas y acogedoras en la noche helada. Miró colina abajo y, en la base, a la sombra del muro del parque, vio unas figuras caídas: parejas. Esos amores triviales y furtivos lo colmaban de desespero. Lo carcomía la rectitud de su vida; sentía que lo habían desterrado del festín de la vida. Un ser humano parecía haberlo amado y él le negó la felicidad y la vida: la sentenció a la ignominia y a morir de vergüenza. Sabía que las criaturas postradas allá abajo junto a la muralla lo observaban y deseaban que acabara de irse. Nadie lo quería; era un desterrado del festín de la vida. Volvió sus ojos al resplandor gris del río, serpeando hacia Dublín. Más allá del río vio un tren de carga serpeando hacia la estación de Kingsbridge, como un gusano de cabeza fogosa serpeando en la oscuridad, obstinado y laborioso. Lentamente se perdió de vista; pero todavía sonó en su oído el laborioso rumor de la locomotora repitiendo las sílabas de su nombre.

Regresó lentamente por donde había venido, el ritmo de la máquina golpeando en sus oídos. Comenzó a dudar de la realidad de lo que la memoria le decía. Se detuvo bajo un árbol a dejar que murieran aquellos ritmos. No podía sentirla en la oscuridad ni su voz podía rozar su oído. Esperó unos minutos, tratando de oír. No se oía nada: la noche era de un silencio perfecto. Escuchó de nuevo: perfectamente muda. Sintió que se había quedado solo.

## EFEMÉRIDES EN EL COMITÉ

El viejo Jack rastreó las brasas con un pedazo de cartón, las juntó y luego las esparció concienzudamente sobre el domo de carbones. Cuando el dombo estuvo bien cubierto su cara quedó en la oscuridad, pero al ponerse a abanicar el fuego una vez más, su sombra ascendió por la pared opuesta y su cara volvió a salir lentamente a la luz. Era una cara vieja, huesuda y con pelos. Los azules ojos húmedos parpadearon ante el fuego y la boca babeada se abrió varias veces, mascujando mecánica al cerrarse. Cuando los carbones se volvieron ascuas recostó el cartón a la pared y, suspirando, dijo:

—Mucho mejor así, Mr. O'Connor.

Mr. O'Connor, joven, de cabellos grises y de cara desfigurada por muchos barros y espinillas, acababa de liar un perfecto cilindro de tabaco, pero al hablarle deshizo su trabajo manual, meditabundo. Luego, volvió a liar su tabaco, meditativo, y después de una reflexión momentánea decidió pasarle la lengua al papel.

—¿Dejó dicho Mr. Tierney cuándo regresaría? —preguntó en ronco falsete.

—No, no dijo.

Mr. O'Connor se puso el cigarrillo en la boca y empezó a buscar en sus bolsillos. Sacó un mazo de tarjetas de cartulina.

—Le traigo un fósforo —dijo el viejo.

—Déjelo, está bien así —dijo Mr. O'Connor.

Escogió una de las tarjetas y la leyó:

ELECCIONES MUNICIPALES
Real Sala de Cambio
Mr. Richard J. Tierney, P. L. G.,
solicita respetuosamente el favor de su voto
y su influencia
en las venideras elecciones
en la
Real Sala de Cambio

Mr. O'Connor había sido contratado por un enviado de Tierney para hacer campaña en una zona del electorado, pero, como el clima era inclemente y sus botas filtraban, se pasaba gran parte del tiempo sentado junto al fuego en el Comité de Barrio de la calle Wicklow, con Jack, el viejo ujier. Ahí estaban sentados desde que el corto día empezó a oscurecer. Era el 6 de octubre, triste y frío a la intemperie.

Mr. O'Connor rasgó una tira de la tarjeta y, encendiéndola, prendió el cigarrillo. Al hacerlo, la llama alumbró una oscura y lustrosa hoja de hiedra que llevaba en la solapa. El viejo lo miró atentamente y luego, esgrimiendo de nuevo su cartón, comenzó a abanicar el fuego lentamente mientras su acompañante fumaba.

—Pues sí —continuó—, es difícil saber de qué manera criar a los hijos. ¡Quién iba a saber que me iba a salir así! Lo mandé a los Hermanos Cristianos, hice todo lo que pude por él y ahí lo tiene, hecho un borracho. Traté de hacerlo por lo menos gente.

Desganado, dejó el cartón donde estaba.

—Si yo no fuera ya un viejo lo haría cambiar de melodía. Cogía mi bastón y le aporreaba la espalda a todo lo que da… como hacía antes. Su madre, ya sabe, lo tapa por aquí y por allá…

—Es eso lo que echa a perder a los hijos.

—¡Claro que sí! —dijo el viejo—. Y que no dan ni las gracias, todo se vuelve insolencias. Me levanta la voz cada vez que me ve llevarme un trago a la boca. ¿Adónde vamos a parar cuando los hijos les hablan así a los padres?

—¿Cuántos años tiene él?

—Diecinueve —dijo el viejo.

—¿Por qué no le busca un puesto?

—Pero naturalmente. ¿Cree que he hecho otra cosa desde que este borracho dejó la escuela? «No te voy a mantener», le digo. «Búscate un trabajo». Pero es peor, claro, cuando tiene trabajo: entonces se bebe el sueldo.

Mr. O'Connor movió la cabeza, comprensivo, y el viejo se quedó callado mirando a las llamas. Alguien abrió la puerta y llamó:

—¡Hola! ¿Es éste el mitin de los masones?

—¿Quién, quién es? —preguntó el viejo.

—¿Qué hacen ustedes en esa oscuridad? —preguntó una voz.

—¿Eres tú, Hynes? —preguntó Mr. O'Connor.

—Sí. ¿Qué hacen ustedes en esa oscuridad? —dijo Mr. Hynes y avanzó hacia la luz de la lumbre.

Era un joven alto, delgado y con un bigote castaño claro. Inminentes goticas de lluvia le colgaban del ala del sombrero y llevaba el cuello de su abrigo vuelto hacia arriba.

—Bueno, Mat —le dijo a Mr. O'Connor—, ¿cómo van las cosas?

Mr. O'Connor meneó la cabeza. El viejo dejó el hogar y dando tumbos por el cuarto regresó con dos velas que hundió una tras otra entre las llamas, y luego las llevó a la mesa. Una pieza vacía apareció a la vista y la lumbre perdió sus alegres colores. Las paredes estaban desnudas excepto por una copia de un discurso electoral. En medio del cuarto había una mesita cargada de papeles.

Mr. Hynes se recostó a la repisa y preguntó:

—¿Ya pagó?

—No, todavía —dijo Mr. O'Connor—. Quiera Dios que no nos deje enganchados esta noche.

Mr. Hynes rió.

—¡Oh, él te va a pagar! No tengas temor —dijo.

—Espero que se apure, si es que habla en serio —dijo Mr. O'Connor.

El viejo regresó a su asiento junto al fuego y dijo:

—No lo ha hecho todavía, pero al menos tiene con qué. No como el otro gitano.

—¿Qué otro gitano? —dijo Mr. Hynes.

—Colgan —dijo el viejo con desprecio.

—¿Será porque Colgan es obrero que dices eso? ¿Qué diferencia hay entre un albañil honesto y un tabernero, eh? ¿No tiene el trabajador derecho de estar en la Corporación como todo el mundo...? Pues sí, ¿y más derecho todavía que esos halalevas que están siempre sombrero en mano ante cualquier tipo de esos con un ganchito en el nombre? ¿No es así, Mat? —dijo Mr. Hynes dirigiéndose a Mr. O'Connor.

—Creo que tienes razón —dijo Mr. O'Connor—. Uno es un hombre honesto sin nada de nalgas mojadas. Sube a representar a la clase obrera. Este tipo para quien trabajamos nada más que quiere coger este puesto o el otro.

—Por supuesto la clase obrera debe ser representada —dijo el viejo.

—El trabajador —dijo Mr. Hynes— recibe las patadas, no las pesetas. Pero es la clase obrera la que produce. El obrero no anda buscando sinecuras para sus hijos y sobrinos y primos. Los obreros nunca arrastrarían el honor de Dublín por el fango para complacer a un monarca alemán.

—¿Cómo dices? —dijo el viejo.

—Ah, ¿pero tú no sabes que quieren dar un discurso de bienvenida a Eduardo Rex cuando venga el año que viene? ¿Por qué le vamos a hacer genuflexiones a un rey extranjero, a ver?

—Nuestro candidato no votará por ese discurso —dijo Mr. O'Connor—. Él va en la boleta nacionalista.

—¿Ah, no? —dijo Mr. Hynes—. Espera y verás si lo hace o no lo hace. Lo conozco de lo más bien. Le dicen Dicky *Trampas* Tierney.

—¡Caramba, tal vez tengas tú razón, Joe! —dijo Mr. O'Connor—. De todas maneras, me gustaría verlo entrar acompañado por la divina pastora.

Los tres hombres se quedaron callados. El viejo empezó a recoger más brasas. Mr. Hynes se quitó el sombrero, lo sacudió y luego bajó el cuello al abrigo, mostrando al hacerlo una hoja de hiedra en su solapa.

—Si este hombre estuviera vivo —dijo, señalando a la hiedra—, no tendríamos que estar hablando de discursos de bienvenida.

—Eso es verdad —dijo Mr. O'Connor.

—Concho, ¡qué tiempos aquellos, Dios mío! —dijo el viejo—. Se palpaba la vida entonces.

El cuarto quedó en silencio de nuevo. En ese momento un ágil hombrecito de nariz mocosa y orejas heladas empujó la puerta. Fue al fuego, rápido, frotándose las manos como si tratara de sacarles chispas.

—Nada de dinero, caballeros —dijo.

—Siéntese aquí, Mr. Henchy —dijo el viejo, ofreciéndole su silla.

—Oh, ni te muevas, Jack, ni te muevas —dijo Mr. Henchy.

Saludó, cortés, a Mr. Hynes y se sentó en la silla que dejó vacante el viejo.

—¿Te ocupaste de la calle Aungier? —preguntó a Mister O'Connor.

—Sí —dijo O'Connor, comenzando a buscar la lista en sus bolsillos.

—¿Visitaste a Grimes?

—También.

—Y qué, ¿dónde se pone?

—No promete nada. Me dijo: «No pienso decirle a nadie por quién voy a votar». Pero me parece que va a caer del lado de acá.

—¿Cómo así?

—Me preguntó que quiénes serían los candidatos; y yo le dije, le mencioné, al padre Burke. Creo que va a dar resultado.

Mr. Henchy comenzó a moquear y a frotarse las manos sobre el fuego a toda velocidad. Luego, dijo:

—Por el amor de Dios, Jack, tráenos un poco de carbón. Tiene que quedar un fondo.

El viejo salió del cuarto.

—No anda bien la cosa —dijo Mr. Henchy, moviendo la cabeza—. Le pregunté a ese limpiabotas pero lo que dijo es: «Oh, pero vamos, Mr. Henchy, cuando el carro eche a andar no los voy a olvidar, delo por seguro». ¡Mezquino gitano! 'Oncho, ¿cómo iba a ser de otro modo?

—¿Qué te dije, Mat? —dijo Mr. Hynes—. Dicky Trampas Tierney.

—Oh, ése más tramposo que nadie —dijo Mr. Henchy—. No tiene esos ojitos de maula por gusto. ¡Maldita sea su alma! ¿No le saldría mejor pagarnos que venir con su: «Oh, pero vamos, Mr. Henchy, debo hablar con Mr. Fanning... He gastado ya mucho dinero?» ¡Limpiabotas estreñido! Supongo que ya se le olvidaron los tiempos en que su padre tenía su tienda de apéameunos en Mary's Lane.

—¿Es cierto eso? —preguntó Mr. O'Connor.

—¡Que si es cierto! —dijo Mr. Henchy—. ¿Nunca lo oyeron decir? Los parroquianos solían ir los domingos temprano, antes de que abrieran los pubs, a comprarse pantalones y chalecos... ¡moya! Pero el viejo de Dicky Trampas siempre tenía su botellita de trampa en un rincón. ¿Uno ahora? Así como así. Y fue ahí donde él viera la luz.

El viejo regresó con unos cuantos carbones que puso al fuego aquí y allá.

—Preciosa bienvenida —dijo Mr. O'Connor—. ¿Cómo espera que trabajemos por él si no se pone para su número?

—No hay nada que hacer —dijo Mr. Henchy—. Espero encontrarme las autoridades competentes con una orden de desahucio cuando vuelva a casa, apostadas a la entrada.

Mr. Hynes se rió y, saliendo de entre las repisas de la chimenea con la ayuda de sus hombros, se dispuso a marcharse.

—Todo irá mejor cuando venga Eduardito el reyecito —dijo—. Bueno, caballeros, me marcho por ahora. Los veo luego. Adiosito.

Salió del cuarto lentamente. Ni Mr. Henchy ni el viejo dijeron nada, pero, justo cuando se cerraba la puerta, Mr. O'Connor, que se quedó mirando al fuego cabizbajo, gritó de pronto:

—¡'diós, Joe!

Mr. Henchy esperó unos minutos y luego movió la cabeza en dirección a la puerta.

—Díganme —dijo desde el otro lado del fuego—, ¿qué trajo al amigo acá? ¿Qué quiere ahora?

—¡'Oncho el pobre Joe! —dijo O'Connor arrojando el cigarrillo al fuego—. Está tan necesitado como el resto de nosotros.

Mr. Henchy esgarró con fuerza y escupió tan copiosamente que casi apagó el fuego.

Éste, en respuesta, respondió silbando.

—Para darle, en toda confianza, mi opinión personal y franca —dijo—, creo que éste está con el otro bando. Para mí que es un espía de Colgan. «¿Por qué no te das una vuelta por allá y averiguas cómo andan? De ti no sospecharán.» ¿Se dan cuenta?

—Nah, el pobre Joe es un tipo decente —dijo Mr. O'Connor.

—Su padre era hombre decente y respetable —admitió Mr. Henchy—. ¡El pobre Larry Hynes! Mucho bien que hizo en su día. Pero me temo muy mucho que nuestro amigo no es la ley. Comprendo que alguien ande corto, pero lo que no comprendo es un sablista profesional, ¡maldita sea! ¿Es que no queda ya una pizca de decencia en el mundo?

—Yo no le doy precisamente una bienvenida calurosa cuando viene —dijo el viejo—. ¡Que trabaje para la otra gente en vez de andar espiando por acá!

—Yo no sé —dijo Mr. O'Connor, dubitativo, mientras sacaba tabaco y papel de liar—. Me parece que Joe Hynes es de ley. Es listo, también, con la pluma. ¿No recuerdan aquello que escribió…?

—Muchos de esos *fenianos* a mi parecer se pasan de listos —dijo Mr. Henchy—. ¿Quiere conocer mi opinión personal y franca sobre muchos de estos payasos? Creo que la mitad de ellos están a sueldo de la Corona.

—¿Cómo saberlo? —dijo el viejo.

—Oh, pero yo lo sé de buena tinta —dijo Mr. Henchy—. Son turiferarios de la Corona… No digo que Hynes… No, diantres, ése está unas pulgadas por encima de todo eso… Pero hay cierto noblecito bizco… ¿saben al patriota que me refiero?

Mr. O'Connor asintió.

—Ahí tienen a un descendiente directo de Judas si quieren uno. ¡Qué vida la del patriota! Ahí tienen a un tipo capaz de vender su país por tres peniques, sí, señor, y capaz al mismo tiempo de hincarse de rodillas y dar gracias a Dios Todopoderoso por tener un país que vender.

Llamaron a la puerta.

—Entre —dijo Mr. Henchy.

Un personaje que parecía un clérigo pobre —o un actor pobre— apareció en la puerta. Con sus ropas negras ceñidamente abotonadas al corto cuerpo era imposible decir si llevaba gollete o cuello laico, porque las solapas de su desaliñado saco —cuyos botones raídos reflejaban la luz de las velas— estaban vueltas alrededor del pescuezo. Llevaba un sombrero hongo de fieltro negro.

Su cara, brillosa por el agua, tenía la apariencia de un queso lechoso, salvo donde dos manchones rosados indicaban los pómulos. Abrió su enorme boca de pronto para expresar decepción y al mismo tiempo agrandó sus ojos azules para indicar placer por la sorpresa.

—¡Ah, padre Keon! —dijo Mr. Henchy, dejando su silla de un salto—. ¿Es usted? ¡Pase, pase!

—¡Oh, no, no-no! —dijo el padre Keon rápido, frunciendo sus labios como si se dirigiera a un niño.

—¿No quiere pasar y sentarse?

—¡No, no, no! —dijo el padre Keon, a la vez indulgente y discreto, hablando con voz velada—. ¡No quiero molestar! Ando buscando a Mr. Fanning.

—Anda por el Águila Negra —dijo Mr. Henchy—. Pero, ¿no quiere usted entrar y sentarse un minuto?

—No, no, gracias. Era por un asuntico de negocios —dijo el padre Keon—. Gracias, de veras…

Se retiró de la puerta y Mr. Henchy, tomando una de las velas, fue hacia allá a alumbrarle las escaleras.

—¡Oh, no se moleste, se lo ruego!

—No, es que la escalera está tan oscura.

—No, no, si puedo ver… De veras, gracias.

—¿Está bien así?

—Está bien, sí… gracias… Gracias.

Mr. Henchy regresó con la vela y la dejó en la mesa. De nuevo se sentó al fuego. Se hizo el silencio por unos minutos.

—Dime, John —dijo Mr. O'Connor, encendiendo su cigarrillo con otra cartulina.

—¿Ajá?

—¿Qué es lo que es este tipo exactamente?

—Pregúntame una más fácil —dijo Mr. Henchy.

—Él y Fanning parecen ser uña y carne. A menudo están juntos en Kavanagh. ¿Es cura o qué?

—Ajá… sí, creo… Me parece que es lo que se conoce como oveja negra. ¡Gracias a Dios que no tenemos muchas como ésas! Aunque sí unas cuantas… Es una suerte de hombre sin suerte…

—¿Y cómo se las arregla? —preguntó Mr. O'Connor.

—Ése es otro misterio.

—¿Pertenece a alguna capilla, iglesia o institución?

—No —dijo Mr. Henchy—, creo que viaja por su cuenta… Que Dios me perdone —añadió—, pero creí que era nuestra docena de negras.

—¿Habrá por casualidad algo que tomar? —preguntó Mr. O'Connor.

—Yo también me he quedado seco —dijo el viejo.

—Tres veces le pedí a ese pichón de limpiabotas —dijo Mr. Henchy—, si iba a mandarnos a subir una docena de negras aquí o no. Se lo iba a volver a pedir ahorita, pero estaba recostado al mostrador en mangas de camisa en sesuda reunión con el concejal Cowley.

—¿Y por qué no se lo recordaste? —dijo Mr. O'Connor.

—Bueno, no iba yo a acercarme cuando hablaba al concejal Cowley. Esperé hasta que nos cruzamos las miradas y le dije: «Acerca de ese asuntico de que le hablé… Será resuelto, Mr. H.», me dijo. ¡Por Yerra, que ese mequetrefe se olvidó por completo!

—Ahí se estaba cocinando algo —dijo Mr. O'Connor, meditativo—. Los vi a los tres ayer en su asunto en la esquina de Suffolk Street.

—Me parece que sé lo que se traen —dijo Mr. Henchy—. Hay que quedarle debiendo plata a los ediles si quieres llegar a Lord Alcalde. Es así como te hacen Lord Alcalde. ¡Dios! Estoy pensando en serio en hacerme mayor citadino yo también. ¿Qué les parece? ¿Serviría yo para el cargo?

Mr. O'Connor se rió.

—Si se trata de deberle dinero a alguien…

—Salir en coche de Mansion House —dijo Mr. Henchy—, empavesado, con Jack aquí de pie detrás de mí con su peluca empolvada, ¿eh?

—Nómbrame tu secretario particular, John.

—Sí, y nombraré al padre Keon mi capellán particular. Tendremos una fiestecita familiar.

—A fe mía, Mr. Henchy —dijo el viejo—, usted tendría más estilo que muchos de ellos. Hablaba yo con el viejo Keegan, el portero del ayuntamiento. «¿Y qué tal el nuevo jefe, Pa?», le dije. «¿No hay mucho movimiento ahora?», le dije. «¡Movimiento!», me dijo. «¡Ése es capaz de vivir del aire que da un abanico!» ¿Y saben lo que me dijo? Por lo más sagrado que me negué a creerlo.

—¿Qué? —dijeron Mr. Henchy y Mr. O'Connor.

—Me dijo: «¿Qué pensarías tú de un Lord Alcalde de Dublín que manda a buscar una libra de costillas para el almuerzo? La gran vida, ¿no?», me dijo. «¡Vaya, vaya!», le dije yo. «Una libra de costillas», me dijo él. «Hacer venir una libra de costillas a Mansion House. ¡Vaya!», díjele yo, «¿con qué clase de gentuza tendremos que convivir ahora?»

En este punto llamaron a la puerta y un muchacho metió la cabeza.

—¿Qué es lo que es? —dijo el viejo.

—Del Águila Negra —dijo el muchacho, entrando y dejando una cesta sobre el piso con un ruido de botellas.

El viejo ayudó al muchacho a trasladar las botellas de la cesta a la mesa y contó el botín. Cuando terminó, el muchacho se echó la cesta al brazo y preguntó:

—¿Y las botellas?

—¿Qué botellas? —dijo el viejo.

—¿Es que no van a dejarnos beberlas antes? —dijo Mr. Henchy.

—Me dijeron que reclamara las botellas.

—Vuelve mañana —dijo el viejo.

—¡Oye, chico! —dijo Mr. Henchy—, ¿querrías ir corriendo a casa de O'Farrell a pedirle que nos preste un tirabuzón? Di que de parte de Mr. Henchy. Dile que se lo devolvemos al minuto. Deja aquí la cesta.

El muchacho salió y Mr. Henchy comenzó a frotarse las manos alegremente, diciendo:

—¡Ah, bueno, no es tan malo el tipo después de todo! Por lo menos tiene palabra.

—No hay vasos —dijo el viejo.

—No te preocupes por eso, Jack —dijo Mr. Henchy—, que mejores gentes que tú han bebido a pico antes.

—De todas formas, es mejor que nada —dijo Mr. O'Connor.

—No es mala gente —dijo Mr. Henchy—. Lo que ocurre es que Fanning lo tiene cogido. Para que vean, él tiene buenas intenciones a su manera.

El muchacho regresó con el sacacorchos. El viejo abrió tres botellas y le devolvía el sacacorchos cuando Mr. Henchy le preguntó al muchacho:

—Chico, ¿quieres un trago?

—Si le parece bien, señor —dijo el muchacho.

El viejo abrió otra botella a regañadientes y se la dio al muchacho.

—¿Qué edad tienes? —le preguntó.

—Diecisiete —dijo el muchacho.

Como el viejo no dijo nada más, el muchacho cogió la botella y dijo: «Con mis mejores respetos, señor. A la salud de Mr. Henchy», bebió el contenido, puso la botella en la mesa y se secó la boca con la manga. Luego, recogió el sacacorchos y salió de lado, murmurando una especie de despedida.

—Así se empieza —dijo el viejo.

—No hay peor cuña —dijo Mr. Henchy.

El viejo repartió las botellas que había abierto y los hombres bebieron de ellas, simultáneos. Después de beberlas, cada uno colocó su botella en la repisa al alcance de la mano y todos soltaron suspiros satisfechos.

—Bueno, tuve un buen día de trabajo hoy —dijo Mr. Henchy, después de una pausa.

—¿Es cierto, John?

—Pues sí. Le conseguimos, Crofton y yo, uno o dos de segurete en Dawson Street. Que quede entre nosotros, naturalmente, pero Crofton (un tipo decente, claro) no vale un penique como sargento político. No sabe hablar a la gente. Se para y se pone a mirar mientras yo soy el que da la perorata.

Aquí entraron dos personas. Una de ellas era un hombre muy gordo, cuyas ropas de sarga azul parecían correr peligro de caer de su encorvada figura. Tenía una cara grande, parecida a la jeta de un buey joven en su expresión, fijos ojos azules y un bigote canoso. El otro hombre era mucho más joven y más frágil, tenía una cara flaca, bien afeitada. Llevaba un doble cuello muy alto y un bombín de alas anchas.

—¡Hola, Crofton! —dijo Mr. Henchy al gordo—. Hablando del rey de Roma…

—¿De dónde viene esa bebida? —preguntó el joven—. ¿Parió la vaca?

—¡Oh, sí, claro, Lyons ve primero el trago! —dijo Mister O'Connor, riendo.

—¿Así sargentean ustedes, gente? —dijo Mr. Lyons—. Y Crofton y yo a la intemperie buscando votos…

—Maldita sea tu alma, hombre —dijo Mr. Henchy—, ¡que yo consigo más votos en cinco minutos que ustedes dos en una semana!

—Abre dos botellas, Jack —dijo Mr. O'Connor.

—¿Cómo? —dijo el viejo—. ¿Sin tirabuzón?

—Esperen, esperen —dijo Mr. Henchy levantándose rápidamente—. ¿Han visto ustedes este truco antes?

Tomó dos botellas de la mesa y, llevándolas al fuego, las puso en el antehogar. Luego se sentó de nuevo al fuego y bebió otro trago de su botella. Mr. Lyons se sentó al borde de la mesa, empujó su sombrero hacia atrás y comenzó a mover las piernas.

—¿Cuál es mi botella? —preguntó.

—Ésta, joven —dijo Mr. Henchy.

Mr. Crofton se sentó sobre una caja a mirar fijamente la otra botella en el repecho. Se mantenía callado por dos razones. La primera era que no tenía nada que decir; la segunda que consideraba a su compañía inferior. Había sido sargento político de Wilkins, el conservador, pero cuando los conservadores retiraron su candidato, y, escogiendo el mal menor, dieron su apoyo al candidato nacionalista, lo contrataron para trabajar por Tierney.

En unos minutos se oyó un apologético ¡pok! del corcho que salía disparado de la botella de Mr. Lyons, quien saltó de la mesa, fue hasta el fuego, cogió su botella y volvió de nuevo a la mesa.

—Les estaba contando, Crofton —dijo Mr. Henchy—, que conseguimos unos cuantos buenos votos hoy.

—¿A quiénes consiguieron? —preguntó Mr. Lyons.

—Bueno, en primer lugar a Parkes y a Atkinson en segundo lugar, y conseguí a Ward, el de Dawson Street. Buena gente: ¡viejo votante conservador, viejo afiliado! «¿Pero, no es el candidato de ustedes un nacionalista?», me dijo. «Es un hombre respetable», le dije. «Un hombre», le dije yo, «que está en favor de todo lo que beneficie al país». «Es un gran contribuyente», le dije yo. «Posee extensas propiedades en la ciudad y tres negocios, ¿no cree usted que le conviene mantener bajos los impuestos municipales? Es un ciudadano prominente, respetado», le dije yo, «de los Guardianes de las Leyes del Pobre y no pertenece a ningún partido, bueno, malo o regular.» Así es como hay que hablarle a esta gente.

—¿Y qué hubo del discurso de bienvenida al rey? —dijo Mr. Lyons, después de beber y chasquear los labios.

—Oye lo que te voy a decir —dijo Mr. Henchy—. Lo que queremos nosotros en este país, como le dije al viejo Ward, es capitales. La visita del Rey aquí significaría una tremenda infusión de dinero para el país. Los ciudadanos de Dublín saldrán beneficiados. Mira a todas esas fábricas de los muelles cómo están, paradas. Piensen en todo el dinero que habría en este país si pusiéramos a funcionar las viejas industrias, los telares, los astilleros y las fábricas. Son inversiones lo que necesitamos.

—Pero mira, John —dijo Mr. O'Connor—. ¿Por qué vamos a tener que darle la bienvenida al Rey de Inglaterra? ¿No fue el mismo Parnell quien…?

—Parnell —dijo Mr. Henchy— está muerto. Ahora bien, yo lo veo así. Aquí tienen ustedes a este muchacho que llega al trono después que su madre lo dejó esperando hasta que le salieron canas. Es un hombre de mundo y quiere hacerlo bien, en favor nuestro. Es un tipo que está muy bien, que es decente, si alguien me pregunta, y que va directo al grano. Se dijo a sí mismo: «La vieja nunca fue a ver a estos locos irlandeses. Y por Cristo, que iré yo mismo a ver cómo son». ¿Y vamos nosotros a insultar a este hombre cuando viene aquí en visita amistosa? ¿Eh? ¿No es así, Crofton?

Mr. Crofton asintió.

—Pero después de todo —dijo Mr. Lyons, argumentativo—, la vida del Rey Eduardo, como saben, no es precisamente…

—Lo pasado al pasado —dijo Mr. Henchy—. Yo personalmente admiro a este hombre. Es una persona corriente como tú y como yo. Le gusta su vaso de grog y es un poco libertino y un buen deportista. ¡Diantres! ¿Es que los irlandeses no sabemos ser justos?

—Todo eso está muy bien —dijo Mr. Lyons—. Pero mira el caso de Parnell.

—Por el amor de Dios —dijo Mr. Henchy—, ¿dónde está la analogía entre ambos casos?

—Lo que yo quiero decir —dijo Mr. Lyons— es que nosotros tenemos ideales. ¿Por qué tenemos que darle la bienvenida a un hombre así? ¿Puedes creer ahora que después que Parnell hizo lo que hizo estaba capacitado para dirigirnos? Entonces, ¿por qué tenemos que celebrar a Eduardo Séptimo?

—Es el aniversario de Parnell —dijo Mr. O'Connor—, y no nos pongamos a hacernos mala sangre. Todos los respetamos ahora que está muerto y enterrado, hasta los conservadores —añadió, volviéndose a Mr. Crofton.

¡Pok! El demorado corcho saltó fuera de la botella de Mr. Crofton. Mr. Crofton se levantó de su caja y fue hasta el fuego. Cuando regresó con su presa dijo con voz de bajo:

—Nuestra ala del cabildo lo respeta porque fue un caballero.

—¡Tienes toda la razón, Crofton! —dijo Mr. Henchy con fiereza—. Era el único que podía poner orden en esta olla de grillos. «¡Abajo, perros! ¡Tranquilos ustedes, satos!» Así es como los trataba. ¡Entra, Joe! ¡Entra! —llamó al atisbar a Mr. Hynes en la puerta.

Mr. Hynes entró despacio.

—Abre otra botella, Jack —dijo Mr. Henchy—. ¡Oh, me olvidé de que no hay sacacorchos! ¡Mira, dame acá una que te la pongo a la candela!

El viejo le alargó otra botella y él la colocó sobre al antehogar.

—Siéntate, Joe —dijo Mr. O'Connor—, que estamos hablando del Jefe.

—¡Sí, sí! —dijo Mr. Henchy.

Mr. Hynes se sentó en el borde de la mesa cerca de Mr. Lyons, pero no dijo una palabra.

—Aquí tienen a uno que, por lo menos —dijo Mr. Henchy— no renegó de él. ¡Por Dios que sí, Joe, que eso sí se puede decir de ti! ¡Por el cielo que le fuiste fiel como un solo hombre!

—¡Ah, Joe! —dijo Mr. O'Connor de repente—. Dinos esa cosa que escribiste, ¿te acuerdas? ¿La traes arriba?

—¡Oh, sí, sí! —dijo Mr. Henchy—. Recítalo. ¿Has oído esto alguna vez, Crofton? Óyelo ahora, que es estupendo.

—¡Vamos! —dijo Mr. O'Connor…. ¡Lárgalo, Joe!

De momento, Mr. Hynes no pareció recordar la pieza a que se referían, pero después de una breve reflexión, dijo:

—Oh, eso es cosa… ¡Por supuesto, eso es ropa vieja para este tiempo!

—¡Sácala para fuera, hombre! —dijo Mr. O'Connor.

—Siss, sss —dijo Mr. Henchy—. ¡Arriba, Joe!

Mr. Hynes dudó un tanto más. Luego, en medio del silencio, se quitó el sombrero, lo dejó en la mesa y se puso de pie. Parecía estar ensayando la pieza en la mente. Después de una pausa bastante larga, anunció:

## LA MUERTE DE PARNELL
### 6 de octubre de 1891

Se aclaró la voz una o dos veces y luego comenzó a recitar:

*Ha muerto. Nuestro rey sin corona.*
*Ha muerto. ¡Oh, Erín, sufre y llora!*
*Padece porque aquí yace difunto*
*al que difamó este hipócrita mundo.*

*Yace muerto por los cobardes perros*
*que a la gloria elevara del cieno,*
*y las ansias de Erín y sus anhelos*
*perecieron con él bajo su cielo.*

*En los Palacios, casas o cabañas:*
*doquiera está, el corazón de Irlanda*
*aparece sumido en duelo. Se ha ido*
*aquel que forjaría nuestro destino.*

*Habría dado a ésta su Erín la fama,*
*su bandera verde al viento soberana,*
*y a sus bardos, guerreros y estadistas,*
*del mundo todo cantarían los artistas.*

*Soñó (¡ay, sí: fue todo sólo sueño!)*
*con la libertad, pero mientras luchaba*
*por coger ese ídolo con sus dedos,*
*la tradición de un solo golpe lo acababa.*

*Desprecia a las cobardes, viles manos*
*que ahogaron al Señor o con un beso*
*lo entregaron a una turba de malos*
*sacerdotes: no eran sus amigos, esos.*

*¡Que la vergüenza eterna depararan*
*los cielos a aquellos que trataran*

*de envilecer y manchar el nombre*
*del que fue entre los hombres, hombre!*

*Cayó como caen los todopoderosos:*
*noblemente inmaculado hasta el fin.*
*Ahora la muerte lo reúne gozoso*
*con los héroes del pasado de Erín.*

*¡Ni un ruido de lucha turbe ahora su sueño!*
*Descansa en paz: ningún humano empeño*
*o alta ambición que espolee su memoria*
*para alcanzar las cumbres de la gloria.*

*Lo rebajaron: se salieron con la suya.*
*Pero, oye, Erín —o mejor, sí: escucha:—*
*su espíritu se alzará de entre las llamas*
*como el Fénix, como esa aurora soberana*

*Que alumbrará el día que nos devuelva*
*el imperio de la libertad. Que vuelva*
*ese día y Erín elevará su copa por aquel*
*que es de nos dolor y alegría: ¡Parnell!*

Mr. Hynes se sentó de nuevo sobre la mesa. Cuando terminó de recitar hubo un silencio y luego un estallido de aplausos: hasta Mr. Lyons aplaudió. Los aplausos continuaron por corto tiempo. Cuando terminaron, los espectadores bebieron todos de sus botellas en silencio.

¡Pok! El corcho salió volando de la botella de Mr. Hynes, pero Mr. Hynes permaneció en la mesa, la cara enrojecida y la cabeza desnuda. No parecía que hubiera oído aquella invitación.

—¡Bravo, Joe, hombre! —dijo Mr. O'Connor, sacando papel de liar y su tabaco para ocultar mejor su emoción.

—¿Qué te ha parecido eso, Crofton? —gritó Mr. Henchy—. ¿Es bueno o no es bueno?

Mr. Crofton dijo que era una fina pieza literaria.

# UNA MADRE

Mr. Holohan, vicesecretario de la sociedad Eire Abu, se paseó un mes por todo Dublín con las manos y los bolsillos atiborrados de papelitos sucios, arreglando lo de la serie de conciertos. Era lisiado y por eso sus amigos lo llamaban Aúpa Holohan. Anduvo para arriba y para abajo sin parar y se pasó horas enteras en una esquina discutiendo el asunto y tomando notas; pero al final fue Mrs. Kearney quien tuvo que resolverlo todo.

Miss Devlin se transformó en Mrs. Kearney por despecho. Se había educado en uno de los mejores conventos, donde aprendió francés y música. Como era exangüe de nacimiento y poco flexible de carácter, hizo pocas amigas en la escuela. Cuando estuvo en edad casadera la hicieron visitar varias casas donde admiraron mucho sus modales pulidos y su talento musical. Se sentó a esperar que viniera un pretendiente capaz de desafiar su frígido círculo de dotes para brindarle una vida venturosa. Pero los jóvenes que conoció eran vulgares y jamás los alentó, prefiriendo consolarse de sus anhelos románticos consumiendo Delicias Turcas a escondidas. Sin embargo, cuando casi llegaba al límite y sus amigas empezaban a darle a la lengua, les tapó la boca casándose con Mr. Kearney, un botinero de la explanada de Ormond.

Era mucho mayor que ella. Su conversación adusta tenía lugar en los intermedios de su enorme barba parda. Después del primer año de casada intuyó ella que un hombre así sería más útil que un personaje novelesco, pero nunca echó a un lado sus ideas románticas. Era él sobrio, frugal y pío; tomaba la comunión cada viernes, a veces con ella, muchas veces solo. Pero ella nunca flaqueó en su fe religiosa y fue una buena esposa. Cuando en una reunión con desconocidos ella arqueaba una ceja, él se levantaba enseguida para despedirse, y, si su tos lo acosaba, ella le envolvía los pies en una colcha y le hacía un buen ponche de ron. Por su parte, él era un padre modelo. Pagando una módica suma cada semana a una mutual se aseguró de que sus dos hijas recibieran una dote de cien libras cada una al cumplir veinticuatro años. Mandó a la hija mayor, Kathleen, a un convento, donde aprendió francés y música, y más tarde le costeó el Conservatorio. Todos los años por julio Mrs. Kearney hallaba ocasión de decirles a sus amigas:

—El bueno de mi marido nos manda a veranear unas semanas a Skerries.

Y si no era a Skerries era a Howth o a Greystones.

Cuando el Despertar Irlandés comenzó a mostrarse digno de atención, Mrs. Kearney determinó sacar partido al nombre de su hija, tan irlandés, y le trajo un maestro de lengua irlandesa. Kathleen y su hermana les enviaban postales irlandesas a sus amigas, quienes, a su vez, les respondían con otras postales irlandesas. En ocasiones especiales, cuando Mr. Kearney iba con su familia a las reuniones procatedral, un grupo de gente se reunía después de la misa de domingo en la esquina de Cathedral Street. Eran todos amigos de los Kearney, amigos musicales o amigos nacionalistas; y, cuando le sacaban el jugo al último chisme, se daban la mano, todos a una, riéndose de tantas manos cruzadas y diciéndose adiós en irlandés. Muy pronto el nombre de Kathleen Kearney estuvo a menudo en boca de la gente para decir que ella tenía talento y que era muy buena muchacha y, lo que es más, que creía en el renacer de la lengua irlandesa. Mrs. Kearney se sentía de lo más satisfecha. Así no se sorprendió cuando un buen día Mr. Holohan vino a proponerle que su hija fuera pianista acompañante en cuatro grandes conciertos que su Sociedad iba a dar en las Antiguas Salas de Concierto. Ella lo hizo pasar a la sala, lo invitó a sentarse y sacó la garrafa y la bizcochera de plata. Se entregó ella en cuerpo y alma a ultimar los detalles; aconsejó y persuadió; y, finalmente, se redactó un contrato según el cual Kathleen recibiría ocho guineas por sus servicios como pianista acompañante en aquellos cuatro grandes conciertos.

Como Mr. Holohan era novato en cuestiones tan delicadas como la redacción de anuncios y la confección de programas, Mrs. Kearney lo ayudó. Tenía tacto. Sabía qué artistas debían llevar el nombre en mayúsculas y qué artistas debían ir en letras pequeñas. Sabía que al primer tenor no le gustaría salir después del sainete de Mr. Meade. Para mantener al público divertido, acomodó los números dudosos entre viejos favoritos. Mr. Holohan la visitaba cada día para pedirle consejo sobre esto y aquello. Ella era invariablemente amistosa y asesora, en una palabra, asequible. Deslizaba hacia él la garrafa, diciéndole:

—Vamos, ¡sírvase usted, Mr. Holohan!

Y si él se servía, añadía ella:

—¡Sin miedo! ¡Sin ningún miedo!

Todo salió a pedir de boca. Mrs. Kearney compró en Brown Thomas un retazo de raso liso rosa, precioso, para hacerle una pechera al traje de Kathleen. Costó un ojo de la cara; pero hay ocasiones en que cualquier gasto está justificado. Se quedó con una docena de entradas para el último concierto y las envió a esas amistades con que no se podía contar que asistieran si no era así. No se olvidó de nada y, gracias a ella, se hizo lo que había que hacer.

Los conciertos tendrían lugar miércoles, jueves, viernes y sábado. Cuando Mrs. Kearney llegó con su hija a las Antiguas Salas de Concierto la noche del miércoles no le gustó lo que vio. Unos cuantos jóvenes que llevaban insignias azul brillante en sus casacas, holgazaneaban por el vestíbulo; ninguno llevaba ropa de etiqueta. Pasó de largo con su hija y una rápida ojeada a la sala le hizo ver la causa del holgorio de los ujieres. Al principio se preguntó si se habría equivocado de hora. Pero no, faltaban veinte minutos para las ocho.

En el camerino, detrás del escenario, le presentaron al secretario de la Sociedad, Mr. Fitzpatrick. Ella sonrió y le tendió una mano. Era un hombrecito de cara lerda. Notó que llevaba un sombrero de pana pardo al desgaire a un lado y que hablaba con dejo desganado. Tenía un programa en la mano y mientras conversaba con ella le mordió una punta hasta que la hizo una pulpa húmeda. No parecía darle importancia al chasco. Mr. Holohan entraba al camerino a cada rato trayendo noticias de la taquilla. Los artistas hablaban entre ellos, nerviosos, mirando de vez en cuando al espejo y enrollando y desenrollando sus partituras. Cuando eran casi las ocho y media la poca gente que había en el teatro comenzó a expresar el deseo de que empezara la función. Mr. Fitzpatrick subió a escena, sonriendo inexpresivo al público, para decirles:

—Bueno, y ahora, señoras y señores, supongo que es mejor que empiece la fiesta.

Mrs. Kearney recompensó su vulgarísima expresión final con una rápida mirada despreciativa y luego le dijo a su hija para animarla:

—¿Estás lista, tesoro?

Cuando tuvo la oportunidad llamó a Mr. Holohan aparte y le preguntó que qué significaba aquello. Mr. Holohan le respondió que él no sabía. Le explicó que el comité había cometido un error en dar tantos conciertos: cuatro conciertos eran demasiados conciertos.

—¡Y con qué *artistas*! —dijo Mrs. Kearney—. Claro que hacen lo que pueden, pero no son nada buenos.

Mr. Holohan admitió que los artistas eran malos, pero el comité, dijo, había decidido dejar que los tres primeros conciertos salieran como pudieran y reservar lo bueno para la noche del sábado. Mrs. Kearney no dijo nada, pero, como las mediocridades se sucedían en el estrado y el público disminuía cada vez, comenzó a lamentarse de haber puesto todo su empeño en semejante velada. No le gustaba en absoluto el aspecto de aquello y la estúpida sonrisa de Mr. Fitzpatrick la irritaba de veras. Sin embargo, se calló la boca y decidió esperar a ver cómo acababa todo. El concierto se extinguió poco antes de las diez y todo el mundo se fue a casa corriendo.

El concierto del jueves tuvo mejor concurrencia, pero Mrs. Kearney se dio cuenta enseguida de que el teatro estaba lleno de balde. El público se comportaba sin el menor recato, como si el concierto fuera un último ensayo informal. Mr. Fitzpatrick parecía divertirse mucho; y no estaba en lo más mínimo consciente de que Mrs. Kearney, furiosa, tomaba nota de su conducta. Se paraba él junto a las bambalinas y de vez en cuando sacaba la cabeza para intercambiar risas con dos amigotes sentados en el extremo del balcón. Durante la tanda Mrs. Kearney se enteró de que se iba a cancelar el concierto del viernes y que el comité movería cielo y tierra para asegurarse de que el concierto del sábado fuera un lleno completo. Cuando oyó decir esto buscó a Mr. Holohan. Lo pescó mientras iba cojeando con un vaso de limonada para una jovencita y le preguntó si era cierto. Sí, era cierto.

—Pero, naturalmente, eso no altera el contrato —dijo ella—. El contrato es por cuatro conciertos.

Mr. Holohan parecía estar apurado; le aconsejó que hablara con Mr. Fitzpatrick. Mrs. Kearney comenzó a alarmarse entonces. Sacó a Mr. Fitzpatrick de su bambalina y le dijo que su hija había firmado por cuatro conciertos y que, naturalmente, de acuerdo con los términos del contrato ella recibiría la suma estipulada originalmente, diera o no la Sociedad cuatro conciertos. Mr. Fitzpatrick, que no se dio cuenta del punto en cuestión enseguida, parecía incapaz de resolver la dificultad y dijo que trasladaría el problema al comité. La ira de Mrs. Kearney comenzó a revolotearle en las mejillas y tuvo que hacer lo imposible para no preguntar:

—¿Y quién es este *comidé*, hágame el favor?

Pero sabía que no era digno de una dama hacerlo: por eso se quedó callada.

El viernes por la mañana enviaron a unos chiquillos a que repartieran volantes por las calles de Dublín. Anuncios especiales aparecieron en todos los diarios de la tarde recordando al público amante de la buena música el placer que les esperaba a la noche siguiente. Mrs. Kearney se sintió más alentada pero pensó que era mejor confiar sus sospechas a su marido. Le prestó atención y dijo que sería mejor que la acompañara el sábado por la noche. Ella estuvo de acuerdo. Respetaba a su esposo como respetaba a la oficina de correos, como algo grande, seguro, inamovible; y aunque sabía que era escaso de ideas, apreciaba su valor como hombre, en abstracto. Se alegró de que él hubiera sugerido ir al concierto con ella. Pasó revista a sus planes.

Vino la noche del gran concierto. Mrs. Kearney, con su esposo y su hija, llegó a las Antiguas Salas de Concierto tres cuartos de hora antes de la señalada para comenzar. Tocó la mala suerte que llovía. Mrs. Kearney dejó las ropas y las partituras de su hija al cuidado de su marido y recorrió todo el edificio buscando a Mr. Holohan y a Mr. Fitzpatrick. No pudo encontrar a ninguno de los dos. Les preguntó a los ujieres si había algún miembro del comité en el público, y, después de mucho trabajo, un ujier se apareció con una mujercita llamada Miss Beirne, a quien Mrs. Kearney explicó que quería ver a uno de los secretarios. Miss Beirne los esperaba de un momento a otro y le preguntó si podía hacer algo por ella. Mrs. Kearney escrutó a aquella mujercita que tenía una doble expresión de confianza en el prójimo y de entusiasmo atornillada a su cara, y le respondió:

—¡No, gracias!

La mujercita esperaba que hicieran una buena entrada. Miró la lluvia hasta que la melancolía de la calle mojada borró el entusiasmo y la confianza de sus facciones torcidas. Luego exhaló un suspirito y dijo:

—¡Ah, bueno, se hizo lo que se pudo, como usted sabe!

Mrs. Kearney tuvo que regresar al camerino.

Llegaban los artistas. El bajo y el segundo tenor ya estaban allí. El bajo, Mr. Duggan, era un hombre joven y esbelto, con un bigote negro regado. Era hijo del portero de unas oficinas, del centro, y, de niño, había cantado sostenidas notas bajas por los resonantes corredores. De tan humildes auspicios se había educado a sí mismo para convertirse en un artista de primera fila. Había cantado en la ópera. Una noche, cuando un artista operático se enfermó, había interpretado el rol del rey en *Maritana*, en el Queen's Theatre. Cantó con mucho sentimiento y volumen y fue muy bien acogido por la galería; pero, desgraciadamente, echó a perder la buena impresión inicial al sonarse la nariz en un guante, una o dos veces, de distraído que era. Modesto, hablaba poco. Decía *ustéi* pero tan bajo que pasaba inadvertido y por cuidarse la voz no bebía nada más fuerte que leche. Mr. Bell, el segundo tenor, era un hombrecito rubio que competía todos los años por los premios de Feis Ceoil. A la cuarta intentona ganó una medalla de bronce. Nervioso en extremo y en extremo envidioso de otros tenores, cubría su envidia nerviosa con una simpatía desbordante. Era dado a dejar saber a otras personas la viacrucis que significaba un concierto. Por eso cuando vio a Mr. Duggan se le acercó a preguntarle:

—¿Estás tú también en el programa?

—Sí —respondió Mr. Duggan.

Mr. Bell sonrió a su compañero de infortunios, extendió una mano y le dijo:

—¡Chócala!

Mrs. Kearney pasó por delante de estos dos jóvenes y se fue al borde de la bambalina a echar un vistazo a la sala. Ocupaban las localidades rápidamente y un ruido agradable circulaba por el auditorio. Regresó a hablar en privado con su esposo. La conversación giraba sobre Kathleen evidentemente, pues ambos le echaban una mirada de vez en cuando mientras ella conversaba de pie con una de sus amigas nacionalistas, Miss Healy, la contralto. Una mujer desconocida y solitaria de cara pálida atravesó la pieza. Las muchachas siguieron con ojos ávidos aquel vestido azul desvaído tendido sobre un cuerpo enjuto. Alguien dijo que era Madama Glynn, soprano.

—Me pregunto de dónde la sacaron —dijo Kathleen a Miss Healy—. Nunca oí hablar de ella, te lo aseguro.

Miss Healy tuvo que sonreír. Mr. Holohan entró cojeando al camerino en ese momento y las dos muchachas le preguntaron quién era la desconocida. Mr. Holohan dijo que era Madama Glynn, de Londres. Madama tomó posesión de un rincón del cuarto, manteniendo su partitura rígida frente a ella y cambiando de vez en cuando la dirección de su mirada de asombro. Las sombras acogieron protectoras su traje marchito, pero en revancha le rebosaron la fosa del esternón. El ruido de la sala se oyó más fuerte. El primer tenor y el barítono llegaron juntos. Se veían bien vestidos los dos, bien alimentados y complacidos, regalando un aire de opulencia a la compañía.

Mrs. Kearney les llevó a su hija y se dirigió a ellas con amabilidad. Quería estar en buenos términos pero, mientras hacía lo posible por ser atenta con ellos, sus ojos seguían los pasos cojeantes y torcidos de Mr. Holohan. Tan pronto como pudo se excusó y le cayó detrás.

—Mr. Holohan —le dijo—, quiero hablar con usted un momento.

Se fueron a un extremo discreto del corredor. Mrs. Kearney le preguntó cuándo le iban a pagar a su hija. Mr. Holohan dijo que ya se encargaría de ello Mr. Fitzpatrick. Mrs. Kearney dijo que ella no sabía nada de Mr. Fitzpatrick. Su hija había firmado contrato por ocho guineas y había que pagárselas. Mr. Holohan dijo que eso no era asunto suyo.

—¿Por qué no es asunto suyo? —le preguntó Mrs. Kearney—. ¿No le trajo usted mismo el contrato? En todo caso, si no es asunto suyo, sí es asunto mío y me voy a ocupar de él.

—Más vale que hable con Mr. Fitzpatrick —dijo Mr. Holohan, remoto.

—A mí no me interesa su Mr. Fitzpatrick para nada —repitió Mrs. Kearney—. Yo tengo mi contrato y voy a ocuparme de que se cumpla.

Cuando regresó al camerino, ligeramente ruborizada, reinaba allí la animación. Dos hombres con impermeables habían tomado posesión de la estufa y charlaban familiarmente con Miss Healy y el barítono. Eran un enviado del *Freeman* y Mr. O'Madden Burke. El enviado del *Freeman* había entrado a decir que no podía quedarse al concierto ya que tenía que cubrir una conferencia que iba a pronunciar un sacerdote en la Mansion House. Dijo que debían dejarle una nota en la redacción del *Freeman* y que él se ocuparía de que la incluyeran. Era canoso, con voz digna de crédito y modales cautos. Tenía un puro apagado en la mano y el aroma a humo de tabaco flotaba a su alrededor. No tenía intenciones de quedarse más que un momento porque los conciertos y los artistas lo aburrían considerablemente, pero permanecía recostado a la chimenea. Miss Healy estaba de pie frente a él, riendo y charlando. Tenía él edad como para sospechar la razón de la cortesía femenina, pero era lo bastante joven de espíritu para saber sacar provecho a la ocasión. El calor, el color y el olor de aquel cuerpo juvenil le despertaban la sensualidad. Estaba deliciosamente al tanto de los senos que en este momento subían y bajaban frente a él en su honor, consciente de que las risas y el perfume y las miradas imponentes eran otro tributo. Cuando no pudo quedarse ya más tiempo, se despidió de ella muy a pesar suyo.

—O'Madden Burke va a escribir la nota —le explicó a Mr. Holohan—, y yo me ocupo de que la metan.

—Muchísimas gracias, Mr. Hendrick —dijo Mr. Holohan—. Ya sé que usted se ocupará de ella. Pero, ¿no quiere tomar una cosita antes de irse?

—No estaría mal —dijo Mr. Hendrick.

Los dos hombres atravesaron oscuros pasadizos y subieron escaleras hasta llegar a un cuarto apartado donde uno de los ujieres descorchaba botellas para unos cuantos señores. Uno de estos señores era Mr. O'Madden Burke, que había dado con el cuarto por puro instinto. Era un hombre entrado en años, afable, quien, en estado de reposo, balanceaba su cuerpo imponente sobre un largo paraguas de seda. Su grandilocuente apellido de irlandés del oeste era el paraguas moral sobre el que balanceaba el primoroso problema de sus finanzas. Se le respetaba a lo ancho y a lo largo.

Mientras Mr. Holohan convidaba al enviado del *Freeman*, Mrs. Kearney hablaba a su esposo con tal vehemencia que éste tuvo que pedirle que bajara la voz. La conversación de la otra gente en el camerino se había hecho tensa. Mr. Bell, primero en el programa, estaba listo con su música pero su acompañante ni se movió. Algo andaba mal, es evidente. Mr. Kearney le hablaba al oído a Kathleen con énfasis controlado. De la sala llegaban ruidos revueltos, palmas y pateos. El primer tenor y el barítono y Miss Healy se pusieron los tres a esperar tranquilamente, pero Mr. Bell tenía los nervios de punta porque temía que el público pensara que se había retrasado.

Mr. Holohan y Mr. O'Madden Burke entraron al camerino. En un instante Mr. Holohan se dio cuenta de lo que pasaba. Se acercó a Mrs. Kearney y le habló con franqueza. Mientras hablaban el ruido de la sala se hizo más fuerte. Mr. Holohan estaba rojo y excitadísimo.

Habló con volubilidad, pero Mrs. Kearney repetía cortante, a intervalos:

—Ella no saldrá. Hay que pagarle sus ocho guineas.

Mr. Holohan señalaba desesperado hacia la sala, donde el público daba patadas y palmetas. Acudió a Mr. Kearney y a Kathleen. Pero Mr. Kearney seguía mesándose las barbas y Kathleen miraba al suelo, moviendo la punta de su zapato nuevo: no era su culpa. Mrs. Kearney repetía:

—No saldrá si no se le paga.

Después de un breve combate verbal, Mr. Holohan se marchó, cojeando, a la carrera. Se hizo el silencio en la pieza. Cuando el silencio se volvió insoportable, Miss Healy le dijo al barítono:

—¿Vio usted a Mrs. Pat Campbell esta semana?

El barítono no la había visto, pero le habían dicho que había estado muy bien. La conversación se detuvo ahí. El primer tenor bajó la cabeza y empezó a contar los eslabones de la cadena de oro que le cruzaba el pecho, sonriendo y tarareando notas al azar para afinar la voz. De vez en cuando todos echaban una ojeada hacia Mrs. Kearney.

El ruido del auditorio se había vuelto un escándalo cuando Mr. Fitzpatrick entró al camerino, seguido por Mr. Holohan que acezaba. De la sala llegaron silbidos que acentuaban ahora el estruendo de palmetas y patadas. Mr. Fitzpatrick alzó varios billetes en la mano. Contó hasta cuatro en la mano de Mrs. Kearney y dijo que iba a conseguir el resto en el intermedio. Mrs. Kearney dijo:

—Faltan cuatro chelines.

Pero Kathleen se recogió la falda y dijo: «Vamos, Mr.

Bell», al primer cantante, que temblaba más que una hoja. El artista y su acompañante salieron a escena juntos. Se extinguió el ruido en la sala. Hubo una pausa de unos segundos: y luego se oyó un piano.

La primera parte del concierto tuvo mucho éxito, con excepción del número de Madama Glynn. La pobre mujer cantó *Killarney* con voz incorpórea y jadeante, con todos los amaneramientos de entonación y de pronunciación que ella creía que le daban elegancia a su canto pero que estaban tan fuera de moda. Parecía como si la hubieran resucitado de un viejo vestuario, y de las localidades populares de la platea se burlaron de sus quejumbrosos agudos. El primer tenor y la contralto, sin embargo, se robaron al público. Kathleen tocó una selección de aires irlandeses que fue generosamente aplaudida. Cerró la primera parte una conmovedora composición patriótica, recitada por una joven que organizaba funciones teatrales de aficionados. Fue merecidamente aplaudida; y, cuando terminó, los hombres salieron al intermedio, satisfechos.

En todo este tiempo el camerino había sido un avispero de emociones. En una esquina estaba Mr. Holohan, Mr. Fitzpatrick, Miss Beirne, dos de los ujieres, el barítono, el bajo y Mr. O'Madden Burke. Mr. O'Madden Burke dijo que era la más escandalosa exhibición de que había sido testigo nunca. La carrera musical de Kathleen Kearney, dijo, estaba acabada en Dublín después de esto. Al barítono le preguntaron qué opinaba del comportamiento de Mrs. Kearney. No quería opinar. Le habían pagado su dinero y quería estar en paz con todos. Sin embargo, dijo que Mrs. Kearney bien podía haber tenido consideración con los artistas. Los ujieres y los secretarios debatían acaloradamente sobre lo que debía hacerse llegado el intermedio.

—Estoy de acuerdo con Miss Beirne —dijo Mr. O'Madden Burke—. De pagarle, nada.

En la otra esquina del cuarto estaban Mrs. Kearney y su marido, Mr. Bell, Miss Healy y la joven que recitó los versos patrióticos. Mrs. Kearney decía que el comité la había tratado escandalosamente. No había reparado ella ni en dificultades ni en gastos y así era como le pagaban.

Creían que tendrían que lidiar sólo con una muchacha y que, por tanto, podían tratarla a la patada. Pero les iba ella a mostrar lo equivocados que estaban. No se atreverían a tratarla así si ella fuera un hombre. Pero ella se encargaría de que respetaran los derechos de su hija: de ella no se burlaba nadie. Si no le pagaban hasta el último penique iba a tocar a rebato en Dublín. Claro que lo sentía por los artistas. Pero ¿qué otra cosa podía ella hacer? Acudió al segundo tenor que dijo que no la habían tratado bien. Luego apeló a Miss Healy. Miss Healy quería unirse al otro bando, pero le disgustaba hacerlo porque era muy buena amiga de Kathleen y los Kearneys la habían invitado a su casa muchas veces.

Tan pronto como terminó la primera parte, Mr. Fitzpatrick y Mr. Holohan se acercaron a Mrs. Kearney y le dijeron que las otras cuatro guineas le serían pagadas después que se reuniera el comité al martes siguiente y que, en caso de que su hija no tocara en la segunda parte, el comité daría el contrato por cancelado, y no pagaría un penique.

—No he visto a ese tal comité —dijo Mrs. Kearney, furiosa—. Mi hija tiene su contrato. Cobrará cuatro libras con ocho en la mano o no pondrá un pie en el estrado.

—Me sorprende usted, Mrs. Kearney —dijo Mr. Holohan—. Nunca creí que nos trataría usted así.

—Y ¿de qué forma me han tratado ustedes a mí? —preguntó Mrs. Kearney.

Su cara se veía ahogada por la rabia y parecía que iba a atacar a alguien físicamente.

—No exijo más que mis derechos —dijo ella.

—Debía usted tener un poco de decencia —dijo Mr. Holohan.

—Debería yo, ¿de veras?… Y si pregunto cuándo le van a pagar a mi hija me responden con una grosería.

Echó la cabeza atrás para imitar un tono altanero:

—Debe usted hablar con el secretario. No es asunto mío. Soi mu impoltante pa-lo-poco-quiago.

—Yo creí que era usted una dama —dijo Mr. Holohan, alejándose de ella, brusco.

Después de lo cual la conducta de Mrs. Kearney fue criticada por todas partes: todos aprobaron lo que había hecho el comité. Ella se paró en la puerta, lívida de furia, discutiendo con su marido y su hija, gesticulándoles. Esperó hasta que fue hora de comenzar la segunda parte con la esperanza de que los secretarios vendrían a hablarle. Pero Miss Healy consintió bondadosamente en tocar uno o dos acompañamientos. Mrs. Kearney tuvo que echarse a un lado para dejar que el barítono y su acompañante pasaran al estrado. Se quedó inmóvil, por un instante, la imagen pétrea de la furia, y, cuando las primeras notas de la canción repercutieron en sus oídos, cogió la capa de su hija y le dijo a su marido:

—¡Busca un coche!

Salió él inmediatamente. Mrs. Kearney envolvió a su hija en la capa y siguió a su marido. Al cruzar el umbral se detuvo a escudriñar la cara de Mr. Holohan:

Kathleen siguió, modosa, a su madre. Mr. Holohan comenzó a caminar alrededor del cuarto para calmarse, ya que sentía que la piel le quemaba.

—¡Eso es lo que se llama una mujer agradable! —dijo—. ¡Vaya que es agradable!

—Hiciste lo indicado, Holohan —dijo Mr. O'Madden Burke, posado en su paraguas en señal de aprobación.

## A MAYOR GRACIA DE DIOS

Dos caballeros que se hallaban en los lavabos en ese momento trataron de levantarlo: pero no tenía remedio. Quedó hecho un ovillo al pie de la escalera por la que había caído. Consiguieron darle vuelta. Su sombrero había rodado lejos y sus ropas estaban manchadas por la mugre y las emanaciones del piso en que yacía bocabajo. Tenía los ojos cerrados y respiraba a gruñidos. Un hilo de sangre le corría por la comisura de los labios.

Dichos caballeros y uno de los sacristanes lo subieron y lo depositaron de nuevo en el piso del bar. Enseguida lo rodeó un corro masculino. El dueño del bar preguntó que quién era y que quién estaba con él. Nadie sabía quién era pero uno de los sacristanes dijo que él le sirvió un roncito al caballero.

—¿Y estaba solo? —preguntó el dueño.

—No, señor. Había otros dos caballeros con él.

—¿Y dónde se han metido?

Nadie sabía; una voz dijo:

—Aire, aire, que se ha desmayado.

El círculo de espectadores se dilató y encogió, elástico. Una oscura medalla de sangre se había formado cerca de la cabeza del individuo sobre el piso teselado. El dueño, alarmado por la palidez grisácea de la cara de aquel hombre, mandó a buscar un policía.

Le zafaron el cuello y la corbata. Abrió los ojos un momento, suspiró y los volvió a cerrar. Uno de los caballeros que lo llevaron arriba sostenía un abollado sombrero de copa en la mano. El dueño preguntó repetidas veces si alguien sabía quién era el lesionado o dónde habían ido a parar sus amigos. La puerta del bar se abrió y entró un inmenso policía. Un gentío que lo venía siguiendo desde el callejón se agrupó a la entrada, luchando por mirar hacia el interior a través de los cristales.

El dueño contó enseguida lo que sabía. El policía —joven y de facciones toscas, inmóviles— escuchaba. Movía lentamente la cabeza de derecha a izquierda y del dueño al individuo en el suelo, como si temiera ser víctima de una alucinación. Luego se quitó un guante, sacó un librito del cinturón, le chupó la punta a su lápiz y dejó ver que estaba listo para levantar acta. Preguntó con un sospechoso acento de provincias:

—¿Quién es este hombre? ¿Cómo se llama y dónde vive?

Un joven en traje de ciclista se abrió paso por entre los espectadores. Se arrodilló rápido junto al herido y pidió agua. El policía se arrodilló también a ayudar. El joven lavó la sangre de la boca del herido y luego pidió un poco de brandy. El policía repitió la orden con voz autoritaria hasta que vino corriendo un sacristán con un vaso. Le forzaron el brandy por el gaznate. En unos instantes el hombre abrió los ojos y miró a su alrededor. Observó el corro de caras y luego, al comprender, trató de ponerse en pie.

—¿Ya se siente bien? —le preguntó el joven vestido de ciclista.

—Bah, na'a —dijo el herido, tratando de levantarse.

Lo ayudaron a ponerse en pie. El dueño dijo algo de un hospital y algunos hicieron sugerencias. Le colocaron la estropeada chistera en la cabeza. El policía preguntó:

—¿Dónde vive usted?

El hombre, sin responder, empezó a torcerse las puntas del bigote. No le daba importancia al accidente. No era nada, dijo: un simple percance. Tenía la lengua pastosa.

—¿Dónde vive usted? —repitió el policía.

El hombre dijo que le estaban buscando un coche. Mientras discutían el asunto, un hombre alto, ágil y rubio que llevaba un largo gabán amarillo vino del extremo del bar. Al ver el espectáculo llamó:

—¡Hola, Tom, viejo! ¿Qué ocurre?

—Bah, na'a —dijo el hombre.

El recién llegado inspeccionó la deplorable figura que tenía delante y se volvió después al policía para decir:

—Está bien, vigilante. Yo lo llevo a su casa.

El policía se tocó el casco con la mano y respondió:

—¡Muy bien, Mr. Power!

—Vamos, Tom —dijo Mr. Power, cogiendo a su amigo por un brazo—. ¿Qué, ningún hueso roto? ¿Puedes caminar?

El joven vestido de ciclista cogió al hombre por el otro brazo y la gente se dispersó.

—¿Cómo te metiste en este lío? —preguntó Mr. Power.

—El señor rodó escaleras abajo —dijo el joven.

—L'ejoy 'uy aga'ejío, je'or —dijo el lesionado.

—No hay por qué.

—¿A'go'íamos 'omar algo…?

—Ahora no. Ahora no.

Los tres hombres salieron del bar y la gente se escurrió por las puertas rumbo al callejón. El dueño llevó al policía hasta la escalera para que inspeccionara el lugar del accidente. Ambos estuvieron de acuerdo en que al caballero se le fueron los pies con toda seguridad. Los clientes regresaron al mostrador y el sacristán se dispuso a quitar las manchas de sangre del piso.

Cuando salieron a Grafton Street, Mr. Power silbó a un espontáneo. El lesionado dijo de nuevo, tan bien como pudo:

—'e 'j'oy 'uy a'a'ejí'o, je'or. E'e'o 'e 'og 'eamog 'e nue'o. Mi 'o'e e' Kernan.

El susto y el dolor incipiente lo habían vuelto a medias sobrio.

—No hay de qué —dijo el joven.

Se dieron la mano. Alzaron a Mr. Kernan al coche y, mientras Power le daba la dirección al cochero, expresó su gratitud al joven y lamentó que no pudieran tomar un trago.

—En otra ocasión —dijo el joven.

El coche partió rumbo a Westmoreland Street. Cuando pasó la Oficina del Lastre, eran las nueve y media en el reloj. Un cortante viento del este los azotó desde la boca del río. Mr. Kernan se había hecho un ovillo contra el frío. Su amigo le pidió que le explicara cómo ocurrió el accidente.

—No pue'o —respondió—. Me go'é 'a 'engua.

—Déjame ver.

El otro se inclinó hacia delante para mirar el interior de la boca de Mr. Kernan, pero no vio nada. Encendió un fósforo y, protegiéndolo con la mano, miró de nuevo dentro de la boca que Mr. Kernan abría obediente. El movimiento del carro acercaba y alejaba el fósforo a la boca abierta. Los dientes de abajo y las encías estaban cubiertas con sangre coagulada, y al parecer se había cortado un minúsculo segmento de la lengua de una mordida. El fósforo se apagó.

—Se ve muy feo —dijo Mr. Power.

—Nah, no e' na'a —dijo Mr. Kernan, cerrando la boca, tapándose el cuello con las sucias solapas del abrigo.

Mr. Kernan era un viajante comercial de la vieja escuela que creía en la dignidad de su oficio. No se le veía nunca en la ciudad sin una chistera más o menos decente y un par de polainas. Gracias a estos adminículos, decía, siempre puede uno hacer un buen efecto. Continuaba así la tradición de su napoleón, el gran Blackwhite, cuya memoria evocaba a menudo con imitaciones y anécdotas. Había escapado hasta ahora a los métodos comerciales modernos manteniendo una pequeña oficina en Crowe Street que tenía el nombre y la dirección de la firma en la cortina —LONDON, E.C. En la oficina y sobre la repisa se alineaba un pelotón de potes y sobre la mesa frente a la ventana había habitualmente cuatro o cinco boles mediados con un líquido negro. Mr. Kernan usaba estos boles para probar el té. Bebía un sorbo, lo mantenía en la boca para saturarse el paladar y luego lo escupía en la chimenea. Después, hacía una pausa pericial.

Mr. Power, mucho más joven, era empleado de la oficina de la gendarmería real en Dublín Castle. La curva de su ascenso social cortaba la curva del descenso de su amigo, pero la decadencia de Mr. Kernan la mitigaba el hecho de que los amigos que lo conocieron en su apogeo todavía lo estimaban como personaje. Mr. Power era uno de esos amigos. Sus deudas inexplicables eran la comidilla de su círculo, que lo tenía por un hombre de mundo.

El coche se detuvo frente a una pequeña casa en la carretera de Glasnevin y Mr. Kernan fue ayudado a entrar en su casa. Su esposa lo acostó mientras Mr. Power se sentaba en la cocina preguntándoles a los niños a qué escuela iban y por qué lección iban. Los niños —dos hembras y un varón— conscientes de la desvalidez del padre y de la ausencia de la madre, se pusieron a jugar con Mr. Power. Se sorprendió éste de sus modales y de su acento y se quedó pensativo. Al rato entró Mrs. Kernan en la cocina exclamando:

—¡Qué aspecto! ¡Ay, un día se va a matar y será para nosotros el acábose! Lleva bebiendo desde el viernes.

Mr. Power tuvo cuidado de explicarle que él no era culpable, que había pasado por el sitio de casualidad. Mrs. Kernan, recordando sus buenos oficios en las peleas domésticas y también muchos pequeños, pero oportunos préstamos, le dijo:

—Oh, no tiene usted que decírmelo, Mr. Power. Ya sé que es usted un buen amigo, no como esos otros. ¡Esos amigotes muy buenos cuando éste tiene dinero para alejarlo de su mujer y de la familia! ¿Con quién estaba esta noche? Me gustaría saberlo.

Mr. Power movió la cabeza pero no dijo nada.

—Cuánto siento —siguió ella— no tener nada para ofrecerle. Pero si espera un minuto mandaré por algo a Fogarty's, aquí al doblar.

Mr. Power se puso en pie.

—Estábamos esperando a que regresara con el dinero. Nunca se acuerda de que tiene una casa, por lo que se ve.

—Ah, vamos, Mrs. Kernan —dijo Mr. Power—, ya conseguiremos hacer que doble la hoja. Voy a hablarle a Martin. Es el indicado. Vendremos para acá una de estas noches a convencerlo.

Lo acompañó hasta la puerta. El cochero zapateaba por la acera, moviendo los hombros para calentarse.

—Muy amable de su parte haberlo traído —dijo ella.

—No hay de qué —dijo Mr. Power.

Subió al coche. Al irse se quitó el sombrero, jovial.

—Vamos a hacer de él un hombre nuevo —le dijo—. Buenas noches, Mrs. Kernan.


Los intrigados ojos de Mrs. Kernan siguieron al coche hasta que se perdió de vista. Luego, bajó los ojos, entró en la casa y vació los bolsillos a su marido.

Era una mujer de mediana edad, activa y práctica. No hacía mucho que había celebrado sus bodas de plata, reconciliándose con su esposo bailando con él acompañada al piano por Mr. Power. Cuando eran novios Mr. Kernan le pareció una figura que no dejaba de tener donaire, y todavía hoy se iba corriendo a la capilla cada vez que oía que había boda y, al ver a los contrayentes, se recordaba con vivo placer saliendo de la iglesia Stella Maris, en Sandymount, apoyada del brazo de un hombre jovial y bien alimentado, que vestía con elegancia levita y pantalones lavanda y balanceaba graciosamente una chistera sobre el otro brazo. A las tres semanas ya encontraba aburrida la vida de casada y, más tarde, cuando empezaba a encontrarla insoportable, quedó encinta. El papel de madre no le presentó dificultades insuperables y durante veinticinco años fue una astuta ama de casa. Sus dos hijos mayores estaban encarrilados. Uno trabajaba en una retacería de Glasgow y el otro era empleado de un importador de té en Belfast. Eran buenos hijos que le escribían regularmente y a veces le mandaban dinero. Los otros hijos estaban todavía en la escuela.

Al día siguiente Mr. Kernan envió una carta a la oficina y se quedó en cama. Le hizo ella un caldo de vaca y lo regañó como era debido. Ella aceptaba su frecuente embriaguez como resultado del clima, lo atendía como era debido cuando estaba descompuesto y trataba siempre de que tomara su desayuno. Había maridos peores. Nunca se le vio violento desde que los niños crecieron y sabía que era capaz de caminar al otro extremo de la ciudad de ida y vuelta para tomar una orden por exigua que fuera.

Dos noches más tarde sus amigos vinieron a verlo. Ella los trajo al cuarto impregnado de un olor particular, y los sentó junto al fuego. La lengua de Mr. Kernan, que las punzadas ocasionales habían vuelto algo irritable durante el día, se hizo más comedida. Se sentó en la cama sostenido por almohadas y el escaso color de su cara abotargada la asemejaba a la ceniza viva. Se excusó con sus amigos por el cuarto en desorden, pero al mismo tiempo los enfrentó con mirada desafiante: orgullo de veterano.

No estaba consciente en absoluto de que era víctima de un complot que sus amigos, Mr. Cunningham, Mr. M'Coy y Mr. Power habían revelado a Mrs. Kernan en la sala. Fue idea de Mr. Power, pero su realización estaba a cargo de Mr. Cunningham. Mr. Kernan era de origen protestante y, aunque se convirtió a la fe católica cuando su matrimonio, no había pertenecido al gremio de la Iglesia en los últimos veinte años. Era dado, además, a lanzar indirectas al catolicismo.

Mr. Cunningham era el hombre indicado como colega mayor de Mr. Power que era. Su misma vida doméstica no era precisamente feliz. La gente le tenía mucha pena porque se sabía que estaba casado con una mujer poco presentable que era una borracha perdida. Le había puesto casa seis veces; y, en cada ocasión, ella había empeñado los muebles.

Todo el mundo respetaba al pobre Martin Cunningham. Era hombre cabal y sensato, influyente, inteligente. El acero de su sabiduría humanista —una astucia natural especializada y experimentada frecuentando por largo tiempo los casos ante las cortes de justicia— estaba templado con breves inmersiones en las aguas de la filosofía en general. Estaba bien informado. Sus amigos se inclinaban ante sus opiniones y consideraban que su cara se parecía a la de Shakespeare.

Cuando hicieron a Mrs. Kernan partícipe del complot, ésta dijo:

—Dejo el asunto en sus manos, Mr. Cunningham.

Después de un cuarto de siglo de vida matrimonial le quedaban muy pocas ilusiones. La religión era un hábito para ella y sospechaba que un hombre de la edad de su esposo no cambiaría gran cosa antes de morir. Se veía tentada a ver el accidente como curiosamente apropiado y, si no fuera porque no quería parecer sanguinaria, le hubiera dicho a este señor que la lengua de Mr. Kernan no sufriría porque se la recortaran. Sin embargo, Mr. Cunningham era un hombre capacitado; y la religión es siempre la religión. El ardid podría resultar beneficioso y, al menos, daño no haría. Sus creencias no eran extravagantes. Creía ella firmemente en el Sagrado Corazón como la más útil, en general, de todas las devociones católicas y aprobaba los sacramentos. Su fe estaba limitada por sus pucheros pero, de proponérselo, habría podido creer en la *banshee*, esa némesis irlandesa, y en el Espíritu Santo.

Los caballeros empezaron a hablar del accidente. Mr. Cunningham dijo que él había conocido una vez un caso similar. Un sexagenario se cortó un pedazo de lengua de una mordida durante un ataque epiléptico y la lengua le creció de nuevo y no se le notaba ni rastro de la mordida.

—Muy bien, pero yo no soy un sexagenario.

—Ni que Dios lo quiera.

—¿No te duele? —preguntó Mr. M'Coy.

Mr. M'Coy fue antes un tenor de cierta reputación. Su esposa, que había sido soprano, todavía daba clases de piano a niños a precios módicos. Su línea de la vida no había sido la distancia más corta entre dos puntos, y por breves períodos de tiempo se había visto obligado a vivir como caballero de industria. Había sido empleado de los ferrocarriles de Midland, agente de anuncios para *The Irish Times* y para *The Freeman's Journal*, comisionista de una firma de carbón, investigador privado, empleado de la oficina del vicealguacil, y hace poco que lo habían nombrado secretario del fiscal forense municipal. Su nuevo cargo lo obligaba a interesarse profesionalmente en el caso de Mr. Kernan.

—¿Dolerme? No mucho —respondió Mr. Kernan—. ¡Pero es tan nauseabundo! Me siento con ganas de vomitar.

—Eso es el trago —dijo Mr. Cunningham con firmeza.

—No —dijo Mr. Kernan—. Parece que cogí catarro en el coche. Algo me viene a la garganta, flema o…

—Mucosidad —dijo Mr. M'Coy.

—Me entra como por debajo de la garganta. Una cosa asqueante.

—Sí, sí —dijo Mr. M'Coy—, del tórax.

Miró al mismo tiempo a Mr. Cunningham y a Mr. Power con aire desafiante. Mr. Cunningham asintió rápidamente, y Mr. Power dijo:

—Ah, bueno, bien está lo que bien acaba.

—Te estoy muy agradecido, mi viejo —dijo el inválido.

Mr. Power movió la mano.

—Esos otros dos tipos con quien estaba…

—¿Con quién estabas? —preguntó Mr. Cunningham.

—Este muchacho. No me acuerdo de su nombre. ¡Maldita sea! ¿Cómo se llama? Un tipo él con el pelo rufo…

—¿Y con quién más?

—Con Harford.

—Jumm —dijo Mr. Cunningham.

Cuando Mr. Cunningham soltó aquella exclamación todo el mundo se calló. Era sabido: el que hablaba tenía acceso a fuentes de información secretas. En este caso el monosílabo conllevaba una intención moralizante. A veces, Mr. Harford formaba parte de una pequeña brigada que salía de la ciudad los domingos por la tarde con el propósito de llegar, lo antes posible, a algún pub de las afueras, donde sus miembros se calificaban a sí mismos de genuinos viajantes. Pero sus compañeros de travesías nunca pasaron por alto sus orígenes. Se había iniciado en los negocios como un oscuro banquero que prestaba pequeñas sumas a obreros y las cobraba con usura. Más tarde se asoció a un caballero muy gordo y bajo, Mr. Goldberg, en el Banco de Préstamos Liffey. Aunque no se había convertido a otra cosa que al código ético-judío, sus amigos católicos, siempre que les ajustaba las cuentas, personalmente o por persona interpuesta, se referían a él amargamente como a un judío irlandés y analfabeto, y veían al hijo bobo que tenía como una manifestación de la censura divina a la usura. En otras ocasiones no dejaban de recordar sus buenas cualidades.

—Quisiera saber dónde se metió ése —dijo Mr. Kernan.

Quería que los detalles del incidente quedaran sin precisar para hacer creer a sus amigos que se produjo una confusión, que Mr. Harford y él no se habían llegado a ver ese día. Sus amigos, que conocían perfectamente las costumbres de Mr. Harford, se quedaron callados. Mr. Power dijo de nuevo:

—Bien está lo que bien acaba.

Mr. Kernan cambió la conversación al punto.

—Qué muchacho más decente ese estudiante de medicina —dijo—. Si no hubiera sido por él...

—Sí, si no hubiera sido por él —dijo Mr. Power— te habrías agravado en un caso de siete días sin multa.

—Sí, sí —dijo Mr. Kernan, haciendo memoria—. Recuerdo ahora que apareció un policía. Un tipo decente, al parecer. ¿Qué fue lo que pasó?

—Lo que pasó es que estaba temulento, Tom —dijo Mr. Cunningham, grave.

—Verdad como un templo —dijo Mr. Kernan, igualmente grave.

—Supongo que tuviste que lidiar con el guardia, Jack —dijo Mr. M'Coy.

Mr. Power no apreció aquel uso de su nombre de pila. No era rígido, pero no podía olvidar que Mr. M'Coy hacía poco que había emprendido una cruzada en busca de valijas y vademécunes por todo el país para permitirle a Mrs. M'Coy cumplir compromisos imaginarios por el interior. Más que el hecho de que lo hubieran engañado, lo ofendía que jugaran tan sucio. Respondió la pregunta, pues, como si Mr. Kernan fuera quien la hizo.

El cuento indignó a Mr. Kernan. Estaba vivamente consciente de sus deberes ciudadanos, deseaba vivir en términos de mutuo respeto con su ciudad natal y lo ofendía cualquier agravio impuesto por los que él llamaba viandas del campo.

—¿Para eso pagamos impuestos? —preguntó—. Para dar ropa y comida a estos patanes ignorantes, que eso es lo que son.

Mr. Cunningham se rió. Era un empleado a sueldo de la Corona solamente en horas de oficina.

—¿Cómo van a ser otra cosa, Tom? —dijo.

Imitó un pesado acento de provincia y dijo con autoridad:

—¡65, coge tu col!

Rieron todos. Mr. M'Coy, que quería colarse en la conversación por cualquier hueso, fingió no haber oído nunca el cuento. Mr. Cunningham le contó:

—Se supone que ocurre, según dicen, tú sabes, en esas barracas donde entrenan a estos enormes aldeanos, verdaderos *omadhauns*, tú sabes: energúmenos. El sargento los obliga a pararse en fila de espaldas a la pared.

Ilustraba el cuento con gestos grotescos.

—Es la hora del rancho, tú sabes. Entonces, el sargento este, que tiene una enorme paila con coles delante de él en la mesa, con un enorme cucharón que parece una pala, saca un montón de coles con él y lo lanza al otro extremo del cuarto para que estos pobres diablos tengan que cogerla con el plato: «¡coge tu col, 65!».

De nuevo rieron todos, pero Mr. Kernan estaba todavía bastante indignado. Dijo que iba a escribir una carta a los periódicos.

—Estas bestias que vienen del campo —dijo— creyendo que pueden mangonear a la gente. No tengo que decirte, Martin, la clase de gente que es.

Mr. Cunningham dio su aprobación calibrada.

—Es como todo en la vida —dijo—. Los hay buenos y los hay malos.

—Ah, sí, claro, también los hay buenos, te lo admito —dijo Mr. Kernan, satisfecho.

—Es mejor no tener que ver con ellos —dijo Mr. M'Coy—. ¡Ésa es mi opinión!

Mrs. Kernan entró al cuarto y, colocando una bandeja en la mesa, dijo:

—Sírvanse, señores.

Mr. Power se puso de pie, oficioso, ofreciéndole su silla. Ella la rechazó diciendo que estaba planchando abajo y, después de haber cambiado unas señas con Mr. Cunningham por detrás de Mr. Power, se dispuso a salir. Su marido la llamó:

—¿Y no hay nada para mí, mi pichoncito?

—¡Ah, para ti! ¡Una galleta es lo que hay! —dijo Mrs. Kerman, mordaz.

Al irse, su marido le gritó:

—¡Nada para tu pobre maridito!

Su voz y su cara eran tan cómicas que la distribución de las botellas de *stout* tuvo lugar en medio de una alegría general.

Los caballeros bebieron y pusieron los vasos en la mesa, haciendo una pausa. Luego, Mr. Cunningham se volvió hacia Mr. Power y dijo como quien no quiere la cosa:

—Jack, dijiste el jueves por la noche, ¿no?

—El jueves, sí —dijo Mr. Power.

—¡Muy bien! —dijo, dispuesto, Mr. Cunningham.

—Podemos vernos en M'Auley's —dijo Mr. M'Coy—. Me parece lo más conveniente.

—Pero no debemos llegar tarde —dijo Mr. Power en serio—, porque es seguro que estará abarrotado.

—Podemos encontrarnos a las siete y media —dijo Mister M'Coy.

—¡Convenido! —dijo Mr. Cunningham.

—¡Entonces, en M'Auley's a las siete y media!

Siguió un breve silencio. Mr. Kernan esperó a ver si sus amigos lo hacían partícipe. Luego, preguntó:

—¿Qué se barrunta?

—Oh, nada —dijo Mr. Cunningham—. No es más que un asuntico que tenemos el jueves.

—La ópera, ¿no? —dijo Mr. Kernan.

—No, no —dijo Mr. Cunningham, evasivo—. Es un asuntico… espiritual.

—Ah —dijo Mr. Kernan.

Hubo un silencio de nuevo. Luego, Mr. Power dijo, a quemarropa:

—Para decirte la verdad, Tom, vamos a hacer retiro.

—Sí, así es —dijo Mr. Cunningham—, Jack y yo y acá M'Coy vamos todos a darnos un baño de blancura.

Soltó la metáfora con una cierta energía rústica y, alentado por el sonido de su voz, prosiguió:

—Ves tú, más vale que admitamos que somos una buena colección de canallas, todos y cada uno de nosotros. Dije *todos y cada uno* —añadió con áspera liberalidad, volviéndose a Mr. Power—. ¡Hay que admitirlo!

—Yo lo admito —dijo Mr. Power.

—Y yo también —dijo Mr. M'Coy.

—Así que vamos a darnos un baño de blancura juntos —dijo Mr. Cunningham.

Una idea pareció pasarle por la cabeza. Se volvió de pronto al inválido y le dijo:

—¿Sabes lo que se me acaba de ocurrir, Tom? Debías venir con nosotros y formar un cuarteto.

—Buena idea —dijo Mr. Power—. Los cuatro juntos.

Mr. Kernan permaneció callado. La proposición no tenía mucho significado en su mente, pero, entendiendo que algunas agencias espirituales intervendrían en nombre suyo, pensó que era una cuestión de dignidad mostrarse indoblegable. No tomó parte en la conversación en largo rato, sino que se limitó a escuchar, con un aire de calmada enemistad, mientras sus amigos discutían sobre la Compañía de Jesús.

—No tengo tan mala opinión de sus jesuitas —dijo él, interviniendo al cabo—. Es una orden ilustrada. También creo que tienen buenas intenciones.

—Es la orden más grandiosa de la Iglesia, Tom —dijo Mr. Cunningham, con entusiasmo—. El General de los jesuitas viene inmediatamente después del Papa.

—No hay que engañarse —dijo Mr. M'Coy—, si uno quiere que una cosa salga bien y sin pega, hay que ir a ver a un jesuita. ¡Esos tipos tienen una palanca! Voy a contarles algo al respecto...

—Los jesuitas son una congregación de primera —dijo Mr. Power.

—Qué cosa curiosa —dijo Mr. Cunningham—, la Compañía de Jesús. Todas las demás órdenes religiosas han tenido que ser reformadas tarde o temprano, pero la Orden de los

Jesuitas nunca ha sido reformada, porque nunca se ha deformado.

—¿De veras? —preguntó Mr. M'Coy.

—Es un hecho —dijo Mr. Cunningham—. Es un hecho histórico.

—Miren, además, a su iglesia —dijo Mr. Power—. Miren la congregación que tienen.

—Los jesuitas son los sacerdotes de la alta sociedad —dijo Mr. M'Coy.

—Por supuesto —dijo Mr. Power.

—Sí —dijo Mr. Kernan—. Es por eso que me atraen. Son sólo esos curas ignorantes y engreídos que me...

—Todos son buenos hombres —dijo Mr. Cunningham—. Cada uno en lo suyo. El sacerdocio irlandés es respetado en todo el orbe.

—Eso sí —dijo Mr. Power.

—No como gran parte del clero del continente —dijo Mr. M'Coy—, que no merece ni el nombre que tiene.

—Tal vez tengan ustedes razón —dijo Mr. Kernan, ablandándose.

—Claro que tengo razón —dijo Mr. Cunningham—. No ha estado en este mundo todo este tiempo y visto tantas cosas en esta vida como para no saber juzgar los caracteres.

Los caballeros bebieron de nuevo, siguiendo cada uno el ejemplo del otro. Mr. Kernan parecía sopesar algo en su ánimo. Estaba impresionado. Tenía una altísima opinión de Mr. Cunningham como juez de caracteres y fisonomista. Pidió pormenores.

—Oh, no es más que un retiro, tú sabes —dijo Mr. Cunningham—. Lo patrocina el padre Purdon. Para hombres de negocios, tú sabes.

—No va a usar mano dura con nosotros, Tom —dijo Mr. Power, persuasivo.

—¿El padre Purdon? ¿El padre Purdon? —dijo el inválido.

—Pero tú debes de conocerlo, Tom —dijo Mr. Cunningham, animoso—. ¡Un gran tipo! Es un hombre de mundo, como nosotros.

—Ah… sí. Creo que lo conozco. De cara un poco colorada; alto él.

—Ése mismo.

—Y dime, Martin… ¿es buen predicador?

—Jumnó… No se trata de un sermón exactamente, tú sabes. Es más bien una charla amistosa, tú sabes, una charla sensata.

Mr. Kernan deliberaba consigo mismo. Mr. M'Coy dijo:

—El padre Tom Burke, ¡ése sí era tremendo tipo!

—Ah, el padre Tom Burke —dijo Mr. Cunningham—, era un orador nato. ¿Lo oíste alguna vez, Tom?

—¿Que si lo oí? —dijo el inválido, picado—. ¡Quesiqué! Lo oí…

—Y, sin embargo, dicen que como teólogo no valía gran cosa —dijo Mr. Cunningham.

—¿De veras? —dijo Mr. M'Coy.

—Oh, claro, no hay nada malo en eso, tú sabes. Sólo que a veces dicen que sus sermones no eran muy ortodoxos que digamos.

—¡Ah!… Ése sí era un hombre espléndido —dijo Mister M'Coy.

—Lo oí una vez —prosiguió Mr. Kernan—. Ahora se me ha olvidado el tema de su discurso. Crofton y yo estábamos en el fondo del… tú sabes, del patio de…

—La nave —dijo Mr. Cunningham.

—Sí, al fondo, cerca de la puerta. Me olvidé sobre qué era… Ah, sí, sobre el Papa, el difunto Papa. Ahora me acuerdo. Palabra que era estupendo su estilo oratorio. ¡Y qué voz! ¡Dios! ¡Vaya voz que tenía! Lo llamó *Prisionero del Vaticano*. Recuerdo que Crofton me decía a la salida…

—Pero Crofton es un *orangista*, ¿no es así? —dijo Mister Power.

—Claro que sí —dijo Mr. Kernan—, y un orangista muy decente que es. Fuimos a Butler's en Moore Street (palabra, yo estaba de lo más conmovido, en verdad de Dios) y recuerdo muy bien sus palabras: «Kernan», me dijo, «profesamos diferentes religiones pero nuestra creencia es la misma.» Me parece que está pero *muy* bien dicho.

—Hay mucho de cierto en eso —dijo Mr. Power—. Había siempre una muchedumbre protestante en la capilla cuando el padre Tom predicaba.

—No hay mucha diferencia entre nosotros —dijo Mister M'Coy—. Creemos todos en…

Dudó un momento.

—… en el Redentor. Lo único que ellos no creen en el Papa ni en la Virgen María.

—Pero, naturalmente —dijo Mr. Cunningham, queda y eficazmente—, nuestra religión es *la* religión: la verdadera fe de nuestros antepasados.

—Sin duda alguna —dijo Mr. Kernan con calor.

Mrs. Kernan apareció en la puerta del cuarto y anunció:

—¡Tienes visita!

—¿Quién es?

—Mr. Fogarty.

—¡Ah, que pase! ¡Que pase!

Una cara pálida y ovalada se adelantó hasta la luz. El arco de su bigote rubio y gacho se repetía en las cejas rubias, arqueadas sobre unos ojos gratamente sorprendidos. Mr. Fogarty era un modesto tendero. Había fracasado en un negocio de bebidas alcohólicas en el centro, porque sus condiciones financieras lo había reducido a amarrarse a destileros y cerveceros de segunda. Había abierto luego una tiendecita en Glasnevin Road, donde se hacía ilusiones de que sus modales les caerían bien a las amas de casa del barrio. Tenía cierta gracia de porte, era obsequioso con los niños y hablaba con inmaculada enunciación. No dejaba de tener su cultura.

Mr. Fogarty trajo con él, como regalo, una botella de whisky especial. Preguntó cortésmente por el estado de Mr. Kernan, colocó su regalo en la mesa y se sentó entre los demás de igual a igual. Mr. Kernan apreció el regalo por partida doble, ya que tenía muy presente que había entre Mr. Fogarty y él una cuenta por arreglar. Le dijo:

—Viejo, nunca dudé de ti. Ábrela, Jack, ¿quieres?

Mr. Power ofició de nuevo. Se lavaron los vasos y se sirvieron cinco media-líneas de whisky. El nuevo influjo avivó la conversación. Mr. Fogarty, sentado en la punta de su silla, estaba particularmente interesado.

—El papa León XIII —dijo Mr. Cunningham—, fue una de las luminarias de su época. Su gran idea, como saben, fue la unión de las iglesias latinas y griegas. Ésa fue su meta en la vida.

—He oído decir mucho que fue uno de los grandes intelectuales de Europa —dijo Mr. Power—. Quiero decir, además de Papa.

—Sí que lo era —dijo Mr. Cunningham—, si no fue acaso el más importante. Su lema como Papa, como saben, fue *Lux sobre Lux —Luz sobre Luz*.

—No, no —dijo Mr. Fogarty, afanoso—. Creo que se equivoca usted. Era *Lux in Tenebris*, me parece —*Luz en las Tinieblas*.

—Ah, sí —dijo Mr. M'Coy—. *Tenebrae*.

—Permítame —dijo Mr. Cunningham, convencido—, era *Lux sobre Lux*. Y Pío IX, su predecesor, tenía como lema el de *Crux sobre Crux*. Esto es, *Cruz sobre Cruz*, para mostrar las diferencias entre ambos pontificados.

Se admitió la inferencia. Mr. Cunningham continuó:

—El papa León, como saben, fue un gran erudito y un poeta.

—Tenía un rostro enérgico —dijo Mr. Kernan.

—Sí —dijo Mr. Cunningham—. Escribió poesía latina.

—¿De veras? —dijo Mr. Fogarty.

Mr. M'Coy probó el whisky satisfecho y movió la cabeza con doble intención, diciendo:

—Puedo decir que no es jarana.

—Tom —dijo Mr. Power, siguiendo el ejemplo de Mr. M'Coy—, no aprendimos eso cuando fuimos a la escuela paga.

—Conozco más de un ciudadano ejemplar que fue a la escuela paga con un tepe en el sobaco —dijo Mr. Kernan, sentencioso—. El sistema antiguo era el mejor: educación honesta y sencilla. Nada de toda esa faramalla moderna…

—Bien dicho —dijo Mr. Power.

—Nada de superfluidades —dijo Mr. Fogarty.

Enunció aquella palabra y luego bebió con rostro grave.

—Recuerdo haber leído —dijo Mr. Cunningham— que uno de los poemas del papa León versaba sobre la invención de la fotografía —en latín, por supuesto.

—¡Sobre la fotografía! —exclamó Mr. Kernan.

—Sí —dijo Mr. Cunningham.

Bebió él también de su vaso.

—Pero, bueno —dijo Mr. M'Coy— ¿no es una cosa maravillosa la fotografía, si se piensa en ello?

—Ah, pero claro —dijo Mr. Power—, los grandes cerebros ven las cosas de lejos.

—Como dijo el poeta: «Las grandes mentes se acercan mucho a la locura» —dijo Mr. Fogarty.

Mr. Kernan parecía tener la cabeza confusa. Hizo un esfuerzo por recordar la teología protestante en lo concerniente a un punto espinoso, y, finalmente, se dirigió a Mr. Cunningham.

—Dime, Martin —le dijo—. Pero ¿no fueron algunos de los papas, claro, no el actual o sus predecesores, pero algunos de los antiguos papas… no estuvieron lo que se dice… tú sabes… en la vendimia?

Hubo un silencio. Mr. Cunningham dijo:

—Ah, claro, hubo algunos huevos hueros… Pero lo asombroso es esto. Que ninguno de ellos, ni el más borracho de todos, ni el más… desorejado canalla de entre todos ellos, ni uno solo predicó *ex cathedra* una palabra doctrinal en falso. ¿No es eso una cosa asombrosa?

—Lo es —dijo Mr. Kernan.

—Sí, porque cuando el Papa habla *ex cathedra* —explicó Mr. Fogarty—, es infalible.

—Sí —dijo Mr. Cunningham.

—Oh, pero yo sé lo que es la infalibilidad papal. Me acuerdo de cuando era más joven. ¿O fue cuando…?

Mr. Fogarty lo interrumpió. Cogió la botella para servirles a los otros un poco. Mr. M'Coy, viendo que no quedaba para completar la ronda, arguyó que no había acabado el primer trago. Los otros aceptaron bajo protesta. La música ligera del whisky cayendo en los vasos creaba un grato interludio.

—¿Qué estabas tú diciendo, Tom? —preguntó Mr. M'Coy.

—La infalibilidad papal —dijo Mr. Cunningham— fue la más grande ocasión en toda la historia eclesiástica.

—¿Cómo fue eso, Martin? —preguntó Mr. Power.

Mr. Cunningham levantó dos dedos gordos.

—En el sagrado colegio, ya saben, de cardenales y arzobispos y obispos, había dos hombres en contra mientras que todos los demás estaban a favor. El cónclave entero, unánime, excepto por estos dos. ¡Que no! ¡No tragaban!

—¡Vaya! —dijo Mr. M'Coy.

—Y había un cardenal alemán llamado Dolling... o Dowlling... o...

—Doble contra sencillo que este Dowling no era alemán —dijo Mr. Power, riéndose.

—Bueno, este gran cardenal alemán, llámese como se llame, era uno de ellos; y el otro era John MacHale.

—¿Qué? —exclamó Mr. Kernan—. ¿Es ese Juan de Tuam?

—¿Están seguros ustedes? —preguntó Mr. Fogarty, dubitativo—. Creí que era un italiano o un americano.

—Juan de Tuam —repitió Mr. Cunningham—, ése era el hombre.

Bebió y los otros caballeros siguieron su ejemplo.

Luego, resumiendo:

—Estaban todos en eso, todos los cardenales y los obispos y los arzobispos de todos los rincones del globo y estos dos peleando como perro y gato, hasta que finalmente el Papa mismo se levantó y declaró la infalibilidad dogma de la Iglesia, *ex cathedra*. En ese preciso momento John MacHale, que había estado discutiendo y discutiendo en contra, se levantó y gritó con un ruido de león: «¡Credo!».

—*¡Yo creo!* —dijo Mr. Fogarty.

—*¡Credo!* —dijo Mr. Cunningham—. Lo que muestra la fe que tenía. Se sometió en cuanto habló el Papa.

—¿Y qué le pasó a Dowling? —preguntó Mr. M'Coy.

—El cardenal alemán no se sometió. Dejó la Iglesia.

Las palabras de Mr. Cunningham habían creado una vasta imagen de la Iglesia en la mente de sus oyentes. Su profunda y resonante voz los había emocionado al pronunciar la palabra de fe y sometimiento. Cuando Mrs. Kernan entró al cuarto secándose las manos se encontró con un séquito solemne. No quebró el silencio, sino que se apoyó en los hierros del pie de la cama.

—Una vez vi a John MacHale —dijo Mr. Kernan— y nunca lo olvidaré mientras viva.

Se volvió a su esposa para que lo confirmara.

—¿No te lo dije muchas veces?

Mrs. Kernan asintió.

—Fue cuando desvelaron la estatua de Sir John Gray. Edmund Dwyer Gray estaba diciendo un discurso lleno de palabrería y allá estaba este viejo, un tipo de lo más avinagrado, mirándolo por debajo de la maraña de sus cejas.

Mr. Kernan frunció el ceño y bajando la cabeza como un toro bravo, quemó a su esposa con la mirada.

—¡Dios mío! —exclamó, poniendo una cara normal—. Nunca vi ojos semejantes en un rostro humano. Parecían estarle diciendo: «Te tengo tomada la medida, muchachito». Tenía ojos de cernícalo.

—Ninguno de los Gray valía nada —dijo Mr. Power.

Hubo otra pausa. Mr. Power se volvió a Mrs. Kernan y le dijo con jovialidad repentina:

—Bien, Mrs. Kernan, vamos a convertir a acá su marido en un católico romano, devoto, piadoso y temeroso de Dios.

Abarcó al grupo de un gesto.

—Vamos todos a hacer retiro juntos y a confesar nuestros pecados. ¡Y Dios bien sabe lo que lo necesitamos!

—No me opongo —dijo Mr. Kernan, sonriendo un tanto nervioso.

Mrs. Kernan pensó que sería más sabio ocultar su satisfacción.

Así que dijo:

—Compadezco al pobre cura que tenga que oír tu cuento.

La expresión de Mr. Kernan cambió.

—Si no le gusta —dijo brusco— ya puede estarse yendo a... a donde tiene que ir. Yo no voy más que a contarle mi cuento contrito. No soy tan malo después de todo...

Mr. Cunningham intervino a tiempo.

—Vamos a renegar del diablo —dijo—, juntos todos, y de su obra y su pompa.

—¡Vade retro, Satanás! —dijo Mr. Fogarty, riéndose y mirando a los demás.

Mr. Power no dijo nada. Se sentía absolutamente superado. Pero una expresión complacida le cruzaba por la cara.

—Todo lo que tenemos que hacer —dijo Mr. Cunningham— es pararnos con una vela en la mano y renovar los votos bautismales.

—Ah, Tom —dijo Mr. M'Coy—, no te olvides de la vela, hagas lo que hagas.

—¿Qué? —dijo Mr. Kernan—. ¿Tengo yo que llevar una vela?

—Ah, sí —dijo Mr. Cunningham.

—Ah, no, ¡maldita sea! —dijo Mr. Kernan—. Así mismo paso raya. Voy a hacer mi parte. Haré retiro y confesión y... todo eso. Pero... ¡Velas no! ¡No, maldita sea, prohíbo las velas!

Sacudió la cabeza con seriedad farsesca.

—¡Oiganlo hablar! —dijo su mujer.

—Prohibidas las velas —dijo Mr. Kernan, consciente de haber creado un efecto en su público, continuando con sus sacudidas de cabeza a diestro y siniestro—. Prohibido ese negocio de linternitas mágicas.

Todos rieron de buena gana.

—¡Eso es lo que se llama un buen católico! —dijo su esposa.

—¡Nada de velas! —repitió Mr. Kernan, testarudo—. ¡Fuera con eso!

La nave mayor de la Iglesia Jesuita de Gardiner Street estaba casi llena; y, sin embargo, a cada momento entraba un caballero por las puertas laterales y, dirigido por el hermano laico, caminaba en puntillas por el pasillo hasta que le encontraban acomodo. Los caballeros todos se veían muy bien vestidos y ordenados. Las luces de las lámparas de la iglesia caían sobre la asamblea vestida de negro con cuello blanco, aliviada aquí y allá por tweeds, y sobre las oscuras columnas variopintas en mármol verde y sobre las lúgubres imágenes. Los caballeros se sentaban en su banco, después de haberse alzado las piernas del pantalón un poco más arriba de las rodillas y puesto a seguro sus sombreros. Se sentaban echados hacia atrás y miraban con formalidad a la distante mancha de luz roja suspendida sobre el altar mayor.

En uno de los bancos cerca del púlpito se sentaban Mr. Cunningham y Mr. Kernan. En el banco de detrás se sentaba Mr. M'Coy solo: y en el banco detrás de éste, se sentaban Mr. Power y Mr. Fogarty. Mr. M'Coy había tratado, sin conseguirlo, de encontrar asiento junto a los otros y, cuando el grupo se conformó como un cinquillo, trató inútilmente de hacer chistes sobre ello. Como éstos no fueron bien recibidos, desistió. Aun él era sensible a aquella atmósfera de decoro y hasta él empezó a responder al estímulo religioso. En un susurro Mr. Cunningham llamó la atención a Mr. Kernan hacia Mr. Harford, el prestamista, que se sentaba no lejos, y hacia Mr. Fanning, registrador y fabricante de alcaldes de la ciudad, sentado inmediatamente debajo del púlpito y junto a uno de los concejales recién electos del cabildo. A la derecha se sentaban el viejo Michael Grimes, dueño de tres casas de empeños, y el sobrino de Dan Hogan, que aspiraba al cargo de secretario de la alcaldía. Más al frente estaba sentado Mr. Hendrick, reportero estrella de *The Freeman's Journal* y el pobre O'Carroll, viejo amigo de Mr. Kernan, quien fuera figura de valía en el comercio. Gradualmente, según iba reconociendo caras que les eran familiares, Mr. Kernan empezó a sentirse más cómodo. La chistera, rehabilitada por su esposa, descansaba en sus rodillas. Una que otra vez tiró de los puños con una mano, mientras sujetaba el ala del sombrero, suave pero firmemente, con la otra mano.

Se vio luchando por escalar el púlpito a una figura de recio aspecto con el torso cubierto por una sobrepelliz. Simultáneamente, la congregación cambió de postura, sacó sus pañuelos y se arrodilló en ellos con cuidado. Mr. Kernan siguió el ejemplo del resto. La figura del sacerdote se mantuvo erguida en el púlpito, sobresaliendo por la baranda las dos terceras partes del torso coronado por una cara roja y maciza.

El padre Purdon se arrodilló, volviéndose a la mancha de la luz roja y, cubriéndose el rostro con las manos, rezó. Después de un intervalo se descubrió el rostro y se levantó. La congregación también se levantó y se acomodó en los bancos de nuevo. Mr. Kernan restituyó la chistera a su puesto original y puso cara atenta al clérigo. El predicador volteó cada una de las anchas mangas de la sobrepelliz con elaborados y amplios gestos, y lentamente pasó revista a aquella colección de caras. Luego, dijo:

> Porque los hijos de este siglo son en sus negocios más sagaces que los hijos de la luz. Así os digo Yo a vosotros: Granjeaos amigos con la riqueza, mamón de iniquidades, para que cuando falleciereis, seáis recibidos en las moradas eternas.

El padre Purdon desarrolló este texto con resonante aplomo. Era uno de los textos más arduos de las Sagradas Escrituras, dijo, de ser interpretados como es conveniente. Era un texto que podría parecer al observador casual en desavenencia con la elevada moral predicada por Jesús en todas partes. Pero, les dijo a sus oyentes, este texto le había parecido especialmente adaptado para la guía de aquellos cuya suerte era vivir en el mundo y que, sin embargo, no querían vivir mundanamente. Era un texto para el hombre de negocios, para el profesional. Jesús, con su divino entendimiento de cada resquicio del alma humana, entendió que no todos los hombres tenían vocación religiosa, que mucho más de la mayoría se veía obligada a vivir en el siglo y, hasta cierto punto, para el siglo: y esta oración la destinó Él a ofrecer una palabra de consejo a dichos hombres, disponiendo como ejemplos de la vida religiosa aquellos mismos adoradores de Mamón que eran, entre todos los hombres, los menos solícitos en materia religiosa.

Les dijo a sus feligreses que estaba allí esa noche no con un propósito terrorista o extravagante; sino como hombre de mundo que hablaba a sus pariguales. Había venido a hablarles a negociantes y les hablaría en términos de negocios. Si se le permitiera usar una metáfora, dijo, diría que él era su tenedor de libros espiritual; que deseaba que todos y cada uno de sus oyentes le abrieran sus libros, los libros de su vida espiritual, y ver si casaban con la conciencia de cada cual.

Jesús no eran intransigente. Comprendía Él nuestras faltas, entendía Él las debilidades todas de nuestra pobre naturaleza pecadora, comprendía Él las tentaciones de la vida. Podíamos tener todos, de tanto en tanto, nuestras tentaciones: podíamos tener, teníamos todos, nuestras tachas. Pero una sola cosa, dijo, les pedía Él a sus feligreses. Y era ésta: tener rectitud y actitud viriles para con Dios. Si nuestras cuentas correspondían en cada punto, habría que decir: «Pues bien, he verificado mis cuentas. Todas arrojan un beneficio».

Pero si, como era dable que ocurriese, había discrepancias, era necesario admitir la verdad, ser franco y decir como todo un hombre: «Y bien, he revisado mis cuentas. Encuentro que esto y aquello está mal. Pero, por la gracia de Dios, rectificaré esto y aquello. Pondré mis cuentas al día».

# LOS MUERTOS

Lily, la hija del encargado, tenía los pies literalmente muertos. No había todavía acabado de hacer pasar a un invitado al cuarto de desahogo, detrás de la oficina de la planta baja, para ayudarlo a quitarse el abrigo, cuando de nuevo sonaba la quejumbrosa campana de la puerta y tenía que echar a correr por el zaguán vacío para dejar entrar a otro. Era un alivio no tener que atender también a las invitadas. Pero Miss Kate y Miss Julia habían pensado en eso y convirtieron el baño de arriba en un cuarto de señoras. Allá estaban Miss Kate y Miss Julia, riéndose y chismeando y ajetreándose una tras la otra hasta el rellano de la escalera, para mirar abajo y preguntar a Lily quién acababa de entrar.

El baile anual de las Morkan era siempre la gran ocasión. Venían todos los conocidos, los miembros de la familia, los viejos amigos de la familia, los integrantes del coro de Julia, cualquier alumna de Kate que fuera lo bastante mayorcita y hasta alumnas de Mary Jane también. Nunca quedaba mal. Por años y años y tan atrás como se tenía memoria había resultado una ocasión lúcida; desde que Kate y Julia, cuando murió su hermano Pat, dejaron la casa de Stoney Batter y se llevaron a Mary Jane, la única sobrina, a vivir con ellas en la sombría y espigada casa de la isla de Usher, cuyos altos alquilaban a Mr. Fulham, un comerciante en granos que vivía en los bajos. Eso ocurrió hace sus buenos treinta años. Mary Jane, entonces una niñita vestida de corto, era ahora el principal sostén de la casa, ya que tocaba el órgano de Haddington

Road. Había pasado por la Academia y daba su concierto anual de alumnas en el salón de arriba de las Antiguas Salas de Concierto. Muchas de sus alumnas pertenecían a las mejores familias de la ruta de Kingstown y Dalkey. Sus tías, aunque viejas, contribuían con lo suyo. Julia, a pesar de sus canas, todavía era la primera soprano de Adán y Eva, la iglesia, y Kate, muy delicada para salir afuera, daba lecciones de música a principiantes en el viejo piano vertical del fondo. Lily, la hija del encargado, les hacía la limpieza. Aunque llevaban una vida modesta les gustaba comer bien; lo mejor de lo mejor: costillas de riñonada, té de a tres chelines y *stout* embotellado del bueno. Pero Lily nunca hacía un mandado mal, por lo que se llevaba muy bien con las señoritas. Eran quisquillosas, eso es todo. Lo único que no soportaban era que les contestaran.

Claro que tenía razón para dar tanta lata en una noche así, pues eran más de las diez y ni señas de Gabriel y su esposa. Además, que tenían muchísimo miedo de que Freddy Malins se les apareciera tomado. Por nada del mundo querían que las alumnas de Mary Jane lo vieran en ese estado; y cuando estaba así era muy difícil de manejar, a veces. Freddy Malins llegaba siempre tarde, pero se preguntaban por qué se demoraría Gabriel: y era eso lo que las hacía asomarse a la escalera para preguntarle a Lily si Gabriel y Freddy habían llegado.

—Ah, Mr. Conroy —le dijo Lily a Gabriel cuando le abrió la puerta—, Miss Kate y Miss Julia creían que usted ya no venía. Buenas noches, Mrs. Conroy.

—Me apuesto a que creían eso —dijo Gabriel—, pero es que se olvidaron que acá mi mujer se toma tres horas mortales para vestirse.

Se paró sobre el felpudo a limpiarse la nieve de las galochas, mientras Lily conducía a la mujer al pie de la escalera y gritaba:

—Miss Kate, aquí está Mrs. Conroy.

Kate y Julia bajaron enseguida la oscura escalera dando tumbos. Las dos besaron a la esposa de Gabriel, le dijeron que debía estar aterida en vida y le preguntaron si Gabriel había venido con ella.

—Aquí estoy, tía Kate, ¡sin *un* rasguño! Suban ustedes que yo las alcanzo —gritó Gabriel desde la oscuridad.

Siguió limpiándose los pies con vigor mientras las tres mujeres subían las escaleras, riendo, hacia el cuarto de vestir. Una leve franja de nieve reposaba sobre los hombros del abrigo, como una esclavina, y como una pezuña sobre el empeine de las galochas; y al deslizar los botones con un ruido crispante por los ojales helados del abrigo, de entre sus pliegues y dobleces salió el vaho fragante del descampado.

—¿Está nevando otra vez, Mr. Conroy? —preguntó Lily.

Se le había adelantado hasta el cuarto de desahogo para ayudarlo a quitarse el abrigo y Gabriel sonrió al oír que añadía una sílaba más a su apellido. Era una muchacha delgada que aún no había parado de crecer, de tez pálida y pelo color de paja. El gas del cuartico la hacía lucir lívida. Gabriel la conoció siendo una niña que se sentaba en el último escalón a acunar su muñeca de trapo.

—Sí, Lily —le respondió—, y me parece que tenemos para toda la noche.

Miró al cielo raso, que tamblaba con los taconazos y el deslizarse de pies en el piso de arriba, atendió un momento al piano y luego echó una ojeada a la muchacha, que ya doblaba su abrigo con cuidado al fondo del estante.

—Dime, Lily —dijo en tono amistoso—, ¿vas todavía a la escuela?

—Oh, no, señor —respondió ella—, ya no más y nunca.

—Ah, pues entonces —dijo Gabriel, jovial—, supongo que un día de estos asistiremos a esa boda con tu novio, ¿no?

La muchacha lo miró esquinada y dijo con honda amargura:

—Los hombres de ahora no son más que labia y lo que puedan echar mano.

Gabriel se sonrojó como si creyera haber cometido un error y, sin mirarla, se sacudió las galochas de los pies y con su bufanda frotó fuerte sus zapatos de charol.

Era un hombre joven, más bien alto y robusto. El color encarnado de sus mejillas le llegaba a la frente, donde se regaba en parches rojizos y sin forma; y en su cara desnuda brillaban sin cesar los lentes y los aros de oro de los espejuelos que amparaban sus ojos inquietos y delicados. Llevaba el brillante pelo negro partido al medio y peinado hacia atrás en una larga curva por detrás de las orejas, donde se ondeaba leve debajo de la estría que le dejaba marcada el sombrero.

Cuando le sacó bastante brillo a los zapatos, se enderezó y se ajustó el chaleco tirando de él por sobre el vientre rollizo. Luego extrajo con rapidez una moneda del bolsillo.

—Ah, Lily —dijo, poniéndosela en la mano—, es Navidad, ¿no es cierto? Aquí tienes… esto…

Caminó rápido hacia la puerta.

—¡Oh, no, señor! —protestó la muchacha, cayéndole detrás—. De veras, señor, no creo que deba.

—¡Es Navidad! *¡Navidad!* —dijo Gabriel, casi trotando hasta las escaleras y moviendo sus manos hacia ella indicando que no tenía importancia.

La muchacha, viendo que ya había ganado la escalera, gritó tras él:

—Bueno, gracias entonces, señor.

Esperaba fuera a que el vals terminara en la sala, escuchando las faldas y los pies que se arrastraban, barriéndola. Todavía se sentía desconcertado por la súbita y amarga réplica de la muchacha, que lo entristeció. Trató de disiparlo arreglándose los puños y el lazo de la corbata. Luego, sacó del bolsillo del chaleco un papelito y echó una ojeada a la lista de temas para su discurso. Se sentía indeciso sobre los versos de Robert Browning porque temía que estuvieran muy por encima de sus oyentes. Sería mejor una cita que pudieran reconocer, de Shakespeare o de las *Melodías* de Thomas Moore. El grosero chaqueteo de los tacones masculinos y el arrastre de suelas le recordó que el grado de cultura de ellos difería del suyo. Haría el ridículo si citaba poemas que no pudieran entender. Pensarían que estaba alardeando de su cultura. Cometería un error con ellos como el que cometió con la muchacha en el cuarto de desahogo. Se equivocó de tono. Todo su discurso estaba equivocado de arriba abajo. Un fracaso total.

Fue entonces que sus tías y su mujer salieron del cuarto de vestir. Sus tías eran dos ancianas pequeñas que vestían con sencillez. Tía Julia era como una pulgada más alta. Llevaba el pelo gris hacia atrás, en un moño a la altura de las orejas; y gris también, con sombras oscuras, era su larga cara flácida. Aunque era robusta y caminaba erguida, los ojos lánguidos y los labios entreabiertos le daban la apariencia de una mujer que no sabía dónde estaba ni adónde iba. Tía Kate se veía más viva. Su cara, más saludable que la de su hermana, era toda bultos y arrugas, como una manzana roja pero fruncida, y su pelo, peinado también a la antigua, no había perdido su color de castaña madura.

Las dos besaron a Gabriel, cariñosas. Era el sobrino preferido, hijo de la hermana mayor, la difunta Ellen, la que se casó con T. J. Conroy, de los Muelles del Puerto.

—Gretta me acaba de decir que no vas a regresar en coche a Monkstown esta noche, Gabriel —dijo tía Kate.

—No —dijo Gabriel, volviéndose a su esposa—, ya tuvimos bastante con el año pasado, ¿no es así? ¿No te acuerdas, tía Kate, el catarro que cogió Gretta entonces? Con las puertas del coche traqueteando todo el viaje y el viento del este dándonos de lleno en cuanto pasamos Merrion. Lindísimo. Gretta cogió un catarro de lo más malo.

Tía Kate fruncía el ceño y asentía a cada palabra.

—Muy bien dicho, Gabriel, muy bien dicho —dijo—. No hay que descuidarse nunca.

—Pero en cuanto a Gretta —dijo Gabriel—, ésta es capaz de regresar a casa a pie por entre la nieve, si por ella fuera.

Mrs. Conroy sonrió.

—No le haga caso, tía Kate —dijo—, que es demasiado precavido: obligando a Tom a usar visera verde cuando lee de noche y a hacer ejercicios, y forzando a Eva a comer potaje. ¡Pobrecita! ¡Que no lo puede ni ver!... Ah, ¿pero a que no adivinan lo que me obliga a llevar ahora?

Se deshizo en carcajadas mirando a su marido, cuyos ojos admirados y contentos, iban de su vestido a su cara y su pelo. Las dos tías rieron también con ganas, ya que la solicitud de Gabriel formaba parte del repertorio familiar.

—¡Galochas! —dijo Mrs. Conroy—. La última moda. Cada vez que está el suelo mojado tengo que llevar galochas. Quería que me las pusiera hasta esta noche, pero de eso nada. Si me descuido me compra un traje de bañista.

Gabriel se rio nervioso y, para darse confianza, se arregló la corbata, mientras que tía Kate se doblaba de la risa de tanto que le gustaba el cuento. La sonrisa desapareció enseguida de la cara de tía Julia y fijó sus ojos tristes en la cara de su sobrino. Después de una pausa, preguntó:

—¿Y qué son galochas, Gabriel?

—¡Galochas, Julia! —exclamó su hermana—. Santo cielo, ¿tú no sabes lo que son galochas? Se ponen sobre los... sobre las botas, ¿no es así, Gretta?

—Sí —dijo Mrs. Conroy—. Unas cosas de gutapercha. Los dos tenemos un par ahora. Gabriel dice que todo el mundo las usa en el continente.

—Ah, en el continente —murmuró tía Julia, moviendo la cabeza lentamente.

Gabriel frunció las cejas y dijo, como si estuviera enfadado:

—No son nada del otro mundo, pero Gretta cree que son muy cómicas porque dice que le recuerdan a los *minstrels* negros de Christy.

—Pero dime, Gabriel —dijo tía Kate, con tacto brusco—. Claro que te ocupaste del cuarto. Gretta nos contaba que...

—Oh, lo del cuarto está resuelto —replicó Gabriel—. Tomé uno en el Gresham.

—Claro, claro —dijo tía Kate—, lo mejor que podías haber hecho. Y los niños, Gretta, ¿no te preocupan?

—Oh, no es más que por una noche —dijo Mrs. Conroy—. Además, que Bessie los cuida.

—Claro, claro —dijo tía Kate de nuevo—. ¡Qué comodidad tener una muchacha así, en quien se puede confiar! Ahí tienen a esa Lily, que no sé lo que le pasa últimamente. No es la de antes.

Gabriel estuvo a punto de hacerle una pregunta a su tía sobre este asunto, pero ella dejó de prestarle atención para observar a su hermana, que se había escurrido escaleras abajo, sacando la cabeza por sobre la baranda.

—Ahora dime tú —dijo ella, como molesta—, ¿dónde irá Julia ahora? ¡Julia! ¡Julia! ¿Dónde vas tú?

Julia, que había bajado más de media escalera, regresó a decir, zalamera:

—Ahí está Freddy.

En el mismo instante unas palmadas y un floreo final del piano anunció que el vals acababa de terminar. La puerta de la sala se abrió desde dentro y salieron algunas parejas. Tía Kate se llevó a Gabriel apresuradamente a un lado y le susurró al oído:

—Sé bueno, Gabriel, y vete abajo a ver si está bien y no lo dejes subir si está tomado. Estoy segura de que está tomando. Segurísima.

Gabriel se llegó a la escalera y escuchó más allá de la balaustrada. Podía oír dos personas conversando en el cuarto de desahogo. Luego reconoció la risa de Freddy Malins. Bajó las escaleras haciendo ruido.

—Qué alivio —dijo tía Kate a Mrs. Conroy— que Gabriel esté aquí... Siempre me siento más descansada mentalmente cuando anda por aquí... Julia, aquí están Miss Daly y Miss Power, que van a tomar refrescos. Gracias por el lindo vals, Miss Daly. Un ritmo encantador.

Un hombre alto, de cara mustia, bigote de cerdas y piel oscura, que pasaba con su pareja, dijo:

—¿Podríamos también tomar nosotros un refresco, Miss Morkan?

—Julia —dijo la tía Kate sumariamente—, y aquí están Mr. Browne y Miss Furlong. Llévatelos adentro, Julia, con Miss Daly y Miss Power.

—Yo me encargo de las damas —dijo Mr. Browne, apretando sus labios hasta que sus bigotes se erizaron para sonreír con todas sus arrugas.

—Sabe usted, Miss Morkan, la razón por la que les caigo bien a las mujeres es que...

No terminó la frase, sino que, viendo que la tía Kate estaba ya fuera de alcance, enseguida se llevó a las tres mujeres al cuarto del fondo. Dos mesas cuadradas puestas juntas ocupaban el centro del cuarto y la tía Julia y el encargado estiraban y alisaban un largo mantel sobre ellas. En el cristalero se veían en exhibición platos y platillos y vasos y haces de cuchillos y tenedores y cucharas. La tapa del piano vertical servía como mesa auxiliar para los entremeses y los postres. Ante un aparador pequeño en un rincón dos jóvenes bebían de pie maltas amargas.

Mr. Browne dirigió su encomienda hacia ella y las invitó, en broma, a tomar un ponche femenino, caliente, fuerte y dulce. Mientras ellas protestaban no tomar tragos fuertes, él les abría tres botellas de limonada. Luego les pidió a los jóvenes que se hicieran a un lado y, tomando el frasco, se sirvió un buen trago de whisky. Los jóvenes lo miraron con respeto mientras probaba un sorbo.

—Alabado sea Dios —dijo, sonriendo—, tal como me lo recetó el médico.

Su cara mustia se extendió en una sonrisa aún más abierta y las tres muchachas rieron haciendo eco musical a su ocurrencia, contoneando sus cuerpos en vaivén y dando nerviosos tirones a los hombros. La más audaz dijo:

—Ah, vamos, Mr. Browne, estoy segura de que el médico nunca le recetará una cosa así.

Mr. Browne tomó otro sorbo de su whisky y dijo con una mueca ladeada:

—Bueno, ustedes saben, yo soy como Mrs. Cassidy, que dicen que dijo: «Vamos, Mary Grimes, si no tomo dámelo tú, que es que lo necesito».

Su cara acalorada se inclino hacia delante en gesto demasiado confidente y habló imitando un dejo de Dublín tan bajo que las muchachas, con idéntico instinto, escucharon su dicho en silencio. Miss Furlong, que era una de las alumnas de Mary Jane, le preguntó a Miss Daly cuál era el nombre de ese vals tan lindo que acababa de tocar, y Mr. Browne, viendo que lo ignoraban, se volvió prontamente a los jóvenes, que podían apreciarlo mejor.

Una muchacha de cara roja y vestido violeta entró en el cuarto, dando palmadas excitadas y gritando:

—¡Contradanza! ¡Contradanza!

Pisándole los talones entró tía Kate, llamando:

—¡Dos caballeros y tres damas, Mary Jane!

—Ah, aquí están Mr. Bergin y Mr. Kerrigan —dijo Mary Jane.

—Mr. Kerrigan, ¿quiere usted escoltar a Miss Power? Miss Furlong, ¿puedo darle de pareja a Mr. Bergin? Ah, ya está bien así.

—*Tres* damas, Mary Jane —dijo tía Kate.

Los dos jóvenes les pidieron a sus damas que si podrían tener el gusto y Mary Jane se volvió a Miss Daly:

—Oh, Miss Daly, fue usted tan condescendiente al tocar las dos últimas piezas, pero, realmente, estamos tan cortas de mujeres esta noche…

—No me molesta en lo más mínimo, Miss Morkan.

—Pero le tengo un compañero muy agradable, Mr. Bartell D'Arcy, el tenor. Después voy a ver si canta. Dublín entero está loco por él.

—¡Bella voz, bella voz! —dijo la tía Kate.

Cuando el piano comenzaba por segunda vez el preludio de la primera figura, Mary Jane sacó a sus reclutas del salón rápidamente. No acababan de salir cuando entró al cuarto Julia, lentamente, mirando hacia atrás por algo.

—¿Qué pasa, Julia? —preguntó tía Kate, ansiosa—. ¿Quién es?

Julia, que cargaba una pila de servilletas, se volvió a su hermana y dijo, simplemente, como si la pregunta la sorprendiera:

—No es más que Freddy, Kate, y Gabriel que viene con él.

De hecho detrás de ella se podía ver a Gabriel piloteando a Freddy Malins por el rellano de la escalera. El último, que tenía unos cuarenta años, era de la misma estatura y del mismo peso de Gabriel, pero de hombros caídos. Su cara era mofletuda y pálida, con toques de color sólo en los colgantes lóbulos de las orejas y en las anchas aletas nasales. Tenía facciones toscas, nariz roma, frente convexa y alta y labios hinchados y protuberantes. Los ojos de párpados pesados y el desorden de su escaso pelo le hacían parecer soñoliento. Se reía con ganas de un cuento que le venía haciendo a Gabriel por la escalera, al mismo tiempo que se frotaba un ojo con los nudillos del puño izquierdo.

—Buenas noches, Freddy —dijo tía Julia.

Freddy Malins dio las buenas noches a las señoritas Morkan de una manera que pareció desdeñosa a causa del tono habitual de su voz y luego, viendo que Mr. Browne le sonreía desde el aparador, cruzó el cuarto con paso vacilante y empezó de nuevo el cuento que acababa de hacerle a Gabriel.

—No se ve tan mal, ¿no es verdad? —dijo la tía Kate a Gabriel.

Las cejas de Gabriel venían fruncidas, pero las despejó enseguida para responder:

—Oh, no, ni se le nota.

—¡Es un terrible! —dijo ella—. Y su pobre madre que lo obligó a hacer una promesa el Fin de Año. Pero, por qué no pasamos al salón, Gabriel.

Antes de dejar el cuarto con Gabriel, tía Kate le hizo señas a Mr. Browne, poniendo mala cara y sacudiendo el dedo índice. Mr. Browne asintió y, cuando ella se hubo ido, le dijo a Freddy Malins.

—Vamos a ver, Teddy, que te voy a dar un buen vaso de limonada para entonarte.

Freddy Malins, que estaba acercándose al desenlace de su cuento, rechazó la oferta con un gesto impaciente, pero Mr. Browne, después de haberle llamado la atención sobre lo desgarbado de su atuendo, le llenó un vaso de limonada y se lo entregó. Freddy Malins aceptó el vaso mecánicamente con la mano izquierda, mientras que su mano derecha se encargaba de ajustar sus ropas mecánicamente. Mr. Browne, cuya cara se colmaba de regocijadas arrugas, se llenó un vaso de whisky mientras Freddy Malins estallaba, antes de llegar al momento culminante de su historia, en una explosión de carcajadas bronquiales y, dejando a un lado su vaso rebosado sin tocar, empezó a frotarse sobre un ojo, los nudillos de su mano izquierda repitiendo las palabras de su última frase cuando se lo permitía el ataque de risa.

Gabriel no soportaba la pieza que tocaba ahora Mary Jane, tan académica, llena de *glissandi* y de pasajes difíciles para un público respetuoso. Le gustaba la música, pero la pieza que ella tocaba no tenía melodía, según él, y dudaba que la tuviera para los demás oyentes, aunque le hubieran pedido a Mary Jane que les tocara algo. Cuatro jóvenes, que vinieron del refectorio a pararse en la puerta tan pronto como empezó a sonar el piano, se alejaron de dos en dos y en silencio después de unos acordes. Las únicas personas que parecían seguir la música eran Mary Jane, cuyas manos recorrían el teclado o se alzaban en las pausas como las de una sacerdotisa en una imprecación momentánea, y tía Kate, de pie a su lado volteando las páginas.

Los ojos de Gabriel, irritados por el piso que brillaba encerado debajo del macizo candelabro, vagaron hasta la pared sobre el piano. Colgaba allí un cromo con la escena del balcón de *Romeo y Julieta*, junto a una reproducción del asesinato de los principitos en la Torre que tía Julia había bordado en lana roja, azul y carmelita cuando niña. Probablemente les enseñaban a hacer esa labor en la escuela a que fueron de niñas, porque una vez su madre le bordó, para cumpleaños, un chaleco en tabinete púrpura con cabecitas de zorro, festoneado de raso castaño y con botones redondos imitando moras. Era raro que su madre no tuviera talento musical porque tía Kate acostumbraba a decir que era el cerebro de la familia Morkan. Tanto ella como Julia habían parecido siempre bastante orgullosas de su hermana, tan matriarcal y tan seria. Su fotografía se veía delante del tremó. Tenía un libro abierto sobre las rodillas y le señalaba algo en él a Constantine que, vestido de marino, estaba tumbado a sus pies. Fue ella quien puso nombre a sus hijos, sensible como era al protocolo familiar. Gracias a ella, Constantine era ahora el cura párroco de Balbriggan y, gracias a ella,

Gabriel pudo graduarse en la Universidad Real. Una sombra pasó sobre su cara al recordar su amarga oposición a su matrimonio. Algunas frases peyorativas que usó vibraban todavía en su memoria; una vez dijo que Gretta era una rubia rural y no era verdad, nada. Fue Gretta quien la atendió solícita durante su larga enfermedad final en la casa de Monkstown.

Sabía que Mary Jane debía de andar cerca del final de la pieza porque estaba tocando otra vez la melodía del comienzo con sus escalas sucesivas después de cada compás y mientras esperó a que acabara, el resentimiento se extinguió en su corazón. La pieza terminó con un trino de octavas agudas y una octava final grave. Atronadores aplausos acogieron a Mary Jane al ruborizarse mientras enrollaba nerviosamente la partitura y salió corriendo del salón. Las palmadas más fuertes procedían de cuatro muchachones parados en la puerta, los mismos que se fueron a refrescar cuando empezó la pieza y que regresaron tan pronto el piano se quedó callado.

Alguien organizó una danza de lanceros y Gabriel se encontró de pareja con Miss Ivors. Era una damita franca y habladora, con cara pecosa y grandes ojos castaños. No llevaba escote y el largo broche al frente del cuello tenía un motivo irlandés.

Cuando ocuparon sus puestos ella dijo de pronto:

—Tiene usted una cuenta pendiente conmigo.

—¿Yo? —dijo Gabriel.

Ella asintió con gravedad.

—¿Qué cosa es? —preguntó Gabriel, sonriéndose ante su solemnidad.

—¿Quién es G. C.? —respondió Miss Ivors, volviéndose hacia él.

Gabriel se sonrojó y ya iba a fruncir las cejas, como si no hubiera entendido, cuando ella le dijo abiertamente:

—¡Ay, inocente Amy! Me enteré de que escribe usted para el *Daily Express*. Y bien, ¿no le da vergüenza?

—¿Y por qué me iba a dar? —preguntó Gabriel, pestañeando, tratando de sonreír.

—Bueno, a *mí* me da pena —dijo Miss Ivors con franqueza—. Y pensar que escribe usted para ese bagazo. No sabía que se había vuelto usted pro-inglés.

Una mirada perpleja apareció en el rostro de Gabriel. Era verdad que escribía una columna literaria en el *Daily Express* los miércoles. Pero eso no lo convertía en pro-inglés. Los libros que le daban a criticar eran casi mejor bienvenidos que el mezquino cheque, ya que le deleitaba palpar la cubierta y hojear las páginas de un libro recién impreso. Casi todos los días, no bien terminaba las clases en el instituto, solía recorrer el malecón en busca de las librerías de viejo, y se iba a Hickey's en el Paseo del Soltero y a Webb's o a Massey's en el muelle de Aston o a O'Clohissey's en una calle lateral. No supo cómo afrontar la acusación. Le hubiera gustado decir que la literatura está muy por encima de los trajines políticos. Pero eran amigos de muchos años, con carreras paralelas en la universidad primero y después de maestros: no podía, pues, usar con ella una frase pomposa. Siguió pestañeando y tratando de sonreír hasta que murmuró apenas que no veía nada político en hacer crítica de libros.

Cuando les llegó el turno de cruzarse todavía estaba distraído y perplejo. Miss Ivors tomó su mano en un apretón cálido y dijo en tono suavemente amistoso:

—Por supuesto, no es más que una broma. Venga, que nos toca cruzar ahora.

Cuando se juntaron de nuevo ella habló del problema universitario y Gabriel se sintió más cómodo. Un amigo le había enseñado a ella su crítica de los poemas de Browning. Fue así como se enteró del secreto: pero le gustó muchísimo la crítica. De pronto dijo:

—Oh, Mr. Conroy, ¿por qué no viene en nuestra excursión a la isla de Arán este verano? Vamos a pasar allá un mes. Será espléndido estar en pleno Atlántico. Debía venir. Vienen Mr. Clancy y Mr. Kilkely y Kathleen Kearney. Sería formidable que Gretta viniera también. Ella es de Connacht, ¿no?

—Su familia —dijo Gabriel, corto.

—Pero vendrán los dos, ¿no es así? —dijo Miss Ivors, posando una mano cálida sobre su brazo, ansiosa.

—Lo cierto es que —dijo Gabriel— yo he quedado en ir…

—¿Adónde? —preguntó Miss Ivors.

—Bueno, ya sabe usted que todos los años hago una gira ciclística con varios compañeros, así que…

—Pero ¿por dónde? —preguntó Miss Ivors.

—Bueno, casi siempre vamos por Francia o Bélgica, tal vez por Alemania —dijo Gabriel torpemente.

—¿Y por qué va usted a Francia y a Bélgica —dijo Miss Ivors— en vez de visitar su propio país?

—Bueno —dijo Gabriel—, en parte para mantenerme en contacto con otros idiomas y en parte por dar un cambio.

—¿Y no tiene usted su propio idioma con que mantenerse en contacto, el irlandés? —le preguntó Miss Ivors.

—Bueno —dijo Gabriel, en ese caso el irlandés no es mi lengua, como sabe.

Sus vecinos se volvieron a escuchar el interrogatorio. Gabriel miró a diestra y siniestra, nervioso, y trató de mantener su buen humor durante aquella inquisición que hacía que el rubor le invadiera la frente.

—¿Y no tiene usted su tierra natal que visitar —siguió Miss Ivors—, de la que no sabe usted nada, su propio pueblo, su patria?

—Pues a decir verdad —replicó Gabriel súbitamente—, estoy harto de este país, ¡harto!

—¿Y por qué? —preguntó Miss Ivors.

Gabriel no respondió: su réplica lo había alterado.

—¿Por qué? —repitió Miss Ivors.

Tenían que hacer la ronda de visitas los dos ahora y, como todavía no había él respondido, Miss Ivors le dijo, muy acalorada:

—Por supuesto, no tiene qué decir.

Gabriel trató de ocultar su agitación entregándose al baile con gran energía. Evitó los ojos de ella porque había notado una expresión agria en su cara. Pero cuando se encontraron de nuevo en la cadena, se sorprendió al sentir su mano apretar firma la suya. Ella lo miró de soslayo con curiosidad momentánea hasta que él sonrió. Luego, como la cadena iba a trenzarse de nuevo, ella se alzó en puntillas y le susurró al oído:

—¡Pro inglés!

Cuando la danza de lanceros acabó, Gabriel se fue al rincón más remoto del salón donde estaba sentada la madre de Freddy Malins. Era una mujer rechoncha y fofa y blanca en canas. Tenía la misma voz tomada de su hijo y tartamudeaba bastante. Le habían asegurado que Freddy había llegado y que estaba bastante bien. Gabriel le preguntó si tuvo una buena travesía. Vivía con su hija casada en Glasgow y venía a Dublín de visita una vez al año. Respondió plácidamente que había sido un viaje muy lindo y que el capitán estuvo de lo más atento. También habló de la linda casa que su hija tenía en Glasgow y de los buenos amigos que tenían allá. Mientras ella le daba a la lengua Gabriel trató de desterrar el recuerdo del desagradable incidente con Miss Ivors. Por supuesto que la muchacha o la mujer o lo que fuese era una fanática, pero había un lugar para cada cosa. Quizá no debió él responderle como lo hizo. Pero ella no tenía derecho a llamarlo pro inglés delante de la gente, ni aun en broma. Trató de hacerlo quedar en ridículo delante de la gente, acuciándolo y clavándole sus ojos de conejo.

Vio a su mujer abriéndose paso hacia él por entre las parejas que valsaban. Cuando llegó a su lado le dijo al oído:

—Gabriel, tía Kate quiere saber si no vas a trinchar el ganso como de costumbre. Miss Daly va a cortar el jamón y yo voy a ocuparme del pudín.

—Está bien —dijo Gabriel.

—Van a dar de comer primero a los jóvenes, tan pronto como termine este vals, para que tengamos la mesa para nosotros solos.

—¿Bailaste? —preguntó Gabriel.

—Por supuesto. ¿No me viste? ¿Tuviste tú unas palabras con Molly Ivors por casualidad?

—Ninguna. ¿Por qué? ¿Dijo ella eso?

—Más o menos. Estoy tratando de hacer que Mr. D'Arcy cante algo. Me parece que es de lo más vanidoso.

—No cambiamos palabras —dijo Gabriel, irritado—, sino que ella quería que yo fuera a Irlanda del oeste, y le dije que no.

Su mujer juntó las manos, excitada, y dio un saltico:

—¡Oh, vamos, Gabriel! —gritó—. Me encantaría volver a Galway de nuevo.

—Ve tú si quieres —dijo Gabriel fríamente.

Ella lo miró un instante, se volvió luego a Mrs. Malins y dijo:

—Eso es lo que se llama un hombre agradable, Mrs. Malins.

Mientras ella se escurría a través del salón, Mrs. Malins, como si no la hubieran interrumpido, siguió contándole a Gabriel sobre los lindos lares de Escocia y sus escenarios naturales, preciosos. Su yerno las llevaba cada año a los lagos y salían de pesquería. Un día cogió él un pescado, lindísimo, así de grande, y el hombre del hotel se lo guisó para la cena.

Gabriel ni oía lo que ella decía. Ahora que se acercaba la hora de la comida empezó a pensar de nuevo en su discurso y en las citas. Cuando vio que Freddy Malins atravesaba el salón para venir a ver a su madre, Gabriel le dio su silla y se retiró al poyo de la ventana. El salón estaba ya vacío y del cuarto del fondo llegaba un rumor de platos y cubiertos. Los pocos que quedaban en la sala parecían hartos de bailar y conversaban quedamente en grupitos. Los cálidos dedos temblorosos de Gabriel repicaron sobre el frío cristal de la ventana. ¡Qué fresco debía hacer fuera! ¡Lo agradable que sería salir a caminar solo por la orilla del río y después atravesar el parque! La nieve se veía amontonada sobre las ramas de los árboles y poniendo un gorro refulgente al monumento a Wellington. ¡Cuánto más grato sería estar allá fuera que cenando!

Repasó los temas de su discurso: la hospitalidad irlandesa, tristes recuerdos, las Tres Gracias, Paris, la cita de Browning. Se repitió una frase que escribió en su crítica: «Uno siente que escucha una música acuciada por las ideas». Miss Ivors había elogiado la crítica. ¿Sería sincera? ¿Tendría su vida propia oculta tras tanta propaganda? No había habido nunca animosidad entre ellos antes de esta ocasión. Lo enervaba pensar que ella estaría sentada a la mesa, mirándolo mientras él hablaba, con sus críticos ojos interrogantes. Tal vez no le desagradaría verlo fracasar en su discurso. Le dio valor la idea que le vino a la mente. Diría, aludiendo a tía Kate y a tía Julia: «Damas y caballeros, la generación que ahora se halla en retirada entre nosotros habrá tenido sus faltas, pero por mi parte yo creo que tuvo ciertas cualidades de hospitalidad, de humor, de humanidad, de las que la nueva generación, tan seria y supereducada, que crece ahora en nuestro seno, me parece carecer». Muy bien dicho: que aprenda Miss Ivors. ¿Qué le importaba si sus tías no eran más que dos viejas ignorantes?

Un rumor en la sala atrajo su atención. Mr. Browne venía desde la puerta llevando galante del brazo a la tía Julia, que sonreía cabizbaja. Una salva irregular de aplausos la escoltó hasta el piano y luego, cuando Mary Jane se sentó en la banqueta, y la tía Julia, dejando de sonreír, dio media vuelta para mejor proyectar su voz hacia el salón, cesaron gradualmente. Gabriel reconoció el preludio. Era una vieja canción del repertorio de tía Julia, *Ataviada para el casorio*. Su voz, clara y sonora, atacó los gorgoritos que adornaban la tonada y aunque cantó muy rápido no se comió ni una floritura. Oír la voz sin mirar la cara de la cantante era sentir y compartir la excitación de un vuelo rápido y seguro. Gabriel aplaudió ruidosamente junto con los demás cuando la canción acabó y atronadores aplausos llegaron de la mesa invisible. Sonaban tan genuinos, que algo de rubor se esforzaba por salirle a la cara a tía Julia, cuando se agachaba para poner sobre el atril el viejo cancionero encuadernado en cuero con sus iniciales en la portada. Freddy Malins, que había ladeado la cabeza para oírla mejor, aplaudía todavía cuando todo el mundo había dejado ya de hacerlo y hablaba animado con su madre que asentía grave y lenta en aquiescencia. Al fin, no pudiendo aplaudir más, se levantó de pronto y atravesó el salón a la carrera para llegar hasta tía Julia y tomar su mano entre las suyas, sacudiéndola cuando le faltaron las palabras o cuando el freno de su voz se hizo insoportable.

—Le estaba diciendo yo a mi madre —dijo— que nunca la había oído cantar tan bien, ¡nunca! No, nunca sonó tan bien su voz como esta noche. ¡Vaya! ¿A que no lo cree? Pero es la verdad. Palabra de honor que es la pura verdad. Nunca sonó su voz tan fresca y tan... tan clara y tan fresca, ¡nunca!

La tía Julia sonrió ampliamente y murmuró algo sobre aquel cumplido mientras sacaba la mano del aprieto. Mr. Browne extendió una mano abierta hacia ella y dijo a los que estaban a su alrededor, como un animador que presenta un portento a la amable concurrencia:

—¡Miss Julia Morkan, mi último descubrimiento!

Se reía con ganas de su chiste cuando Freddy Malins se volvió a él para decirle:

—Bueno, Browne, si hablas en serio podrías haber hecho otro descubrimiento peor. Todo lo que puedo decir es que nunca la había oído cantar tan bien ninguna de las veces que he estado antes aquí. Y es la pura verdad.

—Ni yo tampoco —dijo Mr. Browne—. Creo que de voz ha mejorado mucho.

Tía Julia se encogió de hombros y dijo con tímido orgullo:

—Hace treinta años, mi voz, como tal, no era mala.

—Le he dicho a Julia muchas veces —dijo tía Kate enfáticaca— que está malgastando su talento en ese coro. Pero nunca me quiere oír.

Se volvió como si quisiera apelar al buen sentido de los demás frente a un niño incorregible, mientras tía Julia, una vaga sonrisa reminiscente esbozándose en sus labios, miraba alelada al frente.

—Pero no —siguió tía Kate—, no deja que nadie la convenza ni la dirija, cantando como una esclava de ese coro noche y día, día y noche. ¡Desde las seis de la mañana el día de Navidad! ¿Y todo para qué?

—Bueno, ¿no sería por la honra del Señor, tía Kate? —preguntó Mary Jane, girando en la banqueta, sonriendo.

La tía Kate se volvió a su sobrina como una fiera y le dijo:

—¡Yo me sé muy bien qué cosa es la honra del Señor, Mary Jane! Pero no creo que sea muy honrado de parte del

Papa sacar de un coro a una mujer que se ha esclavizado en él toda su vida para pasarle por encima a chiquillos malcriados. Supongo que el Papa lo hará por la honra del Señor, pero no es justo, Mary Jane, y no está nada bien.

Se había fermentado apasionadamente y hubiera continuado defendiendo a su hermana porque le dolía, pero Mary Jane, viendo que los bailadores regresaban ya al salón, intervino apaciguante:

—Vamos, tía Kate, que está usted escandalizando a Mister Browne, que tiene otras creencias.

Tía Kate se volvió a Mr. Browne, que sonreía ante esta alusión a su religión, y dijo apresurada:

—Oh, pero yo no pongo en duda que el Papa tenga razón. No soy más que una vieja estúpida y no presumo de otra cosa. Pero hay eso que se llama gratitud y cortesía cotidiana en la vida. Y si yo fuera Julia iba y se lo decía al padre Healy en su misma cara…

—Y, además, tía Kate —dijo Mary Jane—, que estamos todos con mucha hambre y cuando tenemos hambre somos todos muy belicosos.

—Y cuando estamos sedientos también somos belicosos —añadió Mr. Browne.

—Así que más vale que vayamos a cenar —dijo Mary Jane— y dejemos la discusión para más tarde.

En el rellano de la salida de la sala Gabriel encontró a su esposa y a Mary Jane tratando de convencer a Miss Ivors para que se quedara a cenar. Pero Miss Ivors, que se había puesto ya su sombrero y se abotonaba el abrigo, no se quería quedar. No se sentía lo más mínimo con apetito y, además, que ya se había quedado más de lo que debía.

—Pero si no son más que diez minutos, Molly —dijo Mrs. Conroy—. No es tanta la demora.

—Para que comas un bocado —dijo Mary Jane— después de tanto baileteo.

—No puedo, de veras —dijo Miss Ivors.

—Me parece que no lo pasaste nada bien —dijo Mary Jane, con desaliento.

—Sí, muy bien, se lo aseguro —dijo Miss Ivors—, pero ahora deben dejarme ir corriendo.

—Pero, ¿cómo vas a llegar? —preguntó Mrs. Conroy.

—Oh, no son más que unos pasos malecón arriba.

Gabriel dudó por un momento y dijo:

—Si me lo permite, Miss Ivors, yo la acompaño. Si de veras tiene que marcharse usted.

Pero Miss Ivors se soltó de entre ellos.

—De ninguna manera —exclamó—. Por el amor de Dios vayan a cenar y no se ocupen de mí. Ya sé cuidarme muy bien.

—Mira, Molly, que tú eres rara —dijo Mrs. Conroy con franqueza.

—*Beannacht libh* —gritó Miss Ivors, entre carcajadas, mientras bajaba la escalera.

Mary Jane se quedó mirándola, una expresión preocupada en su rostro, mientras Mrs. Conroy se inclinó por sobre la baranda para oír si cerraba la puerta del zaguán. Gabriel se preguntó si sería él la causa de que ella se fuera tan abruptamente. Pero no parecía estar de mal humor: se había ido riéndose a carcajadas. Se quedó mirando las escaleras, distraído.

En ese momento la tía Kate salió del comedor, dando tumbos, casi exprimiéndose las manos de desespero.

—¿Dónde está Gabriel? —gritó—. ¿Dónde es que está Gabriel? Todo el mundo está esperando ahí dentro, con todo listo; ¡y nadie que trinche el ganso!

—¡Aquí estoy yo, tía Kate! —exclamó Gabriel, con súbita animación—. Listo para trinchar una bandada de gansos si fuera necesario.

Un ganso gordo y pardo descansaba a un extremo de la mesa y al otro extremo, sobre un lecho de papel plegado adornado con ramitas de perejil, reposaba un jamón grande, despellejado y rociado de migajas, las canillas guarnecidas con primorosos flecos de papel, y justo al lado rodajas de carne condimentada. Entre estos extremos rivales corrían hileras paralelas de entremeses: dos seos de gelatina, roja y amarilla; un plato llano lleno de bloques de manjar blanco y jalea roja; un largo plato en forma de hoja con su tallo como mango, donde había montones de pasas moradas y de almendras peladas; un plato gemelo con un rectángulo de higos de Esmirna encima; un plato de natilla rebozada con polvo de nuez moscada; un pequeño bol lleno de chocolates y caramelos envueltos en papel dorado y plateado; y un búcaro del que salían tallos de apio. En el centro de la mesa, como centinelas del frutero que tenía una pirámide de naranjas y manzanas americanas, había dos garrafas achatadas, antiguas, de cristal tallado, una con oporto y la otra con jerez abocado. Sobre el piano cerrado aguardaba un pudín en un enorme plato amarillo y detrás había tres pelotones de botellas de *stout*, de *ale* y de agua mineral, alineadas de acuerdo con el color de su uniforme: los primeros dos pelotones negros, con etiquetas rojas y marrón, el tercero, el más pequeño, todo de blanco con vírgulas verdes.

Gabriel tomó asiento decidido a la cabecera de la mesa y después de revisar el filo del trinche, hundió su tenedor con firmeza en el ganso. Se sentía a sus anchas, ya que era trinchador experto y nada le gustaba tanto como sentarse a la cabecera de una mesa bien puesta.

—Miss Furlong, ¿qué le doy? —preguntó—. ¿Un ala o una lasca de pechuga?

—Una lasquita de pechuga.

—¿Y para usted, Miss Higgins?

—Oh, lo que usted quiera, Mr. Conroy.

Mientras Gabriel y Miss Daly intercambiaban platos de ganso y platos de jamón y de carne aderezada, Lily iba de un huésped al otro con un plato de calientes papas boronosas envueltas en una servilleta blanca. Había sido idea de Mary Jane y ella sugirió también salsa de manzana para el ganso, pero tía Kate dijo que había comido siempre el ganso asado simple sin nada de salsa de manzana y que esperaba no tener que comer nunca una cosa peor. Mary Jane atendía a sus alumnas y se ocupaba de que obtuvieran las mejores lonjas, y tía Kate y tía Julia abrían y traían del piano una botella tras otra de *stout* y de *ale* para los hombres y de agua mineral para las mujeres. Reinaba gran confusión y risa y ruido: una alharaca de peticiones y contra-peticiones, de cuchillos y tenedores, de corchos y tapones de vidrio. Gabriel empezó a trinchar porciones extras, tan pronto como cortó las iniciales, sin servirse. Todos protestaron tan alto que no le quedó más remedio que transigir bebiendo un largo trago de *stout*, ya que halló que trinchar lo sofocaba. Mary Jane se sentó a comer tranquila, pero tía Kate y tía Julia todavía daban tumbos alrededor de la mesa, pisándose mutuamente los talones y dándose una a la otra órdenes que ninguna obedecía. Mr. Browne les rogó que se sentaran a cenar y lo mismo hizo Gabriel, pero ellas respondieron que ya habría tiempo de sobra para ello. Finalmente, Freddy Malins se levantó y, capturando a tía Kate, la arrellanó en su silla en medio del regocijo general.

Cuando todo el mundo estuvo bien servido dijo Gabriel, sonriendo:

—Ahora, si alguien quiere un poco más de lo que la gente vulgar llama relleno, que lo diga él o ella.

Un coro de voces lo conminó a empezar su cena y Lily se adelantó con tres papas que le había reservado.

—Muy bien —dijo Gabriel, amable, mientras tomaba otro sorbo preliminar—, hagan el favor de olvidar de que existo, damas y caballeros, por unos minutos.

Se puso a comer y no tomó parte en la conversación que cubrió el ruido de la vajilla al llevársela Lily. El tema era la compañía de ópera que actuaba en el Teatro Real. El tenor, Mr. Bartell D'Arcy, hombre de tez oscura y fino bigote, elogió mucho a la primera contralto de la compañía, pero a Miss Furlong le parecía que ésta tenía una presencia escénica más bien vulgar. Freddy Malins dijo que había un negro cantando principal en la segunda tanda de la pantomima del Gaiety que tenía una de las mejores voces de tenor que él había oído.

—¿Lo ha oído usted? —le preguntó a Mr. Bartell D'Arcy.

—No —dijo Mr. Bartell D'Arcy sin darle importancia.

—Porque —explicó Freddy Malins— tengo curiosidad por conocer su opinión. A mí me parece que tiene una gran voz.

—Y Teddy sabe lo que es bueno —dijo Mr. Browne, confianzudo, a la concurrencia.

—¿Y por qué no va a tener él también una buena voz? —preguntó Freddy Malins en tono brusco—. ¿Porque no es más que un negro?

Nadie respondió a su pregunta y Mary Jane pastoreó la conversación de regreso a la ópera seria. Una de sus alumnas le había dado un pase para *Mignon*. Claro que era muy buena, dijo, pero le recordaba a la pobre Georgina Burns. Mr. Browne se fue aún más lejos, a las viejas compañías italianas que solían visitar a Dublín: Tietjens, Ilma de Mujza, Campanini, el gran Trebilli, Giuglini, Ravelli, Aramburo. Qué tiempos aquellos, dijo, cuando se oía en Dublín lo que se podía llamar bel canto. Contó cómo la tertulia del viejo Real estaba siempre de bote en bote, noche tras noche, cómo una noche un tenor italiano había dado cinco bises de *Déjame caer como cae un soldado*, dando el do de pecho en cada ocasión, y cómo la galería en su entusiasmo solía desenganchar los caballos del carruaje de una gran *prima donna* para tirar ellos del coche por las calles hasta el hotel. ¿Por qué ya no cantaban las grandes óperas, preguntó, como *Dinorah*, *Lucrezia Borgia*? Porque ya no había voces para cantarlas: por eso.

—Ah, pero —dijo Mr. Bartell D'Arcy— a mi entender hay tan buenos cantantes hoy como entonces.

—¿Dónde están? —preguntó Mr. Browne, desafiante.

—En Londres, París, Milán —dijo Mr. Bartell D'Arcy, acalorado—. Para mí, Caruso, por ejemplo, es tan bueno, si no mejor que cualquiera de los cantantes que usted ha mencionado.

—Tal vez sea así —dijo Mr. Browne—. Pero tengo que decirle que lo dudo mucho.

—Ay, yo daría cualquier cosa por oír cantar a Caruso —dijo Mary Jane.

—Para mí —dijo tía Kate, que estaba limpiando un hueso—, no ha habido más que un tenor. Quiero decir, que a mí me guste. Pero supongo que ninguno de ustedes ha oído hablar de él.

—¿Quién es él, Miss Morkan? —preguntó Mr. Bartell D'Arcy, cortésmente.

—Su nombre —dijo tía Kate— era Parkinson. Lo oí cantar cuando estaba en su apogeo y creo que tenía la más pura voz de tenor que jamás salió de una garganta humana.

—Qué raro —dijo Mr. Bartell D'Arcy—. Nunca oí hablar de él.

—Sí, sí, tiene razón Miss Morkan —dijo Mr. Browne—. Recuerdo haber oído hablar del viejo Parkinson. Pero eso fue mucho antes de mi época.

—Una bella, pura, dulce y suave voz de tenor inglés —dijo la tía Kate entusiasmada.

Como Gabriel había terminado, se trasladó el enorme pudín a la mesa. El sonido de cubiertos comenzó otra vez. La mujer de Gabriel partía porciones del pudín y pasaba los platillos mesa abajo. A medio camino los detenía Mary Jane, quien los rellenaba con gelatina de frambuesas o de naranja o con manjar blanco o jalea. El pudín había sido hecho por tía Julia y ésta recibió elogios de todas partes. Pero ella dijo que no había quedado lo bastante *bruno*.

—Bueno, confío, Miss Morkan —dijo Mr. Browne—, en que yo sea lo bastante bruno para su gusto, porque, como ya sabe, yo soy todo *browno*.

Los hombres, con la excepción de Gabriel, le hicieron el honor al pudín de la tía Julia. Como Gabriel nunca comía postre le dejaron a él todo el apio. Freddy Malins también cogió un tallo y se lo comió junto con su pudín. Alguien le había dicho que el apio era lo mejor que había para la sangre y como estaba bajo tratamiento médico. Mrs. Malins, que no había hablado durante la cena, dijo que en una semana o cosa así su hijo ingresaría en Monte Melleray. Los concurrentes todos hablaron de Monte Melleray, de lo reconstituyente que era el aire allá, de los hospitalarios que eran los monjes y cómo nunca cobraban ni un penique a sus huéspedes.

—¿Y me quiere usted decir —preguntó Mr. Browne, incrédulo— que uno va allá y se hospeda como en un hotel y vive de lo mejor y se va sin pagar un penique?

—Oh, la mayoría dona algo al monasterio antes de irse —dijo Mary Jane.

—Ya quisiera yo que tuviéramos una institución así en nuestra Iglesia —dijo Mr. Browne con franqueza.

Se asombró de saber que los monjes nunca hablaban, que se levantaban a las dos de la mañana y que dormían en un ataúd. Preguntó que por qué.

—Son preceptos de la orden —dijo tía Kate con firmeza.

—Sí, pero ¿por qué? —preguntó Mr. Browne.

La tía Kate repitió que eran los preceptos y así eran. A pesar de todo, Mr. Browne parecía no comprender. Freddy Malins le explicó tan bien como pudo que los monjes trataban de expiar los pecados cometidos por todos los pecadores del mundo exterior. La explicación no quedó muy clara para Mr. Browne, quien, sonriendo, dijo:

—Me gusta la idea, pero ¿no serviría una cómoda cama de muelles tan bien como un ataúd?

—El ataúd —dijo Mary Jane— es para que no olviden su último destino.

Como la conversación se hizo fúnebre se la enterró en el silencio, en medio del cual se pudo oír a Mrs. Malins decir a su vecina en un secreto a voces:

—Son muy buenas personas los monjes, muy religiosos.

Las pasas y las almendras y los higos y las manzanas y las naranjas y los chocolates y los caramelos pasaron de mano en mano y tía Julia invitó a los huéspedes a beber oporto o jerez. Al principio, Mr. Bartell D'Arcy no quiso beber nada, pero uno de sus vecinos le llamó la atención con el codo y le susurró algo al oído, ante lo cual aquél permitió que le llenaran su copa. Gradualmente, según se llenaban las copas, la conversación se detuvo. Siguió una pausa, rota sólo por el ruido del vino y las sillas al moverse. Las Morkans, la tres, bajaron la vista al mantel. Alguien tosió una o dos veces y luego unos cuantos comensales tocaron en la mesa suavemente pidiendo silencio. Cuando se hizo el silencio, Gabriel echó su silla hacia atrás y se levantó.

El tableteo creció, alentador, y luego cesó del todo. Gabriel apoyó sus diez dedos temblorosos en el mantel y sonrió, nervioso, a su público. Al enfrentarse a la fila de cabezas volteadas levantó su vista a la lámpara. El piano tocaba un vals y pudo oír las faldas frotar contra la puerta del comedor. Tal vez había alguien afuera en la calle, bajo la nieve, mirando a las ventanas alumbradas y oyendo la melodía del vals. Al aire libre, puro. A lo lejos se veía el parque con sus árboles cargados de nieve. El monumento a Wellington tendría un brillante gorro nevado refulgiendo hacia el poniente, sobre los blancos campos de Quince Acres.

Comenzó:

—Damas y caballeros.

»Hame tocado en suerte esta noche, como en años anteriores, cumplir una tarea muy grata, para la cual me temo, empero, que mi pobre capacidad oratoria no sea lo bastante adecuada.

—¡De ninguna manera! —dijo Mr. Browne.

—Bien, sea como sea, sólo puedo pedirles esta noche que tomen lo dicho por lo hecho y me presten su amable atención por unos minutos, mientras trato de expresarles con palabras cuáles son mis sentimientos en esta ocasión.

»Damas y caballeros. No es la primera vez que nos reunimos bajo este hospitalario techo, alrededor de esta mesa hospitalaria. No es la primera vez que hemos sido recipendarios (o, quizá sea mejor decir, *víctimas*) de la hospitalidad de ciertas almas bondadosas.

Dibujó un círculo en el aire con sus brazos y se detuvo. Todo el mundo rió o sonrió hacia tía Kate, tía Julia y Mary Jane, que se ruborizaron de júbilo. Gabriel prosiguió con más audacia:

—Cada año que pasa siento con mayor fuerza que nuestro país no tiene otra tradición que honre mejor y guarde con mayor celo que la hospitalidad. Es una tradición única en mi experiencia (y he visitado no pocos países extranjeros) entre las naciones modernas. Algunos dirían, tal vez, que es más defecto que virtud de cual vanagloriarse. Pero aun si concediéramos que fuera así, se trata, a mi entender, de un defecto principesco, que confío que cultivemos por muchos años por venir. De una cosa, por lo menos, estoy seguro. Mientras este techo cobije a las buenas almas mencionadas antes (y deseo desde el fondo de mi corazón que sea así por muchos años y muchos años por transcurrir) la tradición de genuina, cálidamente entrañable, y cortés hospitalidad irlandesa, que nuestros antepasados nos legaron y que a su vez debemos legar a nuestros descendientes, palpita todavía entre nosotros.

Un cordial murmullo de asenso corrió por la mesa. Le pasó por la mente a Gabriel que Miss Ivors no estaba presente y que se había ido con descortesía: y dijo con confianza en sí mismo:

—Damas y caballeros.

»Una nueva generación crece en nuestro seno, una generacion motivada por ideales nuevos y nuevos principios. Es ésta seria y entusiasta de estos nuevos ideales, y su entusiasmo, aun si está mal enderezado, es, creo, eminentemente sincero. Pero vivimos en tiempos escépticos y, si se me permite la frase, en una era acuciada por las ideas: y a veces me temo que esta nueva generación, educada o hipereducada como es, carecerá de aquellas cualidades de humanidad, de hospitalidad, de generoso humor que pertenecen a otros tiempos. Escuchando esta noche los nombres de esos grandes cantantes del pasado me pareció, debo confesarlo, que vivimos en época menos espaciosa. Aquéllos se pueden llamar, sin exageración, días espaciosos: y si desaparecieron sin ser recordados esperemos que, por lo menos, en reuniones como ésta todavía hablaremos de ellos con orgullo y con afecto, que todavía atesoraremos en nuestros corazones la memoria de los grandes, muertos y desaparecidos, pero cuya fama el mundo no dejará perecer nunca de motu proprio.

—¡Así se habla! —dijo Mr. Browne bien alto.

—Pero como todo —continuó Gabriel, su voz cobrando una entonación más suave—, siempre hay en reuniones como ésta pensamientos tristes que vendrán a nuestra mente: recuerdos del pasado, de nuestra juventud, de los cambios, de esas caras ausentes que echamos de menos esta noche. Nuestro paso por la vida está cubierto de tales memorias dolorosas: y si fuéramos a cavilar sobre las mismas, no tendríamos ánimo para continuar valerosos nuestra vida cotidiana entre los seres vivientes. Tenemos todos deberes vivos y vivos afectos que reclaman, y con razón reclaman, nuestro esfuerzo más constante y tenaz.

—Por tanto, no me demoraré en el pasado. No permitiré que ninguna lúgubre reflexión moralizante se entrometa entre nos esta noche. Aquí estamos reunidos por un breve instante extraído de los trajines y el ajetreo de la rutina cotidiana. Nos encontramos aquí como amigos, en espíritu de fraternal compañerismo, como colegas, y hasta cierto punto un verdadero espíritu de *camaradería*, y como invitados de (¿cómo podría llamarlas?) las Tres Gracias de la vida musical de Dublín.

La concurrencia rompió en risas y aplausos ante tal salida. Tía Julia pidió en vano a cada una de sus vecinas, por turno, que le dijeran lo que Gabriel había dicho.

—Dice que somos las Tres Gracias, tía Julia —dijo Mary Jane.

La tía Julia no entendió, pero levantó la vista, sonriendo, a Gabriel, que prosiguió en la misma vena:

—Damas y caballeros.

»No intento interpretar esta noche el papel que Paris jugó en otra ocasión. No intentaré siquiera escoger entre ellas. La tarea sería ingrata y fuera del alcance de mis pobres aptitudes, porque cuando las contemplo una a una, bien sea nuestra anfitriona mayor, cuyo buen corazón, demasiado buen corazón, se ha convertido en estribillo de todos aquellos que la conocen, o su hermana, que parece poseer el don de la eterna juventud y cuyo canto debía haber constituido una sorpresa y una revelación para nosotros esta noche, o, *last but not least*, cuando considero a nuestra anfitriona más joven, talentosa, animosa y trabajadora, la mejor de las sobrinas, confieso, damas y caballeros, que no sabría a quién conceder el premio.

Gabriel echó una ojeada a sus tías y viendo la enorme sonrisa en la cara de tía Julia y las lágrimas que brotaron a los ojos de tía Kate, se apresuró a terminar. Levantó su copa de oporto, galante, mientras los concurrentes palpaban sus respectivas copas expectantes, y dijo en alta voz:

—Brindemos por las tres juntas. Bebamos a su salud, prosperidad, larga vida, felicidad y ventura, y ojalá que continúen por largo tiempo manteniendo la posición soberana y bien ganada que tienen en nuestra profesión, y la honra y el afecto que se han ganado en nuestros corazones.

Todos los huéspedes se levantaron, copa en mano y, volviéndose a las tres damas sentadas, cantaron al unísono, con Mr. Browne como guía:

> *Pues son jocosas y ufanas,*
> *pues son jocosas y ufanas,*
> *pues son jocosas y ufanas,*
> *¡nadie lo puede negar!*

La tía Kate hacía uso descarado de su pañuelo y hasta tía Julia parecía conmovida. Freddy Malins marcaba el tiempo con su tenedor de postre y los cantantes se miraron cara a cara, como en melodioso concurso, mientras cantaban con énfasis:

> *A menos que diga mentira,*
> *a menos que diga mentira...*

Y volviéndose una vez más a sus anfitrionas, entonaron:

> *Pues son jocosas y ufanas,*
> *pues son jocosas y ufanas,*
> *pues son jocosas y ufanas,*
> *¡nadie lo puede negar!*

La aclamación que siguió fue acogida más allá de las puertas del comedor por muchos otros invitados y renovada una y otra vez, con Freddy Malins de tambor mayor, tenedor en ristre.

El frío y penetrante aire de la madrugada se coló en el salón en que esperaban, por lo que tía Kate dijo:

—Que alguien cierre esa puerta. Mrs. Malins se va a morir de frío.

—Browne está fuera, tía Kate —dijo Mary Jane.

—Browne está en todas partes —dijo tía Kate, bajando la voz.

Mary Jane se rió de su tono de voz.

—¡Vaya —dijo socarrona— si es atento!

—Se nos ha expandido como el gas —dijo la tía Kate en el mismo tono— por todas las Navidades.

Se rió de buena gana esta vez y añadió enseguida:

—Pero dile que entre, Mary Jane, y cierra la puerta. Ojalá que no me haya oído.

En ese momento se abrió la puerta del zaguán y del portal y entró Mr. Browne desternillándose de risa. Vestía un largo gabán verde con cuello y puños de imitación de astracán, y llevaba en la cabeza un gorro de piel ovalado. Señaló para el malecón nevado de donde venía un sonido penetrante de silbidos.

—Teddy va a hacer venir todos los coches de Dublín —dijo.

Gabriel avanzó del desván detrás de la oficina, luchando por meterse en su abrigo y, mirando alrededor, dijo:

—¿No bajó ya Gretta?

—Está recogiendo sus cosas, Gabriel —dijo tía Kate.

—¿Quién toca arriba? —preguntó Gabriel.

—Nadie. Todos se han ido ya.

—Oh, no, tía Kate —dijo Mary Jane—. Bartell D'Arcy y Miss O'Callaghan no se han ido todavía.

—En todo caso, alguien teclea el piano —dijo Gabriel.

Mary Jane miró a Gabriel y a Mr. Browne y dijo, tiritando:

—Me da frío nada más de mirarlos a ustedes, caballeros, abrigados así como están. No me gustaría nada tener que hacer el viaje que van a hacer ustedes de vuelta a casa a esta hora.

—Nada me gustaría más en este momento —dijo Mr. Browne, atlético— que una crujiente caminata por el campo o una carrera con un buen trotón entre las varas.

—Antes teníamos un caballo muy bueno y coche en casa —dijo tía Julia con tristeza.

—El Nunca Olvidado Johnny —dijo Mary Jane, riendo.

La tía Kate y Gabriel rieron también.

—Vaya, ¿y qué tenía de extraordinario este Johnny? —preguntó Mr. Browne.

—El Muy Malogrado Patrick Morkan, es decir, nuestro abuelo —explicó Gabriel—, comúnmente conocido en su edad provecta como el caballero viejo, fabricaba cola.

—Ah, vamos, Gabriel —dijo tía Kate, riendo—, tenía una fábrica de almidón.

—Bien, almidón o cola —dijo Gabriel—, el caballero viejo tenía un caballo que respondía al nombre de Johnny. Y Johnny trabajaba en el molino del caballero viejo, dando vueltas y vueltas a la noria. Hasta aquí todo va bien, pero ahora viene la trágica historia de Johnny. Un buen día se le ocurrió al caballero viejo ir a dar un paseo en coche con la gente de postín a ver una parada en el bosque.

—El Señor tenga piedad de su alma —dijo tía Kate, compasiva.

—Amén —dijo Gabriel—. Así, el caballero viejo, como dije, le puso el arnés a Johnny y se puso él su mejor chistera y su mejor cuello duro y sacó su coche con mucho estilo de su mansión ancestral cerca del callejón de Back Lane, si no me equivoco.

Todos rieron, hasta Mrs. Malins, de la manera en que Gabriel lo dijo y tía Kate dijo:

—Oh, vaya, Gabriel, que no vivía en Back Lane, vamos. Nada más que tenía allí su fábrica.

—De la casa de sus antepasados —continuó Gabriel— salió, pues, el coche tirado por Johnny. Y todo iba de lo más bien hasta que Johnny vio la estatua de Guillermito: sea porque se enamorara del caballo de Guillermito el rey o porque se creyera que estaba de regreso en la fábrica, la cuestión es que empezó a darle vueltas a la estatua.

Gabriel trotó en círculos en sus galochas en medio de la carcajada general.

—Vueltas y vueltas le daba —dijo Gabriel—, hasta que el caballero viejo, que era un viejo caballero muy pomposo, se indignó terriblemente. «¡Vamos, señor! ¿Pero qué es eso de señor? ¡Johnny! ¡Johnny! ¡Extraño comportamiento! ¡No comprendo a este caballo!»

Las risotadas que siguieron a la interpretación que Gabriel dio al incidente quedaron interrumpidas por un resonante golpe en la puerta del zaguán. Mary Jane corrió a abrirla para dejar entrar a Freddy Malins, quien, con el sombrero bien echado hacia atrás en la cabeza y los hombros encogidos de frío, soltaba vapor después de semejante esfuerzo.

—No conseguí más que un coche —dijo.

—Bueno, encontraremos nosotros otro por el malecón —dijo Gabriel.

—Sí —dijo tía Kate—. Lo mejor es evitar que Mrs. Malins se quede ahí parada en la corriente.

Su hijo y Mr. Browne ayudaron a Mrs. Malins a bajar el quicio de la puerta y, después de muchas maniobras, la alzaron hasta el coche. Freddy Malins se encaramó detrás de ella y estuvo mucho tiempo colocándola en su asiento, ayudado por los consejos de Mr. Browne. Por fin se acomodó ella y Freddy Malins invitó a Mr. Browne a subir al coche. Se oyó una conversación confusa y después Mr. Browne entró al coche. El cochero se arregló la manta sobre el regazo y se inclinó a preguntar la dirección. La confusión se hizo mayor y Freddy Malins y Mr. Browne, sacando cada uno la cabeza por la ventanilla, dirigieron al cochero en direcciones distintas. El problema era saber dónde en el camino había que dejar a Mr. Browne, y tía Kate, tía Julia y Mary Jane contribuían a la discusión desde el portal con direcciones cruzadas y contradicciones y carcajadas. En cuanto a Freddy Malins, no podía hablar por la risa. Sacaba la cabeza de vez en cuando por la ventanilla, con mucho riesgo de perder el sombrero, y luego le contaba a su madre cómo iba la discusión, hasta que, finalmente, Mr. Browne le dio un grito al confundido cochero por sobre el ruido de las risas.

—¿Sabe usted dónde queda Trinity College?

—Sí, señor —dijo el cochero.

—Muy bien, siga entonces derecho hasta dar contra la

portada de Trinity College —dijo Mr. Browne— y ya le diré yo por dónde coger. ¿Entiende ahora?

—Sí, señor —dijo el cochero.

—Volando hasta Trinity College.

—Entendido, señor —gritó el cochero.

Unos foetazos al caballo y el coche traqueteó por la orilla del río en medio de un coro de risas y de adioses.

Gabriel no había salido a la puerta con los demás. Se quedó en la oscuridad del zaguán mirando hacia la escalera. Había una mujer parada en lo alto del primer descanso, en las sombras también. No podía verle a ella la cara, pero podía ver retazos del vestido, color terracota y salmón, que la oscuridad hacía parecer blanco y negro. Era su mujer. Se apoyaba en la baranda, oyendo algo. Gabriel se sorprendió de su inmovilidad y aguzó el oído para oír él también. Pero no podía oír más que el ruido de las risas y de la discusión del portal, unos pocos acordes del piano y las notas de una canción cantada por un hombre.

Se quedó inmóvil en el zaguán sombrío, tratando de captar la canción que cantaba aquella voz y escudriñando a su mujer. Había misterio y gracia en su pose, como si fuera ella el símbolo de algo. Se preguntó de qué podía ser símbolo una mujer de pie en una escalera oyendo una melodía lejana. Si fuera pintor la pintaría en esa misma posición. El sombrero de fieltro azul destacaría el bronce de su pelo recortado en la sombra y los fragmentos oscuros de su traje pondrían las partes claras de relieve. *Lejana Melodía* llamaría él al cuadro, si fuera pintor.

Cerraron la puerta del frente y tía Kate, tía Julia y Mary Jane regresaron al zaguán riendo todavía.

—¡Vaya con ese Freddy, es terrible! —dijo Mary Jane—. ¡Terrible!

Gabriel no dijo nada sino que señaló hacia las escaleras, hacia donde estaba parada su mujer. Ahora, con la puerta del zaguán cerrada, se podían oír más claros la voz y el piano. Gabriel levantó la mano en señal de silencio. La canción parecía estar en el antiguo tono irlandés y el cantante no parecía estar seguro de la letra ni de su voz. La voz, que sonaba plañidera por la distancia y la ronquera del cantante, subrayaba débilmente las cadencias de aquella canción con palabras que expresaban tanto dolor:

> *Oh, la lluvia cae sobre mi pesado pelo*
> *y el rocío moja la piel de mi cara,*
> *mi hijo yace aterido de frío...*

—Ay —exclamó Mary Jane—. Es Bartell D'Arcy cantando y no quiso cantar en toda la noche. Ah, voy a hacerle que cante una canción antes de irse.

—Oh, sí, Mary Jane —dijo tía Kate.

Mary Jane pasó rozando a los otros y corrió hacia la escalera, pero antes de llegar allá la música dejó de oírse y alguien cerró el piano de un golpe.

—¡Ay, qué pena! —se lamentó—. ¿Ya viene para abajo, Gretta?

Gabriel oyó a su mujer decir que sí y la vio bajar hacia ellos. Unos pasos detrás venían Bartell D'Arcy y Miss O'Callaghan.

—¡Oh, Mr. D'Arcy —exclamó Mary Jane—, muy egoísta de su parte acabar así de pronto cuando todos le oíamos arrobados!

—He estado detrás de él toda la noche —dijo Miss O'Callaghan— y también Mrs. Conroy, y nos decía que tiene un catarro terrible y no podía cantar.

—Ah, Mr. D'Arcy —dijo la tía Kate—, mire que decir tal embuste.

—¿No se dan cuenta de que estoy más ronco que una rana? —dijo Mr. D'Arcy grosero.

Entró apurado al cuarto de desahogo a ponerse su abrigo. Los demás, pasmados ante su ruda respuesta, no hallaban qué decir. Tía Kate encogió las cejas y les hizo señas a todos de que olvidaran el asunto. Mr. D'Arcy, ceñudo, se abrigaba la garganta con cuidado.

—Es el tiempo —dijo tía Julia, luego de una pausa.

—Sí, todo el mundo tiene catarro —dijo tía Kate enseguida—, todo el mundo.

—Dicen —dijo Mary Jane— que no habíamos tenido una nevada así en treinta años; y leí esta mañana en los periódicos que nieva en toda Irlanda.

—A mí me gusta ver la nieve —dijo tía Julia con tristeza.

—Y a mí —dijo Miss O'Callaghan—. Yo creo que las Navidades no son nunca verdaderas Navidades si el suelo no está nevado.

—Pero al pobre de Mr. D'Arcy no le gusta la nieve —dijo tía Kate sonriente.

Mr. D'Arcy salió del cuarto de desahogo todo abrigado y abotonado y en son de arrepentimiento les hizo la historia de su catarro. Cada uno le dio un consejo diferente, le dijeron que era una verdadera lástima y lo urgieron a que se cuidara mucho la garganta del sereno. Gabriel miraba a su mujer, que no se mezcló en la conversación. Estaba de pie debajo del reverbero y la llama del gas iluminaba el vivo bronce de su pelo, que él había visto a ella secar al fuego unos días antes. Seguía en su actitud y parecía no estar consciente de la conversación a su alrededor. Finalmente, se volvió y Gabriel pudo ver que tenía las mejillas coloradas y los ojos brillosos. Una súbita marca de alegría inundó su corazón.

—Mr. D'Arcy —dijo ella—, ¿cuál es el nombre de esa canción que usted cantó?

—Se llama *La joven de Aughrim* —dijo Mr. D'Arcy—, pero no la puedo recordar muy bien. ¿Por qué? ¿La conoce?

—*La joven de Aughrim* —repitió ella—. No podía recordar el nombre.

—Linda melodía —dijo Mary Jane—. Qué pena que no estuviera usted en voz esta noche.

—Vamos, Mary Jane —dijo tía Kate—. No importunes a Mr. D'Arcy. No quiero que se vaya a poner bravo.

Viendo que estaban todos listos para irse comenzó a pastorearlos hacia la puerta donde se despidieron:

—Bueno, tía Kate, buenas noches y gracias por la velada tan grata.

—Buenas noches, Gabriel. ¡Buenas noches, Gretta!

—Buenas noches, tía Kate, y un millón de gracias. Buenas noches, tía Julia.

—Ah, buenas noches, Gretta, no te había visto.

—Buenas noches, Mr. D'Arcy. Buenas noches, Miss O'Callaghan.

—Buenas noches, Miss Morkan.

—Buenas noches, de nuevo.

—Buenas noches a todos. Vayan con Dios.

—Buenas noches. Buenas noches.

Todavía era oscuro. Una palidez cetrina se cernía sobre las casas y el río; y el cielo parecía estar bajando. El suelo se hacía fango bajo los pies y sólo quedaban retazos de nieve sobre los techos, en el muro del malecón y en las barandas de los alrededores. Las lámparas ardían todavía con un fulgor rojo en el aire lóbrego y, al otro lado del río, el palacio de las Cuatro Cortes se erguía amenazador contra el cielo oneroso.

Caminaba ella delante de él con Mr. Bartell D'Arcy, sus zapatos en un cartucho bajo el brazo, sus manos levantando la falda del fango. No tenía ya una pose graciosa, pero los ojos de Gabriel brillaban de felicidad. La sangre golpeaba en sus venas; y los pensamientos se amotinaban en su cerebro: orgullosos, regocijados, tiernos, valerosos.

Caminaba ella delante tan leve y tan erguida que él deseó caerle detrás sin ruido, tomarla por los hombros y decirle al oído algo tonto y afectuoso. Le parecía tan frágil que quería defenderla de cualquier cosa para luego quedarse solo con ella. Momentos de su vida secreta juntos fulguraron como estrellas en su memoria. Junto a la taza de té del desayuno, un sobre color heliotropo que él acariciaba con su mano. Los pájaros piaban en la enredadera y la luminosa telaraña del cortinaje cabrilleaba sobre el piso: era tan feliz que no podía probar bocado. Estaban en la concurrida plataforma y él deslizaba un billete en la cálida palma recóndita de su mano enguantada. Estaba de pie con ella a la intemperie, mirando por entre los barrotes de una ventana a un hombre haciendo botellas ante un horno rugiente. Hacía mucho frío. Su cara, reluciente por el viento helado, estaba muy cerca de la suya; y de pronto ella le llamó la atención al hombre del horno:

—Señor, ¿ese fuego, está caliente?

Pero el hombre no la pudo oír con el ruido que hacía la fornalla. Más valía así. Con toda seguridad le habría respondido groseramente.

Una ola de una alegría más tierna escapó de su corazón para correrle un cálido torrente por las arterias. Como el tierno calor de las estrellas, rompieron a iluminar su memoria momentos de su vida juntos que nadie conocía, que nadie sabría nunca. Anhelaba hacerle recordar a ella todos esos momentos, para hacerle olvidar su aburrida existencia juntos y que rememorara solamente los momentos de éxtasis. Ya que los años, sentía él, no habían colmado la sed de su alma o la de ella. Los hijos, sus escritos, su labor de ama de casa no habían apagado el tierno fuego de sus almas. En una carta que le escribió por aquel tiempo, él le decía: «¿Por qué palabras como éstas me parecen tan sosas y frías? ¿Es porque no hay una palabra tan tierna que sea capaz de ser tu nombre?».

Como una melodía lejana estas palabras que había escrito años atrás le llegaron desde el pasado. Deseaba estar a solas con ella. Cuando todos se hubieran ido, cuando estuvieran solos él y ella en la habitación del hotel, entonces estarían juntos y a solas. La llamaría quedamente:

—¡Gretta!

Tal vez no lo oyera ella enseguida: se estaría desnudando. Luego, algo en su voz llamaría su atención. Se volvería ella a mirarlo…

En la esquina de Winetavern Street encontraron un coche. Se alegró de que hiciera tanto ruido, pues ahorraba la conversación. Ella miraba por la ventana y parecía cansada. Los otros hablaban apenas, señalando a un edificio o a una calle. El caballo trotaba desganado bajo el cielo sombrío, tirando de la caja crujiente tras sus cascos, y Gabriel estaba de nuevo en un coche con ella, galopando a alcanzar el barco, galopando hacia su luna de miel.

Cuando el coche atravesaba el puente de O'Connell, Miss Callaghan dijo:

—Dicen que nadie cruza el puente de O'Connell sin ver un caballo blanco.

—Yo veo un hombre blanco esta vez —dijo Gabriel.

—¿Dónde? —preguntó Mr. Bartell D'Arcy.

Gabriel señaló a la estatua, en la que había parches de nieve. Luego, la saludó familiarmente y levantó la mano.

—Buenas noches, Daniel —dijo, alegre.

Cuando el coche arrimó ante el hotel, Gabriel saltó afuera y, a pesar de las protestas de Mr. Bartell D'Arcy, pagó al cochero. Le dio al hombre un chelín por el viaje. El hombre lo saludó y dijo:

—Próspero Año Nuevo, señor.

—Igualmente —dijo Gabriel, cordial.

Ella se apoyó un instante en su brazo al salir del coche, y luego, de pie en la acera, dándoles las buenas noches a los demás. Se sujetaba leve a su brazo, tan levemente como cuando bailó con él antes. Se sintió orgulloso y feliz entonces: feliz de estar con ella, orgulloso de su gracia y su porte señorial. Pero ahora, después de reavivar tantos recuerdos, el primer contacto con su cuerpo, armonioso y extraño y perfumado, produjo en él un agudo latido de lujuria. Aprovechándose de su silencio, le apretó el brazo a su costado; y al detenerse a la puerta del hotel, sintió que se habían escapado a sus vidas y a sus deberes, escapado de la familia y de los amigos, y se habían fugado juntos, sus corazones vibrantes y salvajes, en busca de una aventura nueva.

Un viejo dormitaba en uno de los grandes sillones de orejas en el vestíbulo. Encendió él una vela en la oficina y los precedió escaleras arriba. Lo siguieron en silencio, sus pies pisando sordamente los mullidos escalones alfombrados. Ella subía detrás del portero, su cabeza doblegada por el ascenso, sus frágiles hombros encorvados como una pesada carga, su falda entallándola ceñida. Echaría los brazos alrededor de sus caderas para obligarla a detenerse, pues le temblaban de deseo de poseerla y solamente la presión de sus uñas contra la palma de su mano mantenía bajo control el impulso de su cuerpo. El portero se paró en las escaleras a enderezar la vela que chorreaba. Se detuvieron detrás de él. En el silencio, Gabriel podía oír la esperma derretida caer goteando en la palmatoria, tanto como el latido del corazón golpeando sus costillas.

El portero los condujo a lo largo de un pasillo y abrió una puerta. Luego, puso su inestable vela en una mesita de noche y preguntó que a qué hora querían los señores despertarse.

—A las ocho —dijo Gabriel.

El portero señaló para el botón de la luz y empezó a murmurar una disculpa, pero Gabriel lo detuvo.

—No queremos luz. Hay bastante con la de la calle. Y yo diría —dijo, señalando la vela— que puede usted, amigo mío, librarnos de tan orondo instrumento.

El portero cargó con la vela otra vez, pero sin prisa, ya que se había sorprendido de idea tan novedosa. Luego, murmuró las buenas noches y salió. Gabriel pasó el pestillo.

La fantasmal luz del alumbrado público iluminaba el tramo de la ventana a la puerta. Gabriel arrojó abrigo y sombrero sobre un sofá y cruzó el cuarto en dirección a la ventana. Miró abajo hacia la calle para calmar su emoción un tanto. Luego, se volvió a apoyarse en un armario, de espaldas a la luz. Ella se había quitado el sombrero y la capa y se paró delante de un gran espejo movible a zafarse el vestido. Gabriel se detuvo a mirarla un momento y después dijo:

—¡Gretta!

Se volvió ella lentamente del espejo y atravesó el cuadro de luz para acercarse. Su cara lucía tan seria y fatigada que las palabras no acertaban a salir de los labios de Gabriel. No, no era el momento todavía.

—Se te ve cansada —dijo él.

—Lo estoy un poco —respondió ella.

—¿No te sientes enferma ni débil?

—No, cansada: eso es todo.

Se fue a la ventana y se quedó allá, mirando para fuera. Gabriel esperó de nuevo y luego, temiendo que lo ganara la indecisión, dijo, abrupto:

—¡Por cierto, Gretta!

—¿Qué es?

—¿Tú conoces a ese pobre tipo Malins? —dijo rápido.

—Sí. ¿Qué le pasa?

—Nada, que el pobre es de lo más decente, después de todo —siguió Gabriel con voz falsa—. Me devolvió el soberano que le presté y no me lo esperaba, en absoluto. Es una pena que no se aleje de ese tipo Browne, pues no es mala persona.

Temblaba, molesto. ¿Por qué parecía ella tan distraída? No sabía por dónde empezar. ¿Estaría molesta, ella también, por algo? ¡Si solamente se volviera o viniera hacia él por sí misma! Tomarla así como estaba sería bestial. No, tenía que notar un poco de pasión en sus ojos. Deseaba dominar su extraño estado de ánimo.

—¿Cuándo le prestaste la libra? —preguntó ella después de una pausa.

Gabriel luchó por contenerse y no arrancar a maldecir brutalmente al estúpido de Malins y su libra. Anhelaba gritarle desde el fondo de su alma, estrujar su cuerpo contra el suyo, dominarla. Pero dijo:

—Oh, por Navidad, cuando abrió su tiendecita de tarjetas de felicitaciones en Henry Street.

Sufría tal fiebre de rabia y de deseo que no la oyó acercarse desde la ventana. Ella se detuvo frente a él un instante, mirándolo de modo extraño. Luego, poniéndose de pronto en puntillas y posando sus manos, leve, en sus hombros, lo besó.

—Eres tan generoso, Gabriel —dijo.

Gabriel, temblando de deleite ante su beso súbito y la rareza de su frase, le puso una mano sobre el pelo y empezó a alisárselo hacia atrás, tocándolo apenas con los dedos. El lavado se lo había puesto fino y brillante. Su corazón desbordaba de felicidad. Justo cuando lo deseaba había venido ella por su propia voluntad. Quizás sus pensamientos corrían acordes con los suyos. Quizás ella sintiera el impetuoso deseo que él guardaba dentro y su estado de ánimo imperioso la había subyugado. Ahora que ella se le había entregado tan fácilmente se preguntó él por qué había sido tan pusilánime.

Se puso en pie, sosteniendo su cabeza entre las manos. Luego, deslizando un brazo rápidamente alrededor de su cuerpo y atrayéndola hacia él, dijo en voz baja:

—Gretta querida, ¿en qué piensas?

No respondió ella ni cedió a su abrazo por entero. De nuevo habló él, quedo:

—Dime qué es, Gretta. Creo que sé lo que te pasa. ¿Lo sé?

No respondió ella enseguida. Luego, dijo en un ataque de llanto:

—Oh, pienso en esa canción, *La joven de Aughrim*.

Se soltó de su abrazo y corrió hasta la cama y, tirando los brazos por sobre la baranda, escondió la cara. Gabriel se quedó paralizado de asombro un momento y luego la siguió. Cuando cruzó frente al espejo giratorio se vio de lleno: el ancho pecho de la camisa, relleno, la cara cuya expresión siempre lo intrigaba cuando la veía en un espejo y sus relucientes espejuelos de aro de oro. Se detuvo a pocos pasos de ella y le dijo:

—¿Qué ocurre con esa canción? ¿Por qué te hace llorar?

Ella levantó la cabeza de entre los brazos y se secó los ojos con el dorso de la mano, como un niño. Una nota más bondadosa de lo que hubiera querido se introdujo en su voz:

—¿Por qué, Gretta? —preguntó.

—Pienso en una persona que cantaba esa canción hace tiempo.

—¿Y quién es esa persona? —preguntó Gabriel, sonriendo.

—Una persona que yo conocí en Galway cuando vivía con mi abuela —dijo ella.

La sonrisa se esfumó de la cara de Gabriel. Una rabia sorda le crecía de nuevo en el fondo del cerebro y el apagado fuego del deseo empezó a quemarle con furia en las venas.

—¿Alguien de quien estuviste enamorada? —preguntó irónicamente.

—Un muchacho que yo conocí —respondió ella—, que se llamaba Michael Furey. Cantaba esa canción, *La joven de Aughrim*. Era tan delicado.

Gabriel se quedó callado. No quería que ella supiera que estaba interesado en su muchacho delicado.

—Tal como si lo estuviera viendo —dijo un momento después—. ¡Qué ojos tenía: grandes, negros! ¡Y qué expresión en ellos…, qué expresión!

—Ah, ¿entonces estabas enamorada de él? —dijo Gabriel.

—Salía con él a pasear —dijo ella—, cuando vivía en Galway.

Un pensamiento pasó por el cerebro de Gabriel.

—¿Tal vez fuera por eso que querías ir a Galway con esa muchacha Ivors? —dijo fríamente.

Ella le miró y le preguntó, sorprendida:

—¿Para qué?

Sus ojos hicieron que Gabriel sintiera desazón. Encogiendo los hombros dijo:

—¿Cómo voy a saberlo yo? Para verlo, ¿no?

Retiró la mirada para recorrer con los ojos el rayo de luz hasta la ventana.

—Él está muerto —dijo ella al rato—. Murió cuando apenas tenía diecisiete años. ¿No es terrible morir así tan joven?

—¿Qué era él? —preguntó Gabriel, irónico todavía.

—Trabajaba en el gas —dijo ella.

Gabriel se sintió humillado por el fracaso de su ironía y ante la evocación de esta figura de entre los muertos: un muchacho que trabajaba en el gas. Mientras él había estado lleno de recuerdos de su vida secreta en común, lleno de ternura y deseo, ella lo comparaba mentalmente con el otro. Lo asaltó una vergonzante conciencia de sí mismo. Se vio como una figura ridícula, actuando como recadero de sus tías, un nervioso y bienintencionado sentimental, alardeando de orador con los humildes, idealizando hasta su visible lujuria: el lamentable tipo fatuo que había visto momentáneamente en el espejo. Instintivamente dio la espalda a la luz, no fuera que ella pudiera ver la vergüenza que le quemaba el rostro.

Trató de mantener su tono frío, de interrogatorio, pero cuando habló su voz era indiferente y humilde.

—Supongo que estarías enamorada de este Michael Furey, Gretta —dijo.

—Me sentía muy bien con él entonces —dijo ella.

Su voz sonaba velada y triste. Gabriel, sintiendo ahora lo vano que sería tratar de llevarla más lejos de lo que se propuso, acarició una de sus manos y dijo, él también triste:

—¿Y de qué murió tan joven, Gretta? Tuberculoso, supongo.

—Creo que murió por mí —respondió ella.

Un terror vago se apoderó de Gabriel ante su respuesta, com si, en el momento en que confiaba triunfar, algún ser impalpable y vengativo se abalanzara sobre él, reuniendo las fuerzas de su mundo tenue para echársele encima. Pero se sacudió libre con un esfuerzo de su raciocinio y continuó acariciándole a ella la mano. No la interrogó más porque sentía que se lo contaría ella todo por sí misma. Su mano estaba húmeda y cálida: no respondía a su caricia, pero él continuaba acariciándola tal como había acariciado su primera carta aquella mañana de primavera.

—Era en invierno —dijo ella—, como al comienzo del invierno en que yo iba a dejar a mi abuela para venir acá al convento. Y él estaba enfermo siempre en su hospedaje de Galway y no lo dejaban salir y ya le habían escrito a su gente en Oughterard. Estaba decaído, decían, o cosa así. Nunca supe a derechas.

Hizo una pausa para suspirar.

—El pobre —dijo—. Me tenía mucho cariño y era tan gentil. Salíamos a caminar, tú sabes, Gabriel, como hacen en el campo. Hubiera estudiado canto de no haber sido por su salud. Tenía muy buena voz, el pobre Michael Furey.

—Bien, ¿y entonces? —preguntó Gabriel.

—Y entonces, cuando vino la hora de dejar yo Galway y venir acá para el convento, él estaba mucho peor y no me dejaban ni ir a verlo, por lo que le escribí una carta diciéndole que me iba a Dublín y regresaba en el verano y que esperaba que estuviera mejor para entonces.

Hizo una pausa para controlar su voz y luego siguió:

—Entonces, la noche antes de irme, yo estaba en la casa de mi abuela en la Isla de las Monjas, haciendo las maletas, cuando oí que tiraban guijarros a la ventana. El cristal estaba tan anegado que no podía ver, por lo que corrí abajo así como estaba y salí al patio y allí estaba el pobre al final del jardín, tiritando.

—¿Y no le dijiste que se fuera para su casa? —preguntó Gabriel.

—Le rogué que regresara enseguida y le dije que se iba a morir con tanta lluvia. Pero él me dijo que no quería seguir viviendo. ¡Puedo ver sus ojos ahí mismo, *ahí mismo*! Estaba parado al final del jardín donde había un árbol.

—¿Y se fue? —preguntó Gabriel.

—Sí, se fue. Y cuando yo no llevaba más que una semana en el convento se murio y lo enterraron en Oughterard, de donde era su familia. ¡Ay, el día que supe que, que se había muerto!

Se detuvo, ahogada en llanto y, sobrecogida por la emoción, se tiró en la cama bocabajo, a sollozar sobre la colcha. Gabriel sostuvo su mano durante un rato, sin saber qué hacer, y luego, temeroso de entrometerse en su pena, la dejó caer gentilmente y se fue, quedo, a la ventana.

Ella dormía profundamente.

Gabriel, apoyado en un codo, miró por un rato y sin resentimiento su pelo revuelto y su boca entreabierta, oyendo su respiración profunda. De manera que ella tuvo un amor así en la vida: un hombre había muerto por su causa. Apenas le dolía ahora pensar en la pobre parte que él, su marido, había jugado en su vida. La miró mientras dormía como si ella y él nunca hubieran sido marido y mujer. Sus ojos curiosos se posaron un gran rato en su cara y su pelo: y, mientras pensaba cómo habría sido ella entonces, por el tiempo de su primera belleza lozana, una extraña y amistosa lástima por ella penetró en su alma. No quería decirse a sí mismo que ya no era bella, pero sabía que su cara no era la cara por la que Michael Furey desafió la muerte.

Quizás ella no le hizo a él todo el cuento. Sus ojos se movieron a la silla sobre la que ella había tirado algunas de sus ropas. Un cordón del corpiño colgaba hasta el piso. Una bota se mantenía en pie, su caña fláccida caída; su compañera yacía recostada a su lado. Se extrañó ante sus emociones en tropel de una hora atrás. ¿De dónde provenían? De la cena de su tía, de su misma arenga idiota, del vino y del baile, de aquella alegría fabricada al dar las buenas noches en el pasillo, del placer de caminar junto al río bajo la nieve. ¡Pobre tía Julia! Ella, también, creía muy pronto una sombra junto a la sombra de Patrick Morkan y su caballo. Había atrapado al vuelo aquel aspecto abotargado de su rostro mientras cantaba *Ataviada para el casorio*. Pronto, quizá, se sentaría en aquella misma sala, vestido de luto, el negro sombrero de seda sobre las rodillas, las cortinas bajas y la tía Kate sentada a su lado, llorando y soplándose la nariz mientras le contaba de qué manera había muerto Julia. Buscaría él en su cabeza algunas palabras de consuelo, pero no encontraría más que las usuales, inútiles y torpes. Sí, sí: ocurrirá muy pronto.

El aire del cuarto le helaba la espalda. Se estiró con cuidado bajo las sábanas y se echó al lado de su esposa. Uno a uno se iban convirtiendo ambos en sombras. Mejor pasar audaz al otro mundo en el apogeo de una pasión que marchitarse consumido funestamente por la vida. Pensó cómo la mujer que descansaba a su lado había evocado en su corazón, durante años, la imagen de los ojos de su amante el día que él le dijo que no quería seguir viviendo.

Lágrimas generosas colmaron los ojos de Gabriel. Nunca había sentido aquello por ninguna mujer, pero supo que ese sentimiento tenía que ser amor. A sus ojos las lágrimas crecieron en la oscuridad parcial del cuarto y se imaginó que veía una figura de hombre, joven, de pie bajo un árbol anegado. Había otras formas próximas. Su alma se había acercado a esa región donde moran las huestes de los muertos. Estaba consciente, pero no podía aprehender sus aviesas y tenues presencias. Su propia identidad se esfumaba a un mundo impalpable y gris: el sólido mundo en que estos muertos se criaron y vivieron se disolvía consumiéndose.

Leves toques en el vidrio lo hicieron volverse hacia la ventana. De nuevo nevaba. Soñoliento vio cómo los copos, de plata y de sombras, caían oblicuos hacia las luces. Había llegado la hora de variar su rumbo al poniente. Sí, los diarios estaban en lo cierto: nevaba en toda Irlanda. Caía nieve en cada zona de la oscura planicie central y en las colinas calvas, caía suave sobre el mégano de Allen y, más al oeste, suave caía sobre las sombrías, sediciosas aguas de Shannon. Caía, así, en todo el desolado cementerio de la loma donde yacía Michael Furey, muerto. Reposaba, espesa, al azar, sobre una cruz corva y sobre una losa, sobre las lanzas de la cancela y sobre las espinas yermas. Su alma caía lenta en la duermevela al oír caer la nieve leve sobre el universo y caer leve la nieve, como el descenso de su último ocaso, sobre todos los vivos y sobre los muertos.

## NOTA BENE

Esta traducción de *Dubliners* se hizo utilizando el texto corregido por el erudito joyceano Robert Scholes, quien reprodujo con la mayor fidelidad la versión ideal de James Joyce, siguiendo escrupulosamente su puntuación preferida y adoptando muchos de los cambios que el propio Joyce anotara en las pruebas de página de la pseudoedición de Grant Richards, que, como se sabe, se perdieron «sin dejar huella». Sin embargo, ha sido posible introducir —en la edición definitiva en inglés del libro tanto como en esta traducción— decisivos cambios de vocabulario, de completo acuerdo con los deseos expresos del autor. La edición inglesa usada por el traductor fue la impresa por la editora Jonathan Cape de Londres en 1968. Es necesario aclarar que ninguna de las anteriores traducciones de *Dubliners* ni muchas de sus últimas impresiones en inglés —notablemente, las ediciones de Penguin Books desde 1956 hasta 1968, por ejemplo— respetan las constantes supersticiones tipográficas del irlandés ni las imprescindibles correcciones queridas «por aquel /que en vida admirara a Parnell».

# ÍNDICE